———————— 阅读之前 没有真相

午夜文库

Blue

［日］叶真中显 著
吕灵芝 译

新 星 出 版 社　NEW STAR PRESS

目录

序幕

3	致 Blue
5	范启莲
10	藤崎文吾

第一部

27	致 Blue
29	藤崎文吾
37	北见美保
48	藤崎文吾
59	野野口加津子
67	致 Blue
70	藤崎文吾
83	井口夕子
96	致 Blue
101	藤崎文吾
113	三泽·马科斯
127	致 Blue
132	藤崎文吾
139	三代川修
157	致 Blue
166	藤崎文吾

幕间

177	桦岛香织
184	范启莲

目录

第二部

189	奥贯绫乃
202	五条义隆
208	奥贯绫乃
216	致 Blue
221	奥贯绫乃
233	范启莲
239	奥贯绫乃
249	芥康介
262	奥贯绫乃
266	范启莲
271	奥贯绫乃
276	佐藤纱理奈
284	奥贯绫乃
287	范启莲
294	奥贯绫乃
303	范启莲
315	致 Blue
319	奥贯绫乃
333	范启莲
341	致 Blue
346	奥贯绫乃
356	范启莲
359	奥贯绫乃
365	致 Blue
368	奥贯绫乃

目录

374	范启莲
381	奥贯绫乃
387	致 Blue
396	奥贯绫乃
399	致 Blue
402	奥贯绫乃
	尾声
411	致 Blue

序幕

致 Blue

  曾经有个时代，名为平成。
  它始于一九八九年一月八日，终于二〇一九年四月三十日，延续了三十年又四个月。但这个时代独以东亚某狭小岛国的年号划分，不像西历、干支和希吉拉历那样主流。想必，世界上绝大部分人并不知晓平成。
  然而对生活在这个国家的许多人来说，那是个颇具意义的时代。它是没有内战和战争的和平时代；是数场天灾降临的灾害时代；是泡沫经济开始崩溃，贫富差距开始扩大，贫困问题逐渐加深的衰退时代；是行政与社会系统引起制度疲劳，各种对立愈发鲜明的割裂时代；是即使在困难中，依旧努力为下一代人创造价值的希望时代。
  有一个人，出生在平成开始那天，死于平成结束的日子。
  他的母亲在广尾一座私人妇产医院生下了他。那座医院如今已经不在。母亲当时抱着刚出生的他，不经意间瞥向窗外，看到一片蓝天。
  他的母亲最喜欢蓝色，所以给他取名"青"，称呼时唤作"Blue"。后来，他的许多朋友也管他叫 Blue。所以，我决定在这里管他叫 Blue。
  但是这里存在一个矛盾。一九八九年一月八日平成开始那天，东京整日阴雨绵绵，看不见蓝天。

他出生在平成开始那天，还有那天的晴空，都是母亲告诉他的。很有可能，至少有一样是谎言。不过，现在已无从知晓。

关于Blue，还有很多类似的事情。

比如……那天晚上。

平成十五年十二月二十五日深夜，Blue记得自己忍受着刺骨的寒冷，在大雪中逃跑。

他当时在青梅市多摩川沿岸，那里直到江户时代还是个会下大雪的地区，甚至流传着雪女的传说。可是到了近现代，那里的降雪量已经减少，跟东京其他地区一样，十二月很少降雪。那天晚上同样没有下雪的记录。但是有人听到他说，当时下着雪。

究竟是有人说谎，还是那天夜里真的有过局部降雪？

不知道。真相，无从知晓。

所谓过去，就是这样。

正如无人知晓邪马台国的卑弥呼爱过谁，正如无人知晓阿道夫·希特勒最后看到的风景是什么，也正如无人知晓耶稣基督的奇迹是否真实。

世界上可能不存在万人共通的真实。但是，在某个人的主观世界中，真实无限存在。

Blue出生在万里晴空的平成第一天，Blue在一个下雪的深夜里逃走，这可能都是某个人眼中的真实。

所以，这个故事也是。

镌刻在我心中的，Blue的故事，也是不折不扣的真实。

范启莲

平成九年。但那是一个无人知晓平成年号的，异国的夏天。

从越南首都河内驱车三小时才能到达的 B 省农村。

那天，七岁的范启莲也在帮忙做家务。

大人说，村里要盖新学校了，说不定阿莲也能去上学。不过，阿莲现在每天天一亮就起床，必须做的事情不是去上学，而是跟母亲一起到村外的河边打水。早晨河边有很多蚊子，特别烦人。

打了水回家，先吃一碗祖母准备的河粉当早餐。虽然没有浇头，但河粉汤加了味精，吃到嘴里有味道。味精是日本制造的调味品，既不像盐也不像糖，味道特别美妙神奇。阿莲还不太懂事，她觉得日本是亚洲最富裕的国家。

吃完早饭，她上午要一直在地里除草。阿莲家是种植红薯和荔枝的农户，这个季节只要一不小心，地里就会长满杂草。

阿莲只需早上下地干活，下午就帮祖母和母亲做女红赚钱。她们做的是刺绣手帕和小口袋。

"阿莲真棒，已经做得比我好了。"

祖母总是这样夸奖阿莲。阿莲心灵手巧，很擅长做女红，但还没有母亲和祖母那样的手艺。祖母只是夸张了。阿莲心里清楚,不过还是很高兴。

前一天,再前一天,都跟今天没什么两样,但是那天傍晚,家里发生了一件好事。

去河内打工的叔叔回来了。

叔叔在河内蹬三轮车带游客观光,顺便卖些阿莲她们绣的手帕和小口袋。虽说是出门打工,但离家也不算远,所以叔叔每隔两三个月就会回来一趟。

叔叔每次回来都带好多礼物,因此阿莲特别期待。家里的味精也是叔叔买来的。

那天,叔叔带了两份很特殊的礼物回来。

一个是阿莲最喜欢的漫画《机器猫》。漫画讲一个戴眼镜的懦弱男孩子家里出现了来自未来、长得像狸子一样的猫型机器人。这个漫画特别受欢迎,如果她告诉别的孩子自己得到了新的《机器猫》,他们肯定会羡慕不已。

另一个其实不算礼物,而是人。叔叔带了个奇怪的客人回来。

那人比叔叔年轻许多,比阿莲十五岁的哥哥稍大一些。

他用磕磕巴巴的越南话说:

"我、来自、Nhật Bản。"

Nhật Bản——日本。

阿莲当然没跟日本人说过话,甚至见都没见过。

"味精?"

她脱口而出,逗得所有人大笑起来。青年发现越南人也知道味精,更是又惊又喜。

"日本制造的可不只有味精。还有本田、铃木。日本的摩托车世界第一。对了,你喜欢的《机器猫》也是日本的漫画。"

阿莲以前并不知道。不过这么说来,《机器猫》上描绘的城市,还有过年的习俗,的确都跟越南不太一样。

青年用生涩的越南话和英语(叔叔懂一点英语)说,《机器猫》在日本叫《哆啦Ａ梦》,日本的小孩子也很喜欢看,但是画《哆啦Ａ梦》的漫画家前不久去世了。

青年是日本的大学生,目前正在休学,背着包满世界旅行。去年,日本播放了"猿岩石"二人组从亚洲旅行到欧洲的电视节目,受其影响,一部分人也跟风开始了旅行。那个二人组好像也来过越南,不过阿莲没听说过。只不过,那个组合名的越南话发音有点好笑。

青年在河内待了几天,跟叔叔成了朋友。他说想看看游客平时不去的越南乡下,而叔叔正好要回村,就把他带来了。

一家人对青年问东问西,打听了好多日本的事情。

日本的城市里有好多高楼大厦,汽车比摩托车多。而且那里的道路都铺装过,完全没有灰尘,也不像越南有那么多虫子。日本的家庭都有电视机,还能看到《机器猫》的动画片。日本的小孩子不用干活儿,每天只要上学读书,看看漫画,打打游戏。

他每说一句话,叔叔就要感叹"不愧是日本,太厉害了"。阿莲也越听越羡慕日本的小孩子。

青年苦笑着说:"在日本、待着、很憋屈。越南、更、舒心。"

他说,他待在日本会感到呼吸困难,不知道自己究竟为什么活着,于是开始满世界穷游,寻找自我。

由于青年只会说磕磕巴巴的越南话,而且想说的内容有点复杂,所以阿莲不太确定自己是否正确理解了他的意思。但不管怎么说,阿莲就是觉得丰饶而便利的国家更好。家里其他人肯定也是这样想的。青年虽然说自己在"穷游",但他可以随意到国外旅游，对阿莲来说就已经很有钱了。

叔叔说："革新开放政策已经走上正轨，越南今后也会越来越富裕。"

革新是现在政府提出的政策。越南虽然是个社会主义国家，但要引进资本主义的方法，令国家变得更强大。

叔叔能在河内赚钱买礼物回家，村里马上就要盖学校，《机器猫》和味精这种外国东西能到越南来，这都多亏了革新开放。

睡觉前，青年给他们看了相簿。阿莲有点期待那是日本的照片，其实并不是。那只是青年在旅行途中拍摄的照片。上面有好多国家的美丽风景，看着倒也挺有意思。

最让阿莲感兴趣的，是他在俄罗斯拍摄的冰天雪地的风景。在越南比较靠北的B省勉强能分辨四季，可是冬天只会凉快一些，并不会下雪。阿莲听说日本也会下雪，心里就更羡慕了。

"我、喜欢、这个。"

青年给她看了自己最喜欢的照片，那是覆盖着蓝色冰层的水面风景，据说是在俄罗斯贝加尔湖拍的。

"我们村里也有漂亮的蓝湖。"

母亲倒不是不服气，只是随口说了一句。村外的确有个湛蓝的湖，阿莲不知道它的正式名称是什么，反正村里人都管它叫"命运之湖"。相传，过去有个伟大的僧人，曾在那个湖边修行过。

青年听了特别感兴趣，最后一家人决定，明天母亲和阿莲出门打水时，顺便带他去看。

仔细想想，阿莲还是第一次清早去看"命运之湖"。

"命运之湖"没有像贝加尔湖那样冻结，只是在水草和光照的作用下，水的颜色变成了蓝色。阿莲知道这个，但是那一刻，阿莲却看到了自己从未见过的"命运之湖"。

平时总有些发绿，还有点浑浊的湖面，现在却像倒映了整个天空那样蔚蓝。湖面上笼罩着淡淡的雾气，仿佛把空气也染成了蓝色。远处的湖水映出了树影，树枝上长着根须，或是垂到地上，或是缠绕着树干。它在越南的神话中，是能治愈一切伤口的不死之树，但是只能靠洁净的水浇灌，一旦碰到脏水就会瞬间成长，把人掳到月亮上去。

眼前这片光景，是唯有清晨的短暂时光中，湖水、晨光与雾气交织而成的奇迹。

阿莲不禁屏住了呼吸。

她从来不知道自己的村里还有如此美丽的风景。

青年大为感动，还拍摄了照片。

藤崎文吾

　　平成十六年。事后回首，会发现这是平成时代的中点。但是那一年人们对此一无所知。时间，是正月。

　　"这边真的好冷啊。"
　　藤崎文吾搓着胳膊嘀咕道。
　　他在多摩川沿岸的露天停车场停了车，刚打开车门就是扑面而来的水腥气和冷风。他感觉这一带的气温比市中心低了一两度，靠近河边则更冷。
　　停车场周围的铁丝网上贴着执政党与在野党的海报。可能由于车场主人是支持者，"致力改革"的宣传语下面还张贴了执政党党首——K总理的特写照片。他领导的K政权在成立时打出了"不留圣域的结构改革"口号，一度获得了超过八成的高支持率。其强硬的政治手段虽然屡遭批判，但两年前，也就是平成十四年，该政权实现了史上首次日朝首脑会谈，让五名被绑架的人质返回了祖国。
　　"这可是雪女出没的土地。"
　　从驾驶席下来的冲田数晴说。
　　"雪女？"

"是的。拉夫卡迪奥·赫恩①的《怪谈》里不是有雪女的故事吗？故事舞台就在这一带。不远处那座调布桥头还立了碑呢。"

"那不是雪国的故事吗？这里是东京啊。"

虽然从青梅市千濑町开车到市中心要将近两个小时，不过这里行政区域上属于东京都。

"听说以前这里也会下很大的雪。"

"是吗？真有你的，不愧是答题王。"

冲田身高一米八，体重九十公斤，长得又高又大，头发剃成短寸，戴一副银边眼镜。尽管外表看起来魄力十足，他的爱好却是看书和猜谜，满脑子奇奇怪怪的杂学知识。

他们顺着停车场边上的小路往前走去。

时值正月，两个大男人到这里来，并非为了烧香拜佛。

他们都是警察，而且是警视厅调查一课的刑警。藤崎是班长，冲田是下属之一。这个外号答题王的人脑子很灵光，思维也很有条理，据说休息日还会为了晋升考试学习。再加上此人优秀又不显死板，以后迟早能往高处走。目前，他是藤崎的左膀右臂，两人经常一起行动。

年尾年头时节，平时不在家的人往往也会待在家里。于是调查本部决定，这三天在市内展开地毯式调查。

遗憾的是，他们目前还没找到新线索。于是两人决定顺便到现场再看上一眼。

现场走百遍。百遍走不通就走一百零一遍。这是刑警前辈们经常挂在嘴边的格言。藤崎认为，即使现在用上了DNA鉴定这个划时代的技术，调查的工作被分担出去一部分，那也是永恒不

---

① 即小泉八云。

变的原则。

他们要找的地方就在巷子尽头。

那是一座胭脂色水泥板屋顶的木造二层小楼，五十平米的院子里设有停车空间和杂物房。停车位上有一辆白色卡罗拉。整块地皮被砖墙环绕，正面装了一扇铝制小门，门板上挂着"篠原"的铭牌。这一带虽然是住宅区，但房屋并不密集，小楼与邻居家隔了一片小树林，彼此听不到生活噪音。

根据居民卡记载，这座楼有五个人居住，分别是户主篠原敬三（六十一岁）、其妻篠原梓（五十八岁）、长女春美（三十三岁）、次女夏希（三十一岁），还有春美的孩子优斗（五岁）。长女春美三年前与丈夫离婚，回到娘家独自抚养孩子。

篠原家是个教师家庭，敬三原本在当地小学任职，一年前退休，现在也义务担任市民讲座的讲师。梓是一所初中的家庭课兼职讲师，每周两次到学校讲课。春美回到娘家后，一直在吉祥寺的私立高中"青灯学园"担任国语教师。

篠原家的成年人中，唯一不是教师的人便是目前无业的次女夏希。正是她，大约一周前残忍杀害了其余四人。

现在，住宅门前拉起了禁止入内的警戒线，门口还有一名制服警员站岗。那是辖区警署奥多摩署的地区课警员。看来在过年期间，他们也要轮流值班。现场已经完成了取证调查，但目前还处在封锁状态。

制服警员认出藤崎和冲田后，用教科书式的标准动作敬了个礼，对他们问候："辛苦了。"

"大过年的也辛苦你了，我们想到现场看看，能给我钥匙吗？"

"没问题。"

他从警员手上接过钥匙，走了进去。

穿过狭小的院子，便是玄关大门。

六天前，也就是平成十五年十二月二十六日。当天下午四时许，案件的第一发现者佐佐木瑞江也站在这里。

瑞江是青灯学园的教师，与长女春美是同事关系。

发现当天与前一天，春美都无故缺勤。二十五日是第二学期的结束典礼，二十六日学生休息，但教职员工要开会并参加大扫除。春美家中的电话和手机都无人接听，一直联系不上她。

根据瑞江的证词，春美是女性教师中典型的认真负责的性格，其仪表和态度都一本正经，就算教师同事相约去喝酒聚会，她也不会过于放松。

那是春美第一次无故缺勤，而且还在学期结束的关键时刻连续两天联系不上。同事们非但没有生气，反倒担心是否发生了什么。于是，跟春美关系相对较好的瑞江便决定下班后到她家去看看。

两人虽说关系相对较好，但也从未到过彼此家中，所以瑞江照着教职员工名册上的住址，找到了春美家。

她先在距离最近的JR青梅线东青梅站下车，然后乘坐出租车，大约五分钟后便到达春美家。当时院门大开，瑞江一直走到宅邸正门，按了门禁的呼叫按键。她听见屋里传出门铃声，但没有任何反应。此时瑞江已经有点不祥的预感，壮着胆子转动了门把手。

现在，为了防止无关人员进入，这座房子的大门已经上锁，但是瑞江访问那天，门并没有锁，于是她喊了一声"打扰了"，便打开了门。

藤崎打开门锁，像六天前的瑞江那样走进屋里。

玄关连接的走廊没有窗，如果不开灯就光线昏暗。藤崎看了一眼手表，现在是下午三点二十五分。急脾气的冬季太阳可能快要西斜了。瑞江访问的时间是下午四点，应该比现在更暗。

玄关贴着春美的孩子优斗的画作，好像是一家人。画纸上有三个貌似成年人的蜡笔肖像，还有一个小孩。那可能是外公、外婆、母亲和他自己吧。

由于取证人员收集过证物，目前门口一双鞋都没有。无人的家中听不见任何声音。

这跟瑞江进门时的情况不一样。当时门口摆着春美平时上班穿的单鞋，还有孩子的小运动鞋等等，共计六双鞋，而且家里还有声音。

那是歌声。

　　花店的门前并排陈列着
　　形形色色的花朵
　　虽然人们的喜好不尽相同
　　但每一朵花儿都很美丽

《世界上唯一的花》。不用说也知道，这是人气偶像团队SMAP的歌曲。据瑞江说，她一听就知道那不是有人唱歌，而是在播放唱片。

《世界上唯一的花》去年春天发布后创造了超过二百万张的令人震撼的销量纪录，满大街都能听到它的旋律。连藤崎这种不熟悉演艺圈的人也能凭前奏辨认出来。

瑞江以为屋里有人，就提高音量又喊了一遍"打扰了！"然而还是无人回应。

藤崎穿着鞋走了进去，冲田也跟在后面。走廊的木地板似乎有些松动，两人每走一步就会发出嘎吱嘎吱的声音。

　　走廊中间是客厅的入口，门口地板上留下了污渍。那是血迹。为了方便现场勘验和后面的现场检查，地上放置了标记牌，还用白色胶带圈出了人形。

　　瑞江当时站在门口，很奇怪怎么家中无人回应，但眼睛适应黑暗后，很快就发现走廊上躺着一个人。虽然看不见面孔，但是从头发长度和身体轮廓来看，她判断那应该是春美。而且一开始，瑞江还以为她是因为生病不舒服，所以倒下了。

　　瑞江脱掉鞋子跑到了标记的位置，先确认躺在地上的人的确是春美，紧接着发现她浑身是血。刚才她在玄关没看见，春美脚边还躺着一个小男孩。那是优斗。

　　瑞江惨叫一声，鞋都顾不上穿就跑出屋子，冲进了大约相隔三十米的邻居家。

　　邻居姓村西，是一对老夫妻，看见陌生人突然闯入，先是吃了一惊，接着意识到邻居篠原家可能出了大事，马上拨打一一〇报了警。管辖青梅市的奥多摩警署接到报案，派出调查员出警。其后，专案组又在该警署设置了特别调查本部，警视厅一课的藤崎等人也加入调查。

　　藤崎在客厅门前合掌默祷，冲田也有样学样。

　　当时瑞江匆忙逃出屋子，因此没有发现客厅里还有两名被害者，也就是春美的父母敬三与梓。这两名被害者的发现人是当时出警的奥多摩警员。客厅靠近中央的部位，分别用胶带标记了两具尸体的位置。当时两人跟春美一样，都倒在血泊中。

　　司法解剖结果显示，四人的直接死因都是勒死。敬三、梓和春美的身体都被利刃反复戳刺，怀疑是凶手先令其失去抵抗气力后，用绳索勒住颈部痛下杀手。唯独年幼的优斗略有不同，他身上没有被刺伤，不过颈部也呈现被徒手勒死的痕迹。

客厅一角掉落着绳索与单刃菜刀，已经被鉴定为凶器。另外，单刃菜刀的刀柄部分还检出了次女夏希的指纹。

推测死亡时间是发现前两日，即十二月二十四日傍晚到深夜。换言之，这是圣诞前夜的凶案。但四人并非同时遇害。经鉴定，第一被害者是梓，接着是敬三，最后是春美和优斗母子，中间隔了一定时间。

周边调查结果表明，案发当天，几名被害者可能分别因为工作或有事外出，最终被等在家中的夏希按照回家顺序杀害了。

客厅部分家具已经被作为证物运走。发现时，茶柜是翻倒在地的状态，电视机从电视柜上滚了下来，打斗痕迹明显，满屋子都是血迹。

靠窗的墙上贴着一封儿童笔迹的信。

"圣诞老人：我想要 Game Boy Advance SP。优斗"

显然是向圣诞老人讨要礼物的信。

发现时，地上掉落着应该是准备晚餐食用的鸡肉和蛋糕的购物袋，目前已经被收走。

客厅内部设有隔扇，另一端是七平米大小的空间，里面放有衣物、收纳箱等物品，似乎被用作了橱柜。房间内的衣物散乱，一些女装家居服和贴身衣物无法分清使用者。

调查人员在壁橱中发现了圣诞礼物包装的玩具，里面就是优斗想要的游戏机。如果要藤崎读出这东西的名字，他很可能会咬到舌头，但游戏机本身似乎很有人气。除游戏机外，还有一盒游戏卡带，应该是外公外婆送给孙子的礼物。如果没有发生这件惨案，它应该会在晚上被放到优斗枕边。

他定定地看着标记优斗尸体的胶带。

春美与优斗母子几乎同时遭到杀害，不过优斗应该是最后遇害的。

他一定很期待圣诞前夜。可是回到家中，外公外婆已经死去，母亲也在自己面前惨遭杀害，最后连自己也被掐住了脖子。这对五岁的孩子来说，是多么悲伤、恐惧又痛苦的事情啊。

玄关贴的蜡笔画上并没有嫌疑人夏希的身影。无论这一家人发生了什么，都没有理由杀害一个这么小的孩子。

藤崎之所以会到现场来，是因为他被刺激了。

他一定要亲手查明真相。

只有这样才能解决案件。他的方法现在已经不流行了，冲田这些人内心可能也觉得不够合理，可藤崎就是认这个死理。

藤崎拉开了走廊上正对客厅的门。里面是浴室的更衣间，正前方装有带大镜子的盥洗台，还有一台大型洗衣机。洗衣机上方置有CD播放器，就是它在反复播放《世界上唯一的花》单曲CD。第一发现者瑞江当时在门口听见的便是这个声音。

进入更衣间，左手边是浴室，大小可以算一般标准。

出警的奥多摩警员在浴室内发现了第五具尸体。

那就是疑似杀害了一家人的嫌疑人——次女夏希。

更衣间里发现了她脱下的带血衣物。

夏希的死因是心脏骤停。她身上带有可能是行凶时造成的擦伤，但没有足以致命的外伤。另外，她体内还检出了大量兴奋剂成分。推测死亡时间是其余四人遭到杀害的半日以后，即十二月二十五日正午前后。

警方推测，可能是夏希杀害四名家人后，打开音乐泡澡，并因此死亡。在过量摄取兴奋剂的状态下泡热水澡，可能是心脏骤停的原因。

"您觉得自杀这个说法靠谱吗？"

冲田低头看着浴缸，问了一句。

部分调查人员认为夏希过量摄取兴奋剂是为了自杀。

"很难说啊，她吃的又不是安眠药。"藤崎摇着头说。

经过司法解剖，虽然无法断定是自杀还是事故，但至少得出了并非他杀的结论。

两人走出更衣间，回到走廊，然后一路沿着楼梯上了二楼。

二楼有两个房间，一边是春美和优斗在用，另一边则是夏希的房间。

藤崎打开夏希的房门，走进室内。

这是一个十平米大小的房间，榻榻米上铺了地毯，改造成西式风格，放着床和书桌。这应该是夏希从小就住的房间。

"真是越看越像时间静止在昭和时代的房间啊。"冲田从后面进来，叹息一声。

藤崎一言不发地点点头。

最先说出这句话的人，是同样参加了本案调查的本部另一个组的年轻女刑警。按照她的说法，这个房间像是"年号还属于昭和的二十世纪八十年代末期[①]女子高中生的房间直接被冷冻保存下来了"。

房间墙上贴着当时人气绝顶的偶像团队光GENJI的大幅海报，已经严重褪色。

"之前好像提到过吧，我妹妹很喜欢看这个。"

冲田面对书架，指着上面的漫画单行本。他说的是题为

[①]昭和最后一年为1989年。

《Hot Road》的少女漫画。

"哦，那东西以前很出名吧？"

"是的，我也看过一点。"

藤崎完全不知道这部作品，但冲田这些不到三十岁的下属，即使是男性也听说过。内容好像是一个普通女孩子跟暴走族少年谈恋爱，很有时代特色。

书架上还胡乱塞着几本漫画和杂志，版权页上印刷的年份全都是昭和六〇年代。最新的一本是昭和六十三年（一九八八年）二月发行的偶像杂志《明星》，房间里再也找不到那个时间以后的出版物了。

书架最下层目前空着，此前则摆满了磁带。那些磁带都被取证人员带回去确认内容了。除了海报上的光GENJI，里面还有尾崎丰、米米CLUB、中森明菜等人的八〇年代流行歌曲录音。一部分磁带已经老化，无法播放。

夏希死亡时应该在听SMAP的CD唱片，但是这个房间并不存在平成年代才开始博得人气的SMAP的相关周边和CD。连最近年轻女性人手一台的移动电话和小灵通都没看见。

然而，虽说看起来像时间静止，但房间里并非毫无生活气息。

地上散落着杂志和漫画，床单和被盖也都乱七八糟，屋里有着很明显的生活痕迹。

被子上检出了微量的被害者血液，夏希有可能以浑身沾满血污的状态躺在床上休息过。

"十五……还是十六年了？她真的一直待在这个房间里吗？"

冲田又环视了一遍整个房间。

"谁知道呢？不可能一步都不离开，因为要洗澡上厕所，说不定偶尔还会出去散散步，买个东西。不过目前看来，完全没有人在户外见过她。"

篠原夏希——

她是这个房间的主人，也是残害了一家人的三十一岁女性。大约在十六年前的昭和六十三年春天，她成了所谓"家里蹲"，过上了几乎不离开这个房间的生活。昭和六十三年就是昭和最后一年。她的房间之所以停留在昭和，是因为从那时起，她就切断了自己与外部的联系。

开始家里蹲那年，夏希还是高二学生，但可以查到的最后一次上学记录，是她去参加高一学年的结束典礼，升上高二后，她就从未去过学校。

自从夏希开始家里蹲，她小学和初中的同学以及左邻右舍就都没有看见过她。

可能是想保住面子，篠原一家也极力隐藏了夏希的存在，只对关系特别亲密的人提起过女儿是家里蹲的情况。他们也没有任何与相关机构或医生联系的记录。以第一发现者瑞江为代表，春美的所有同事都不知道她有一个家里蹲的妹妹。

通过周边调查发现，夏希开始家里蹲之前，是远近闻名的"任性小孩"。她从来都坐不住，也不擅长迎合他人，一有什么事情不合心意就大发脾气。上小学时，她就经常突然生气，对同学施展暴力。升上初中后，她又跟小混混玩在一起，后来因为惹怒领头的女生，没多久就被赶了出来。后来，周围的人都对她敬而远之，她一个朋友都没有。高中上了市内的女校，但她依旧无法融入，经常不去上课。

在父母看来，她恐怕是个很棘手的孩子。

藤崎也有一个正在上初三的女儿。她从未惹过什么大麻烦，成绩也还算好，目前正忙着复习考试，想考上某升学率高的都立高中。

他完全无法想象女儿变成家里蹲，更别说被女儿杀害，也不愿意见到这种情况。但事实是，他对女儿的了解并不能让他断言这种事绝对不会发生。因为家里育儿的工作基本都是妻子在做。

被杀害的父亲——篠原敬三又如何呢？

夏希闭门不出十六年。她跟家人的关系如何变化，又如何导致了这场凶案，目前尚不明确。

他们在新闻发布会上透露了长年家里蹲的次女在过量摄取兴奋剂的状态下行凶的事实，已经引起了媒体骚动。

调查本部给案件起的正式名称是"千濑町一家四口遇害案"，但媒体普遍使用了知名度更高的案件所属市名，称其为"青梅案"。

被害人一家都是老师，而凶手夏希又是家里蹲；其中一名死者优斗年仅五岁，是个可爱的小男孩；夏希由于过量摄取药物而死亡，等等。这起案件可谓充斥着话题性，这让年尾年头的综艺节目纷纷聊起了诸如现代教育系统的黑暗这些吸引眼球的话题。刚过完年，记者就开始到处打探，周刊的新春号恐怕也会对这件事大书特书。

但是，这起案件还有一个重大线索未对媒体公布。正因为这件事，即使在锁定了犯罪嫌疑人之后，藤崎他们还是得牺牲新年假期，持续调查。

客厅发现的凶器上，除了夏希的指纹，还有一枚不明指纹。取证人员在客厅其他部位和夏希的房间里也发现了同样的指纹。

另外还有毛发。屋子里发现了好几根显然与夏希及其他家庭成员质地不相同的毛发，其中多数是及肩的长发。

由于毛发是不带毛囊的自然脱发，取证人员无法从上面采集

DNA，连性别都无法确定。但可以肯定，这里曾经出现过篠原一家以外的人。

这起案件本身就很难想象是女性一人所为，目前警方比较确定，除夏希之外，至少还有一名共犯。

"不过那到底是谁呢？"

冲田盯着贴了光GENJI海报的墙壁说。

他并没有在看海报，而是凝视着旁边的虚空。这里曾经贴着一张照片，目前已经被作为证物收走了。

那是一张普通尺寸的覆膜照片，拍摄了某个湖的带着雾气的蔚蓝水面。不知出于什么自然现象，连雾气也被染成了蓝色，远处还能看到影影绰绰的巨树轮廓，可谓梦幻又美丽。那不是明信片，而是个人拍摄的照片，右下角印着"97 7 18"的日期。如果标记无误，那就是大约六年半以前拍摄的照片。

"照片里的风景不是日本吧？"

藤崎问了一句，冲田点点头。

"应该不是。那张照片上的树木缠绕着触须一样的气根，很可能是孟加拉榕或细叶榕。这种树生长在冲绳、台湾、中国南部和东南亚地区。但是据我所知，冲绳没有那样的风景。"

收集证物时，冲田也说过同样的话。后来警方找到专业风景摄影师咨询，也得到了类似回答。现在判断那可能是东南亚某地的风景。真不愧是答题王。

长年蹲在家里的夏希不可能拍摄那张照片。而且这七年间，篠原家其他成员也没有出国记录。

夏希如何得到了那张照片？

而且，房间里还有一样来路不明的东西。

那就是夏希服用的药物。勘验时发现书桌上摆着一个没有标签的塑料药瓶，里面残留一片药物。经过分析，那是国外的减肥药麻黄碱。

虽说是减肥药，但其主要成分是用于兴奋剂的生物碱。这种成分成瘾性极高，滥用可能导致死亡，早就明确了危险性。按照日本的药事法规定，禁止销售和宣传这种药剂，但是最近由于网络个人走私，偶尔能见到这种东西。由于持有药物并不违法，它跟兴奋剂不一样，被称为"合法毒品"。

夏希死亡时身高一百五十六厘米，体重三十八公斤。不知是否出于药物作用，她的体重比健康体重低了十公斤还多。

根据精神医学家介绍，闭门不出的人看似不会在意体型，但实际通常并非如此，因此夏希会服用减肥药并不奇怪。

麻黄碱在网上很容易买到，闹市区也有一些店铺在私下贩卖。可是，没有手机和电脑的家里蹲女性，要如何买到它？

"走吧。"

四处查看一番后，藤崎与冲田走出房间，继而离开了篠原家的房子。

房子外部也发现了共犯的痕迹，那是几个脚印。院子里残留着从房子走出去的运动鞋脚印，有可能属于逃跑的共犯。脚印长二十五厘米，男女皆有可能。

他们把钥匙还给站岗的警员，走了出去。

返回停车场的小巷是一条路通到底，没有岔路。

太阳已经完全落了下去，周围没什么路灯，因此特别暗。

停车场门前有一条沿河的马路，如果共犯意图逃跑，肯定会来到这条路上。

"您说，那人往哪边逃了？"冲田嘀咕道。

这条路右拐是上游的奥多摩深山，左拐则是下游市区。很难判断共犯究竟会逃往哪个方向。那人极可能藏在山上，也可能混进市区。

"应该是左拐往下游去了吧。"藤崎说。

"为什么？"

"直觉。"

"哦……"

听冲田的回应，他显然没有被说服。这人肯定不相信"刑警的直觉"这种暧昧的东西。

但藤崎认为这东西不可小觑。

他还有一个直觉。

这案子可能会拖长——

尽管现场留下了指纹等众多物证，但锁定共犯的调查依旧停滞不前。另外，夏希房间里那张蓝湖的照片，以及麻黄碱的来历，同样查不明白。

这种感觉就像拼凑缺少了重要部位的拼图。这种案子一般都会久拖不决。

藤崎心中略有不安。

第一部

致 Blue

泡沫。

在平成开始的一九八九年，的确存在过这样的经济阶段。日经平均股价在这一年末创造了史上最高纪录。

泡沫正如其名，最终会骤然湮灭。平成二年二月到三月，股价大幅崩溃，看不见尽头的经济低谷开始了。尽管如此，平成初期的那几年，街头巷尾依旧残留着泡沫的余韵。

那时 Blue 还没懂事。他与父母三人生活在麻布的高级公寓。父亲经营一家公司，依托着泡沫的盛况，发展还算不错。

母亲经常骄傲地说，你爸爸又高大又有钱，是个很帅的人。

进入青春期，Blue 的身高也猛蹿。他五官端正，按照普通标准足可称作美男子。说不定这就是父亲的遗传。

可是，Blue 却几乎没有关于父亲的记忆。

他只记得一个白色的房间。

里面有电视机，上面连着貌似游戏机的东西。没有人玩游戏，机器电源却开着，流淌出热闹的音乐。那是知名游戏《勇者斗恶龙》的主题曲。

电视机前的天花板上悬着一个东西，又黑又大，滴滴答答地流淌着液体，散发出一股恶心的酸臭味。

那一定就是上吊自杀，屎尿齐流的父亲。后来，Blue 这样想。

如果那真是关于父亲自杀的记忆,那么它应该发生在Blue刚刚五岁的平成六年一月。

假设游戏机上的《勇者斗恶龙》是最新作品,那应该是平成四年发售的《勇者斗恶龙5》,讲主人公拥有家庭的游戏。

Blue的父亲很喜欢打游戏,Blue似乎也很喜欢看父亲打游戏。

但Blue没有记忆,因此无法回忆。

藤崎文吾

平成十六年六月。

"我第一次吃猪肉盖饭，不过还可以啊。比牛肉饭还好吃。"
"真的吗？猪肉的确还行，可我还是喜欢牛肉。我爱牛肉。"
"神野，你就是吃不上才爱吧。"
"没有没有，还是牛好吃。"

两名下属——冲田和神野，跟他同坐在四人座上，你一言我一语地说着。

藤崎今天带着他手下的"藤崎班"到外面跑调查，太阳落山后收工，三人决定返回调查本部前先去沿街的吉野家吃晚饭。

"不过相比牛肉，猪肉的氨基酸更平衡，也含有更多维生素B。夏天还是吃猪肉好。"

"冲田哥，我们吃的可不是成分。"

由于美国农场的肉牛暴发疯牛病，从去年年底开始，日本就停止了美国牛肉进口。受到这一举措影响，不仅是吉野家，大多数主打牛肉饭的店铺都停止供应自己的招牌牛肉饭，转而主打猪肉饭或鸡肉饭等。

不经意间看向窗外，玻璃上已经出现了一道道的水滴痕迹。看来外面不知不觉下起了好几日不见的雨。

六月，这个号称史上最严重的空梅雨月份，快要结束了。

藤崎的直觉果然没错。

由于找不到共犯的身份和行踪，青梅事件的调查已经停滞了整整半年。

藤崎凝视着窗外反射路灯的雨点，呆呆地思考。

他并非在思考案件，而是思考家庭，他的妻子。

由于调查陷入持久战，本部的刑警也开始采取交替休息制度。上个月他好不容易能在家待一天，妻子却对他说了意想不到的话。

"班长，你喜欢猪还是牛？"

听到神野叫他，藤崎回过神来。这小伙子才二十多岁，是藤崎组最年轻的成员。

"这个嘛……我只要有味噌汤和它，别的就无所谓了。"藤崎拿起放咸菜的小碟子说。

"那是什么回答啊，太老气了吧。"神野无奈地笑道。

其实，藤崎的确最喜欢吉野家的咸菜和味噌汤。随着年龄增长，他不再执着于肥腻的肉类，开始欣赏清爽的泡菜和鲜美的蔬菜。

比起大海另一端发生的事情，他们在这里讨论的猪肉、牛肉和咸菜，可谓无比和平了。

藤崎上初中时，流行过一首歌叫《从未目睹战争的孩子》。那已经是三十多年前了。它是针对越南战争的反战歌曲。

当时，全世界都在担心资本主义阵营和社会主义阵营的冷战有一天会演变为大规模热战。人们甚至相信，诺查丹玛斯对一九九九年世界末日的预言，其实是美苏最终大战的警示。

年号从昭和变为平成时，冷战体制崩溃了。预言虽然没有应验,但世界并未迎来和平。海湾战争、9·11,还有这次的伊拉克战争。人们常说与恐怖主义作战,可是战争的原因早已不像曾经的东西方对立那样,能够简单讲述清楚。

伊拉克的大规模战斗虽然已经结束,可战争仍在继续。此时,日本也以支援复兴的名义派出了自卫队。今年四月,前往伊拉克从事志愿者活动的三名日本人被武装势力绑架,后来虽然平安获释,人们却开始争论这是否该算他们自己的责任。

能进行这种争论,或许正是和平的证据。

自从藤崎出生,大海另一端就总是燃烧着战火。他从未体验过真正的世界和平,但日本国内倒是从未卷入过战局。现在已经是从未目睹战争的孩子生了孩子,那些孩子又生了孩子的时代。

虽说这是个和平的国家,并不代表街头巷尾完全不存在恶性案件。所以藤崎他们还是要日夜操劳,鞋底踏穿。

就在这时,店里的背景音乐变了。

不做第一也没有关系
本来就是特别的唯一

对话停止,三人的表情沉郁。

《世界上唯一的花》。那正是藤崎他们调查的凶杀案——青梅案现场流淌的歌曲。这首歌今年春天还被选为了高中棒球选拔大赛的进行曲。"不做第一也没有关系"的歌曲是否符合大赛精神?藤崎虽然心怀疑问,但那也证明这首歌特别流行,深受众多人喜爱。

或许,这是一首最适合和平国度的歌曲。人们之所以能舒舒服服地欣赏这首歌,背后也不无缘由。

这半年来，他们发现的勉强能称得上有力的线索，便是凶案发生次日，尸体被发现前一天，也就是平成十五年十二月二十五日深夜的事情。一名流浪男子声称自己在距离案发现场六十米左右的多摩川桥头目击到有人沿着河边往下游走去。

当时岸边没有路灯，目击者没能看清那人的面孔，但他感觉对方留着一头长发。那极有可能是共犯。虽然共犯逃往下游的直觉也命中了，他们却再也没有线索追踪下去。

东京每天都有新案发生，警方不能为一个停滞的案子保留很多人手。调查本部不得不缩减规模。经过人员重组，辖区警署的调查员全部被调离藤崎组，只剩下警视厅一课的人。

鉴于媒体并不知道存在共犯的情况，听说上层准备利用这一信息差，将案件归结为次女夏希单独作案，并以嫌疑人的死亡拉上案件的大幕。

目前，警视厅还有一起未解决的灭门案件。平成十二年末，世田谷区上祖师谷某公司职员的一家四口遭到杀害，世人称其为世田谷案。

从现场情况和遗留物品可以判断，两起案件并无关联，但毕竟同是发生在年底的灭门案，青梅案一开始还被称为"第二个世田谷案"。

两起同类案件都尚未解决，这对警视厅来说堪称丑闻，甚至有可能导致警方信用度降低。因为青梅案至少确定了一名嫌疑人，虽然不算完整，但上级想至少在表面上把它解决。

藤崎极力试图避免这个结果。

身为号称精锐部队的一课刑警，自尊心使他无法接受这样的结局。

这半年，他们要求所有跟篠原一家死者有关系的人提供了指纹，就是没有找到与现场指纹一致的记录。

很难想象共犯是跟夏希及篠原家没有任何关系的人。

他们可能漏掉了什么线索，或者还有尚未发现的关联。如果能找到那个关联，调查也就有了突破口……

藤崎夹了一块咸菜，嘎吱嘎吱地咀嚼起来。

回到奥多摩警署，走进充当调查本部的大房间，有人喊了他一声。

那是另一个班的女刑警。就是她说出了夏希的房间"仿佛时间静止在昭和"的评语。

听说她高中时期是全国级别的柔道选手，体力上完全不输一课那些强壮的男刑警，工作起来又有女性特有的细致。因此，她在课内评价很高，藤崎也想把她挖到自己的班里来。

女刑警站起身，提起脚边的大运动包，朝他跑了过来。

"刚才您女儿给您送了这个过来。"

"我女儿？"他忍不住反问。

"是的。"女刑警手上那个的确是藤崎的包。

虽然调查本部成员可以交替休息，但藤崎身为班长也不能频繁回家，于是便让家里定期寄送换洗衣物过来。

不过，今天是他女儿专门跑到奥多摩警署，亲自给他送来了衣服。他家靠近明大前车站，到这里来得花一个半小时。这是吹的什么风？

"谢谢了。"

他接过包，女刑警露出了笑容。

"您女儿个子好高啊。"

"嗯，还可以。"

今年春天，女儿顺利考上了第一志愿的高中。

她好像已经过了抽条的时期，不过已经跟一米七五的藤崎差不多高了。

"你见到班长女儿了？感觉如何？"

旁边的神野问道。他跟女刑警是警校的同期生。

"高高瘦瘦，感觉很潇洒。"

"像宝冢那样的？"

"啊，嗯，差不多吧。不过更像排球社团的，比如木村沙织那样的。"

"那是谁？"

"神野，你不知道吗？那可是马上要代表日本参加雅典奥运会的超级高中生呢。"冲田在背后插嘴道。

"没错。"女刑警点点头。

"哦，她跟那个人很像啊？"

"只是感觉上。"

"那姑娘说什么没？"

藤崎打断下属擅自品评自己女儿的对话，女刑警闻言歪过了脑袋。

"没说什么……就是很好奇地四处看了看。"

"是吗。"

"不过您女儿真好啊。您家在市区吧，还专门到这里来送东西。如果换成我，给钱我也不愿意。"

藤崎想起有一次聚会，这个女刑警提起过不想回老家。看来她跟父母的关系不是很好。

他自己也不太相信女儿对他的感情足以让她往返三个小时给

父亲送换洗衣服。

或许，妻子对她说了什么。

他感到心里一阵骚动。

"您女儿叫什么？"

"嗯？哦，叫司。"

就在他报出女儿名字时，内线电话响了。冲田快步跑向最近的电话机接起电话。

"这里是本部。啊，是的是的，我知道了，那我打过去吧。"

好像是外部电话。冲田找了张桌子坐下，开始电话沟通。

藤崎用余光看着他，转身走向自己的座位。女刑警也回到了座位上。

他开始查看堆积成山的报告，但一直无法专注。他很想知道女儿为什么突然跑过来。

要不给妻子打个电话问问吧——他停下工作，掏出放在内袋的私人手机。这是量贩店的人推荐他买的可拍照折叠手机，可他压根用不来。因为说明书厚得像字典，他提不起兴致看。

刚拿起来，手机就震动了。他收到一条消息。

"我在走廊，请过来。"

内容只有一行字，发件人是刚才还在接电话的冲田。他抬起头，发现冲田不在办公室里，可能已经讲完电话了。

他有事情不能当着别人的面说吗？肯定有事。

藤崎心中了然，站了起来。

冲田就在走廊上等着他。他使了个眼色，两人并肩走起来。他们顺着楼梯一路走到这个时间段不会有人的三楼转角，接着冲田开口了。

"我刚才收到一个很特殊的报信。"

调查本部和警署每天都会收到各种报信，其中大部分都是他们已经掌握的信息，或是派不上用场的东西，也有不少恶作剧电话。不过，偶尔也能得到极为珍贵的信息，所以不能小看。

冲田选择这样告诉他，是因为有价值吗？

调查本部的调查工作由好几个班承担，每个班之间也存在竞争关系。如果是有可能关系到调查进展的大线索，当着刚才那个女刑警的面，恐怕很难说出来。

藤崎用目光示意他快说。

冲田翻开了手上的便签。

"信息提供人是北见美保，三十五岁。她过去与篠原夏希有过交集。"

"什么？"

夏希十六年闭门不出，与外界的接触极为稀少。跟她有关系的人提供的信息自然无比珍贵。

"嗯，是这样的——"

听完报告，藤崎感到心跳快了许多。

如果这是真的，那此前的一个调查前提会完全崩溃。

"不会是恶作剧吧？"他忍不住问。

"我看她说话的样子没有异常，而且跟她约好了明天见面详谈。"

"知道了，我也去。这件事先别跟任何人说。"

"明白。"

这个信息的真伪尚不清楚，但极有可能是找到共犯的重要线索。

期待越大失望越大。可是藤崎依旧感到了一丝兴奋。

北见美保

　　北见美保之所以决心联系警方，是因为那些报道内容太离谱了。

　　她刚开始看的是周刊杂志，心想那上面可能会添油加醋乱说一通，就花了一整天在网上和图书馆调查，发现报纸上的措辞虽然相对温和，论调却基本一致，而且后期没有订正。因为文章中提到了"根据调查相关人员提供的信息"和"警方公布"，信息来源应该是警方。

　　这是怎么回事？她忍不住要弄清楚，就决定打电话过去。

　　大约三年前，美保跟一名美国设计师结婚，目前居住在加利福尼亚。

　　她每年过年都会回目黑娘家省亲，可是今年丈夫参与了一项很大的新年活动，元旦忙得回不去。后来又发生了很多事情，直到六月她才有时间回国一周。

　　每次回国她都能感受到——百元店的商品越来越丰富了，汉堡包的价格越来越低廉了。换言之，物价在逐年下降。

　　这次省亲最让她惊讶的是，老家的网络升级成了ADSL。而且还是8Mbps这种美国普通人家都很少见的高速线路。她猜测网费应该很贵，可是拿出合同一看，发现线路本身的使用费是每月两千八百日元左右，而且全城免费安装调制解调器，连安装费都不收。

母亲对她抱怨："免费的东西最贵，明明没怎么用，每个月也要交那么多钱，太烦了。"原来如此，果然有点道理。运营商的策略想必是一开始顶着赤字免费赠送调制解调器，获得大量网络用户，然后靠他们持续支付的使用费得到收益。事实上，已经年过六十，连键盘都敲不明白的父亲并不需要如此高速的网络。

可即便如此，这个使用费也算是相当低廉了。如果在美国使用同样的线路，光是初始费用就要一万美金，使用费可能也得翻倍。这到底是怎么回事？

美保很快就到三十六岁了。她上大学时正值泡沫经济高峰，属于泡沫崩溃前不久，就业市场还处在卖方优势时期安全上垒的一代人。九十年代，也就是美保在日本工作的平成初年，日本可能是全世界物价最高的国家。

当时不限流量的宽带在日本普及较迟，多数人用的都是速度低而价格高的拨号网络。不少人因为使用网络，每个月要交好几万日元的电话费。美保自己私下使用网络时，也只敢在NTT"拨号无限量"服务生效，只收取固定费用的晚上十一点以后连接。

现在呢，还不到十年，日本的网络线路已经变得比美国更快更便宜，连食品和生活用品的价格也降了下来。

不过，她不确定这种降价是否合理。搞不好物价下降的同时，商品也变得廉价了，或是人们变得更贫穷了。不，一定是这样没错。

她在日本跟老同学或旧同事聊天，肯定不会听到经济很好这种话。最得意的只有很小一部分IT企业工作人员。美保以前工作的公司也已经被收购，早就不复存在。过去经常一起去迪斯科玩耍的朋友，现在好像都迷上了风水和节约术。

现在，美保回国的乐趣，就是请母亲把她订购的女性周刊杂志攒下来，她好一口气读完。

住在美国，无可避免地会错过很多日本的消息。她这么做是为了恶补信息。当然也可以读报纸，但美保总感觉周刊才是浓缩了"日本"精髓的载体。

在日本，保持同调的压力极大，每个人都特别在意周围人的目光。其实日本人个个都爱出风头，却不允许身边有人格外惹眼。他们最喜欢看名人的丑闻，说他人坏话，自己却不想成为恶人。日本就是挤满了这种狭隘人群的狭窄国家和狭小社会。无论国家富裕还是贫穷，这点都不会改变。

仔细想想，美保从小就讨厌"世俗"这一套。她很难融入集体，直到上初中时，还经常成为被霸凌的对象。

她擅长绘画，认为周围的人很难理解自己的高度感性。

我跟你们不一样——她心底这样想着，一直生活在压抑之中。高中毕业后，她考上美大，终于感到轻松了一些。因为她觉得，美大里都是跟自己一样的人，这里的气氛也比日本其他地方更轻松。

可是找到工作以后，她又重新陷入郁闷。美保加入了一个中坚企业，女员工不是被视为男员工的新娘人选，就是被带去接待客户，充当陪酒女郎。而且她们中间还存在派系斗争和钩心斗角的人际关系。

这里不是我待的地方——美保心中渐渐积累了不满。而当时正值泡沫经济崩溃后死气沉沉的时期，加之内容极具内省意义，如同哲学问答的机器人动画《新世纪福音战士》恰好引发热潮，"寻找自我"的风潮遍及全日本。

与此同时，职业棒球运动员野茂英雄挑战美国职业棒球大联盟，从加入第一年就开始大显身手。美保虽不是棒球迷，却因为这个新闻号啕大哭。这名运动员勇敢跳出日本的身姿，成了她憧憬的对象。

我以后也要去美国——美保想着，一边继续工作，一边给自己报了英语会话和设计的学习班。

如果说向美保提供美国这一人生选项的是运动员，那么让她最终做出选择的，就是一名来自美国的歌手。

当她第一次听到平成十年——也就是一九九八年末出道的宇多田光的歌声时，心中大受刺激。她感受到了日本流行乐和歌谣曲从未有过的节奏和力量。而且，她还只是一名十五岁的少女。在这个迎接世纪末的苦闷国度，美保似乎吹到了自美国而来的强烈新风。

她被那个年龄只有自己一半的少女触动了。平成十一年，美保辞去工作，前往洛杉矶的设计学校留学。那年，她正要迎来三十一岁生日。

当时在学校担任讲师的人，便是她现在的丈夫。读书时，他先接近了美保，然后两人开始交往，他在美保即将毕业时向她求婚。那一刻，美保觉得自己成了少女漫画里的主人公。

她同意求婚的最大理由，恐怕是丈夫的美国人身份。得知消息后，她的父母慌了手脚，朋友也都极力反对，美保却没有迷茫。她确信，自己与丈夫生活的美国西海岸城市，才是她真正的归宿。

当然，她很快就意识到那只是自己的美好幻想。

原来，美国也有美国的处世之道，西海岸也有西海岸的世俗。美保不是美国人，语言首先就成了一大障碍，她无法融入英语会话者的圈子。最让她受打击的是，她仅仅因为亚洲女性的身份，就自然而然地被人轻视。简单来说，美保受到了歧视。更糟糕的是，她结婚没多久，美国就发生了9·11恐怖袭击，从那以后，不仅是伊斯兰教人士，所有外国人的处境都变得更加艰难。

就连与她最亲近的丈夫，也张口闭口就是"你这日本人——"语气里不无歧视。美保很快就发现，丈夫之所以选择她，最大的理由就是亚洲女性比欧美女性更收敛，更乖巧。就算想吵架，美保的英语能力也无法让她自由表达自己心里的想法。结果，美保就成了"乖巧的亚洲女性"。

这场婚姻说不定失败了——她心中常常闪过这样的想法，却不愿意承认。她决定跟外国人结婚时，好多人都企图把她困在那个狭小的国家，纷纷劝说"你要冷静想想""日本人就该住在日本"。她不想认输。

所以，美保一回国就要仔细确认。

确认自己的生活远比在日本强得多。

她要听朋友抱怨，阅读杂志上的文章。

美国的经济好得多，日本的社会远比美国更阴暗排他。她就是要确认这点，然后享受幸灾乐祸的喜悦。这也成了她缓解美国生活压力的一种疗愈。

这次回国，美保也一直抱着攒了整整一年半的杂志沉迷阅读。很快，她就看到了今年年初发行的特刊上刊登的《家里蹲十六年 少女化身恶魔》。

那篇文章讲了发生在去年圣诞节的灭门事件，号称"青梅案"。

犯罪嫌疑人是家中次女，这个女儿高中退学后，一直在家里过着足不出户的生活。

看到次女的名字——篠原夏希，还有文章附带的照片，美保惊讶得站都站不起来了。

底下的文字提示这是从初中毕业相册中选取的照片。那个看起来比实际年龄小一点的少女，美保竟然认识。

她的姓名、年龄，以及家在青梅的事实，都与她记忆中的少女一致。不可能是别人。

美保认识篠原夏希已经是很久以前的事情，当时她还在上美大。应该是大一那年……推算下来，便是昭和六十二年，泡沫经济正值高潮的年末。

那年过年，美保在立川的神社打工，穿着巫女装束为参拜者指引道路，或是销售护身符。

夏希也打了同一份工。她们休息时会闲聊两句，渐渐就熟悉起来了。

当时，夏希还在念高一，因为生日早，才十五岁。她记忆中的夏希，跟杂志上的毕业相册照片里几乎一模一样。

——我第一次碰到这么理解我的人！

她还记得夏希对她说过这样的话。

杂志文章里提到，夏希在那一带是出了名的"任性孩子"。

夏希的情绪的确起伏很大，属于比较难相处的类型。而且她总是我行我素，应该不容易融入集体。不过，美大其实有不少这样的人，美保自己也差不多。

然而，美保并不觉得自己跟她有什么共鸣，只是一直倾听，不做任何否定罢了。仅仅如此，夏希就说出了"第一次"这种话，反倒能看出她周围的确没有一个人能理解她。

美保上学时在大学附近租了一间屋子独居，还让打完工的夏希在那里住过一个晚上。

她已经想不起具体缘由,感觉就是夏希提出"今天不想回家""能不能让我住下,一天就好",她没想什么就答应了。她甚至没想过要联系她家里人。

夏希在学校没有关系好的朋友,在家也跟家人不怎么处得来。她还说,家里有个优秀的姐姐,她总是被拿来比较,然后挨骂。

而且,她还很不高兴父母把她送进了校规严格的女校。学校禁止打工,她还是瞒着父母出来的。

夏希的为人和她杀害家人的事实,都不是美保觉得杂志在胡扯的部分。尽管这是一件凄惨的案子,但那时的夏希已经表现出性格极端的苗头。

她觉得胡扯的部分在于,竟然说夏希是个家里蹲。

美保可以断言,那绝对不可能。

她想询问警方,但不知如何联系,只好打了一一〇。对方回复"负责该案的警署稍后给您回电",之后就有一个叫冲田的刑警打过来了。

翌日。

美保前往娘家附近的警察岗亭,与警方详谈。

岗亭内部有个类似办公室的房间,除了昨天给她回电话的冲田,还有一个名叫藤崎的刑警。

冲田理着寸头,戴着银边眼镜,形象比电话里声音的主人更严厉。藤崎身材中等,粗黑的眉毛和锐利的目光给人留下很深的印象。两人之中藤崎更为年长,看起来像上司。

"您昨天在电话里说,结束了神社的兼职工作后,过了几年您又碰到了篠原夏希？"

确认完她与夏希在兼职中认识的事情之后，冲田问道。

"是的。"美保点点头。

她从随身携带的托特包里拿出一本记事本，查看了日期。那是她在娘家柜子里翻出来的上班时用的本子。

"是一九九五年八月二十七日，星期日——"

兼职相识的八年后，美保再次碰到了夏希。而且在一个家里蹲绝不会去的地方。

一九九五年，也就是平成七年，恐怕是很多日本人印象深刻的一年。那年一月发生了阪神淡路大地震，三月发生了奥姆真理教地铁沙林毒气事件，全都是具有历史意义的大事。

当时是美保踏上社会的第五年，她刚刚产生辞职的念头。

"我在SSAWS滑雪场碰到了她。就是船桥那边的滑雪场。"

那个地方的正式名称叫"LaLaport Skidome SSAWS"，号称一年四季都能滑雪的室内滑雪道。SSAWS是Spring（春）、Summer（夏）、Autumn（秋）、Winter（冬）和Snow（雪）的缩写。

两年前，也就是平成十四年，这家滑雪场停止营业，目前正在拆除。这是她前些天从杂志上看到的热门话题，标题还加上了"泡沫的遗迹"这种形容。

只不过，SSAWS滑雪场和东京朱利安迪斯科这些总被认为是泡沫经济象征物的设施，多数是在泡沫经济崩溃、进入平成年代之后才开业。或许，人们身在看不见尽头的经济低迷中，带着对泡沫的强烈憧憬，冲动之下开办了这些娱乐场所。

一天，学生时代的朋友说自己有票，邀请美保一起去玩夏日滑雪，她就答应了。

当时，她和朋友正在场馆内的汉堡店吃饭，突然有一名年轻女性上前搭话："莫非你是美保姐？"她一时没认出来对方是谁，那人又说："我是夏希，篠原夏希。"

"她一说我就认出来了。虽然头发颜色完全不一样，但的确是她。"

久违八年的夏希已经彻底变了样。她染了金色的头发，粘着假睫毛，描着厚重的眼线，完全是一副当时流行的辣妹模样。可能她的脸型原本就适合这种妆容，看起来格外好看。

那时的夏希应该已经二十多岁了，但要说她是高中生，美保也丝毫不会怀疑。

昨天，美保在电话里只提到了自己碰见夏希，此时她又说，夏希当时不是一个人。冲田闻言，略显惊讶地反问道：

"篠原夏希还有同伴吗？"

"是的。不过当时是她走到我们的座位旁，所以我没跟她的同伴说话。但可以肯定，她的座位上还坐着一个女人和一个小朋友。"

"那两个人叫什么？跟她是什么关系？"

"这些我都没听说。"

"那外表和大致年龄呢？"

"不好意思，因为离得远，我也不太清楚……女人应该跟夏希差不多大，说不定更年轻一点。我记得她留着黑色长发。小朋友可能是幼儿园或小学低年级左右吧。当时我以为那是夏希的朋友和弟弟……"

"弟弟？那么说，小朋友是个男孩子？"

"是的。啊，不对，小朋友当时背对着我，我不能肯定。只是他穿着蓝色外衣，看着像男孩子。"

美保努力搜寻着模糊的记忆,回答道。

"原来如此。然后篠原夏希本人对你说,她离家出走了?"

美保点点头。她问夏希:"你现在做什么?"夏希笑着回答:"我离家出走了。"

"她说,打工那年的春假,她离开了家,从此再也没回去过。"

"那应该就是她高一升高二的春假了[①]。"

昭和六十三年——一九八八年。那正好是夏希退学开始家里蹲的时期。

"应该是。"

"她有告诉你为什么离家出走吗?"

"没说……但我能猜到。因为她做兼职时就一直说自己讨厌父母、讨厌家里,觉得自己被束缚了,痛苦得不得了。"

被这个国家的社会所束缚的美保也有同感。

"您知道她离家出走后过着什么样的生活吗?"

"我也没具体问……不过我们交换了电话号码。"

"号码?"

"是的,就是这个。"

美保翻开记事本,展示给两名刑警。

上面记着一串十位数的电话号码,底下用潦草的字迹写着"夏希(玛丽亚)"。

冲田指着那几个字问道:

"玛丽亚是谁?"

"就是夏希。她好像住在一个宿舍之类的地方,号码是公用

[①]日本一般在春假结束后的四月开始新学年。

电话，而她在那里叫玛丽亚，所以让我用这个名字找她。"

"宿舍吗……"

"对，她是这么说的。"

"你打过这个号码吗？"

美保摇摇头。

"没有。我也把当时住处的号码给她了，但是夏希也从来没联系过我。"

那次之后，美保就再也没见过夏希。

藤崎文吾

"其实就是一时兴起吧。您女儿还是高中生，突然想到远处走走也正常。"

冲田边开车边说。

他说的是上回女儿小司给他送换洗衣物的事情。

后来他打电话回家问了妻子，发现她也不知道这件事。再仔细一问，她的确让女儿去找快递寄衣服了，没想到女儿会自己送过去。连妻子也只说："就是一时兴起吧。"

他半是抱怨地对冲田说起了这件事。

"一时兴起吗……"

其实那通电话还有后续，只是他没告诉冲田。

——你没对小司说离婚的事情吧？

——怎么可能说。

藤崎问了一句，妻子气愤地回答了。就这样，两人中断了通话。

上次回家，妻子对他提了离婚。不是现在，而是三年后，等小司从高中毕业，定好以后的志愿再说。

他感觉，那就是一道晴天霹雳。

他与妻子结婚二十年，中间并非没有小冲突小矛盾。尽管如此，这个家庭总的来说应该还算美满。藤崎自认为是个传统的男人，但从未对妻子和女儿动过手，也从来没有外遇。他不理解妻子为何要跟他离婚。

——你不是对我没兴趣嘛。我们不过是表面上维持着婚姻关系而已。

妻子这样说道。简而言之，她是怨藤崎不顾自己，不顾家庭。

的确，藤崎跟很多同事一样，一直把工作放在第一位，从来不管家务和孩子。女儿出生后，他们从未有过夫妻生活，这几年甚至没怎么说过话。他已经想不起自己求婚时对妻子的感情了。

可是，长相厮守的夫妻不都这样吗？

警察身为治安的守护者，必须把工作放在第一位，妻子应该很清楚才对。因为她以前也是藤崎所在的辖区警署的文员。

他不酗酒、不家暴、不铺张浪费，认认真真走过了这些年，妻子未免有些不讲理了。他无法接受，便大声质问：为什么？

——因为没有感情了。我已经不喜欢你，你也已经不喜欢我。这个理由还不够吗？

妻子用平板的声音回答。

不喜欢你——这句话让他气愤无比。

胡说八道！他怒吼一声，抽了妻子一个耳光。

妻子跌倒在地，唇角流下了鲜血。她捂着脸撑起身子，含泪瞪着他。

那张脸让他震惊了。并非因为流血，而是因为他不认识。

那无疑是妻子的脸，只是比年轻时多了些细小的皱纹，眉眼不可能有很大变化。那应该是他早已看惯的脸。

但他不认识。

那个表情。

虽然接近于面无表情，但并非完全没有。她的脸上隐隐带着些陌生的冰冷。

妻子凝视着他，开口道：

"你根本不明白我的心情，对不对？所以我要离婚。"

那也是他早已听惯的声音，但彼时却显得无比陌生。

她说得没错。藤崎完全不了解妻子。

当时，他心中的感情近乎恐惧。他突然直面着一个事实——这个与自己长年生活在同一屋檐下的妻子，竟过着截然不同的生活。他感到惊恐，同时也很困惑。

藤崎选择了逃避，对妻子说"我会想想"。从那以后，他就没怎么回家，因此在那通电话之前，他一直没跟妻子说过话。

"总比她在这种地方晃悠悠要好吧。"

冲田并不知道藤崎家的情况，随口调侃道。

"你觉得这不关你的事，就大放厥词是吧。"

他挤出一丝苦笑，转头看向窗外。

明媚的阳光下，与这气氛毫不相衬的艳俗招牌不断向后闪过。还是大中午，巷子里就站着不少一看便是出来揽客的男人。

这里是与北区和足立区接壤，号称东京卫星城的埼玉县川口市。西川口站周边的商业街挤满了色情风俗店，就是所谓红灯区。不过，这里跟东京的类似区域有一点规则上的不同。

"西川口流为什么会成立？答题王，你知道吗？"藤崎问道。

日本法律禁止组织卖淫，色情风俗店都不提供所谓"本垒"服务。准确来说，唯有泡泡浴这种地方默认可以用"在里面自由恋爱的结果"这种奇怪的理由"上垒"，至于其他行业，原则上都是禁止的。

可是，西川口的粉红沙龙、角色扮演俱乐部等各种店铺都光明正大地提供真正的性服务，可谓卖淫的乐土。人们称其为"西川口流"或是"NK流",还被杂志介绍过。

"这个嘛……此处不是吉原那种历史悠久的红灯区,而是在昭和四十年代,东京都加强管理之后逐渐形成的风俗店一条街……都说这是那个时候延续至今的惯例。"

"惯例……那应该叫特权吧。"

"也对。埼玉县警察那边我倒是不太清楚。"

辖区警方不可能不知道这里的情况,只是没有主动干涉。当然,这中间肯定存在警方与经营者互相勾结、行贿受贿、帮忙安排退休警官再就业的情况。

本来,默认泡泡浴场馆可以发生正式性行为这点本身就是警方放纵的结果。对警方来说,辖区内风俗店的管理的确可以说是特权。

"毕竟连警视厅都有人在歌舞伎町和莺谷那边中饱私囊啊。"

藤崎哼了一声。

"不过也有人说,取缔那个地方只是时间问题。实际如何就不知道了。"

说着,冲田转动方向盘,车子离开商业街,进入住宅区。

"净化之战……好像是动真格的啊。"

在首都及其周边城市,警方与风俗店——以及店铺背后的暴力团伙长年保持着不可为外人道的关系。不过,现在风向出现了剧烈变化。一切的契机,是三年前,也就是平成十三年新宿歌舞伎町发生的楼房火灾。一座开了许多风俗店铺的楼房起火,最终导致四十四人死亡,在当时是震惊世人的巨大惨案。

后来,改革商业街的呼声越来越强烈,东京都知事提拔了一名警界出身的官僚出任副手。在他们的带领之下,警视厅及首都圈的各县警方开始策划"风俗净化之战"。

这个行动的目的已经不是防范灾害，而是肃正纲纪。他们似乎打算以歌舞伎町为开端，陆续对首都圈的商业街展开整顿。

当然，西川口八成也会成为目标，如此一来，这里几乎每一个店铺都要被整顿。

完成净化后，政府似乎要把这些地方改造成紧贴地域的商店街，可是现在经济这么不景气，这真的会顺利吗？说不定到时候会发生谁也想不到的变化。

车子拐进了河堤边上的小路。周围很安静，既没有对向来车，也没有后方来车。河堤另一头是一片住宅和工厂。

"啊，就是这里。"

冲田停下车，拿起放在仪表板上的住宅地图查看了一番。

"您先下车吧，我把车停好再过来。"

"好。"

藤崎下了车。

迎面扑来一股湿热的空气，还带着一股草叶味儿。

时至七月，日子一天天热了起来。虽然梅雨季节还没过去，但也只是偶尔听见几声远雷，几乎没有什么雨水了。

背后河堤之下，就是埼玉县与东京都交界的荒川。

藤崎抬头看着红砖外墙的公寓。那栋楼门口挂着"户田河畔花园"的公寓门牌。按行政区域划分，这里属于川口市隔壁的户田市。

筱原夏希压根儿没有蹲在家里，而是离家出走了——他们得到了这样的信息。

藤崎和冲田与信息提供者北见美保直接碰面并交流了一番。她看起来不像说谎，而且也没有说谎的理由。夏希很有可能真的离家出走了。

那么，之前调查的前提就会大幅崩溃。

平成七年，美保在SSAWS滑雪场碰见过离家出走的夏希，两人还交换了电话号码。那个号码就属于这座公寓的某个房间。

只要请通信公司配合调查，很容易就能从固定电话的号码查找到使用者。一般情况下一两天就能找到，可是这次却花了一个多星期。

并非通信公司多花了时间，而是警方上层刻意拦截了信息。

与北见美保见面后，藤崎马上向负责调查本部的主任濑户做了汇报。

按照资历，濑户比藤崎晚来三年，但晋升得更快。因为他注重组织纪律和理性，是那种对现场管理很严格的干员。他跟冲田有点像，不过能在竞争中爬到上游，可见濑户更老辣。

此时，藤崎已经不打算让自己的班独占这个信息。

仅凭藤崎班这几个人，很难追查夏希离家出走后的踪迹。

因为是停滞了整整半年的案子，濑户也对新线索表示了很大的兴趣。本来，这个线索应该在下一次调查会议中公布，所有调查人员共同查证……

可是第二天，濑户突然改变态度，严令藤崎班独自展开调查，不得与其他班及辖区警署调查人员共享线索。换言之，就是封口。

他为何要下这个命令？濑户只留下一句"到时候自然会解释"。

此时，藤崎已经有预感，可能是电话号码透露了不得不慎重调查的什么东西。

现场必须遵从上头的指示，所以藤崎班独自调查了一段时间。

根据神社记录，昭和六十二年到六十三年的年末，夏希与美保的确在那里做过兼职，这点算是查明了。

然后，在美保的协助下，他们还制作了夏希出现在SSAWS滑雪场时的肖像画。美保声称"一模一样"的画中少女，的确跟初中毕业相册上的夏希感觉大不相同。

但是除此之外，他们就没有什么收获了。

他们又对夏希的朋友和篠原家的相关人员做了问询，没有人知道夏希曾经离家出走。

而且，尽管有人听篠原家的人说过夏希是家里蹲，也没人亲眼见到过她。

由于此前没有其他线索，他们把夏希家里蹲作为调查的前提，但这条线索实际也只是传闻而已。她的家人也有可能为了隐瞒她离家出走的事实，谎称她长年闭门不出。

篠原一家是否过于在意邻里的目光，没有向任何人坦白夏希出走的事实？几次三番的含糊其词过后，或许只能任凭外人认为夏希成天蹲在房间里闭门不出。虽然这两者同样丢人——他大致能想象那个过程。

直到前天，濑户才总算"解释"了封口的事情。

藤崎被叫到奥多摩警署三楼的会议室，那里不仅坐着濑户，还有他上司——调查一课的课长。

藤崎在两人对面落座，濑户郑重其事地开口道："藤崎兄，你上次得到的电话号码现在虽然无人使用，但在此之前，属于某个比较棘手的组织。"

藤崎微微点一下头，示意他说下去。

果然如此。而且连课长都来了，证明事情极为棘手。

"你还记得'小甜心'的案子吗？"

濑户用询问的目光看着他。

"记得。虽然我没有参与调查，至少知道这个名称，毕竟那案子有很多传闻。那个，莫非……"

"没错，你拿到的就是'小甜心'的电话号码。"

藤崎咽了口唾沫。

但他的心里反倒更踏实了。

原来如此，难怪啊。

"小甜心"是平成八年六月遭到取缔的约会俱乐部。

所谓约会俱乐部，就是向财力宽裕的男性介绍女性与之交往的中间人。说是交往，当然不是那种以结婚为前提的认真来往，其实际形态，说白了就是卖淫。

不过，约会俱乐部不是风俗店。他们摆出了"仅为男女邂逅做中介的善意第三方"的立场。就算其中存在卖淫行为，也是个人所为，中介并未参与。这就是他们一直以来逃脱制裁的借口。

之所以取缔"小甜心"这个中间商，既不是依照卖春防止法，也不是依照风营法。从这个名称就能想象，他们是以介绍年轻女性为卖点，而且其中还有未成年人。无论是否存在卖淫行为，只要涉及未成年人，必然出局。因为这违反了儿童福祉法。

经营者似乎也有自身违法的认知，一直维持着仅靠熟客介绍的全会员制经营。但是，一名少女因为别的案子被带到警局接受批评教育时，无意中透露了这个信息。

于是，"小甜心"就遭到了取缔。到这里为止，都是很常见的模式。

麻烦的是取缔之后。

"小甜心"的经营者名叫大神田，是政府的旧官僚，在遭到取缔后只身逃跑，最后死在了东京都内某商务酒店。被发现时，他吊死在门把悬挂的绳索上。辖区警署将死因判断为自杀，继而结束了"小甜心"的调查。

不久之后，某纪实类杂志打着"调查相关人员提供的信息"的旗号，报道了这起案件的疑云。

不久前因介绍未成年人卖淫遭到取缔的约会俱乐部"小甜心"，其经营者是政府旧官僚，动用人脉招揽顾客，名单上不乏高级官僚和警方干部。此次取缔实乃不测，经营者被谋杀封口的可能性极高——如此这般。

那份杂志平时连都市传说都能煞有介事地刊登，由于可信度低，大媒体压根儿瞧不上这个信息。然而，这件事在水面下还是骚动了很久。

这件事在警方内部也成了人们暗中谈论的话题。那篇报道好像并非完全子虚乌有，真的有高层的名字在上面，等等。"不足为外人道"的消息眨眼就传遍了内部，藤崎也是这个时候得知了"小甜心"的案子。

就算是警官，也不可能完全了解自己隶属的组织究竟在做什么。可以肯定的是，只要是为了维护组织，警察可以面不改色地做一些肮脏的事情。尽管他认为谋杀封口未免太夸张了，但假设有人销毁了对自己不利的证据，那还真是一点都不奇怪。

"也就是说，篠原夏希很可能跟'小甜心'有关系，对吧？"

藤崎凝视着濑户的眼睛说。

一个离家出走的姑娘在约会俱乐部赚钱为生，这完全有可能。

"也许有。不过这也要看接下来的调查结果如何。"

"那么，这件事可以调查？"

"当然。不过藤崎先生，你也知道，那个取缔案引发了很多无聊的传闻，因此必然有人不想无风起浪。总之，你得慎重一点。"

濑户拿起一个文件夹，交给藤崎。

"这是那个案子的资料，用它来推进调查吧。这上面列出的相关人员，你都可以直接接触。"

反过来说，他的调查范围不能超出这份资料。

濑户的口吻，还有得到这个解释花费的时间，都明确暗示了这点。

看来，那份传说中的顾客名单上真的有警方高层的姓名。而他手上这份调查资料，肯定已经去掉了一切与之相关的信息。

"还有，这个调查依旧由你的班秘密进行，你务必要严令下属，切勿透露任何信息。"

"啊？"

他忍不住皱起了眉。

濑户如此慎重，莫非名单上的人位高权重？但不管此人是谁，为了保护一个与未成年人发生性交易的高层而不得不忍受这么多麻烦，都让他难以释怀。

"藤崎君，你就忍忍吧。"

一直默不作声的一课长突然开口了。

"关于之前的传闻，我们也无从得知真相。但是上面有好几个领导不想打草惊蛇。这个'小甜心'的案子已经成了忌讳，甚至有领导认为，电话号码的真相都不应该传达给调查现场。"

"一课长，那是……"

濑户可能觉得一课长说得太多了，想出言阻止。但一课长挥挥手对他说："没关系。"

由此可见，他们也被施加了压力。如果连警视厅调查一课的课长都要称其为"领导",那压力的来源无疑是最高层的干部。

"我不想浪费现场好不容易找到的线索,但这已经是我能做到的极限。不过老实说,我觉得这案子实在不行,就用嫌疑人死亡的事实结案也挺好。"

课长的声音里透着不容置疑的威严,仿佛在暗示藤崎不要再提出任何质疑,否则整个调查都会被撤销。

"……我明白了。"

藤崎回答道。

尽管他无法接受,但再怎么抵抗也没用。这个线索没有被直接掐死,已经算好了。

他只能在给出的条件限制下竭尽全力。

野野口加津子

两名警官找上门来问话，其中那个自称冲田的年轻警察先把屋里看了一圈，然后说："您喜欢勇俊哥哥啊。"

无论是谁，只消看一眼这个起居室就知道了。墙上的海报、相架里的照片，全都是裴勇俊。他是一名韩国演员，主演了目前NHK正在播放的韩剧《冬日恋歌》。

"是啊，呵呵。勇俊哥哥四月来日本时，我还去羽田机场接机了。"

野野口加津子说着说着就情不自禁地露出了微笑。她只要一提到或是想到勇俊哥哥，就会变得特别兴奋。

去年，BS电视台也播放过《冬日恋歌》，加津子碰巧看了第一集，立马就着了迷。虽然那个爱情故事有点老套，但她觉得里面有着最近日本电视剧所没有的纯粹。最重要的是，她深深爱上了主演裴勇俊的笑容。

并非只有加津子一人产生了这种感觉。由于反响巨大，NHK今年也用地上波开始播放。以此为契机，日本兴起了可以称之为社会现象的韩流热潮。

"我跟勇俊哥哥是同一年的。"冲田说道。旁边那个年纪比较大的藤崎刑警回了一句："哦，是吗？"

"那你今年三十二岁呢。"

勇俊哥哥的生日是一九七二年，换算成日本年号就是昭和四十七年八月二十九日。加津子的儿子裕史也是这一年出生。
"不愧是您。"
冲田一脸感慨，不过这种已经算是每个粉丝都熟知的常识了。
"那么，关于那个房间——"
冲田转到了正题。
"是的是的，一二〇一对吧。我把合同找出来了。"
加津子是荒川沿岸的公寓"户田河畔花园"的所有者。这栋楼原本属于经营不动产的丈夫，但是他四年前因脑梗去世，便由加津子继承了。公寓十三层顶楼是自用空间，目前她一个人住在里面。

两名刑警开始比对加津子放在桌上的合同，还有他们自己带来的资料。

一开始，加津子突然接到自称刑警的人打来电话，还以为他们要说冒充身份诈骗的事。

事情就发生在几天前。

中午时，她接了一个电话，那边一上来就说："老妈？是我啊，是我。"加津子没太注意，不小心反问道："哦，裕史？"对方立刻接话道："对啊，我是裕史。"

接着，那个自称她儿子的人告诉加津子：自己一时糊涂对别人性骚扰了，只要现在拿出五十万日元，对方就选择和解，能不能想想办法。加津子信以为真，马上向那人提供的账户汇了五十万过去。

由于其后音信全无，加津子就打电话给儿子，问他是否和解成功，这时才察觉到自己受骗了。

她知道现在流行这种诈骗，新闻还说，今年上半年的冒充身份诈骗受害额度就超过了一百亿日元，全年可能要突破三百亿。当时她还很惊讶，怎么这么多人会上这种当。可是现在，她自己也上当了，真是无话可说。

得知母亲受骗，儿子裕史也一个劲说她"你怎么这么笨"。当儿子问道"被骗了多少"时，她撒了个谎，说被骗了十万。

要是你能有点出息，我也不至于被骗——这句话被她咽了回去。因为说了也没用，搞不好还要挨打。

裕史很生气地说："你觉得我会干那种事吗？"说句实在话，加津子觉得他就算做了那种事也不奇怪。

可能因为从小溺爱，她这个儿子变得既邋遢又没耐心。复读一年总算考上了名字都没听过的大学，就这样还留级了两年。好不容易毕业了，却一直找不到稳定的工作，不久前竟毫无征兆地说自己要当电影导演，还跟一帮狐朋狗友搞起了自制电影。可是，加津子觉得他就是在玩儿。这孩子从未孝顺过父母，偶尔露个脸，就是来要钱的。

自从知道儿子跟勇俊哥哥同年，她没有一天不幻想裴勇俊才是自己的儿子。

儿子还小的时候，她的确对其疼爱有加。至于现在，加津子已经搞不清楚了。尽管如此，她还是出于谜一样的义务感，对儿子索要金钱的行为有求必应。

就算给了钱，他也不会说声谢谢。别说感谢，裕史还会傲慢地对加津子说：

——这都是老爸留下的公寓赚的钱，又不是你自己赚的钱。

他说得没错，但是每次听到那种话，加津子都感到心如刀割。

事情怎么会变成这个样子？她明明什么都没做。

是的，加津子什么都没做。

她出生在二战结束后不久，属于日本的婴儿潮一代。初中毕业后，她参加集体就职，从福岛来到了东京。离开前，父母对她千叮万嘱："你听好了，女人要惹人怜爱。平时要内敛，要娇柔。"她遵守了父母的嘱咐，在陌生的东京生活，最后被丈夫相中，与她结为夫妻。人们都说她攀了高枝，她自己也这么想。结婚之后，她也一直勤勤恳恳地伺候丈夫。她得到的教育是女人这样就能幸福，而且亲身实践，也真的走过了还算幸福的人生。

然而那段时光只持续了短短十年。刚进入平成，生活就变得有些奇怪了。丈夫的事业开始走下坡路，儿子无论多大都成熟不起来。曾经她也想过以后可以靠儿子养老，现在看来，应该行不通。

其实，丈夫留下的这座公寓，收益也没有裕史想的那样多。丈夫不仅给她留下了资产，也留下了一笔债务，平时收上来的房租几乎都拿来还债了。加津子当了一辈子家庭主妇，时至今日已经没有能力工作，也不想工作，只能靠存款过活。可以说，她手握经济景气时丈夫积累下来的资产，每日坐吃山空。

每次购买勇俊哥哥的周边，每次拿钱给儿子……不，仅仅是每天解决一日三餐，都会让存款余额一点点减少。这回还遇上了诈骗。这种感觉就像被人割开了重要的血管，鲜血止不住地流淌。

加津子虽然感到隐隐的不安和恐惧，但她不擅长处理数字，无从计算自己的生活还能维持几年。她也不知道一旦生活无以为继，自己将面临怎样的命运。因为不想思考这些，她就从来不思考，而是每天反复观看自己录下来的《冬日恋歌》。

加津子什么都不做，丝毫不打算改变现状。

现在，加津子的愿望只有一个，就是存款用完之前，自己能无痛无灾地死去。

她羞于谈论自己被骗的事，因此没对任何人说，当然也包括警察。她以为警察从别的地方查到了这里，原来并非如此。

"请问您记得以前住在一二〇一的人吗？"

"是的。当初签这份合同的虽然是我先生，不过因为房间就在楼下，发生那件事时，我们被问了不少问题。"

十二层角落的一二〇一跟楼主房间一样是四间房的家庭套间，也是这座公寓面积最大的房子。

十年前，也就是平成六年开始，一个名叫大神田的人租下了那间房。大神田自称演艺公司的经营者，希望把那间房当成他从外地领到东京来培养的演艺人才的宿舍。

加津子对签订合同的经过一无所知。丈夫虽不是那种对入住者挑三拣四的房东，但总归是不动产专业人士。所以，双方签订合同时，还有另一家不动产公司充当中介，由此可以推测签约时应该不存在可疑之处。

搬到楼下居住的"练习生"全都是看着像高中生的女孩子。加津子也不确定里面到底住了几个人。

她经常在公寓入口和走廊上碰见那些女孩子，其中有一些会笑嘻嘻地跟她打招呼，但从未有过深交，因此她不知道任何一个人的名字。

"是的，因为我不懂演艺界的事情，也就从来没怀疑过。既然对方说是宿舍，我也就信了。有的女孩子的确打扮很夸张，我还以为现在当艺人都得这样。没想到她们做的竟是那种工作……"

说着，加津子皱起了眉。

一二〇一的确是宿舍，但住在里面的女孩子并非练习生，大神田经营的也不是什么演艺公司。他经营的是一个名叫"小甜心"的约会俱乐部，那些都是卖淫的女生。

听说，因为个别女生是未成年人，"小甜心"被取缔了。那是八年前，也就是平成八年的事情。当时，加津子和丈夫都被警方传唤过。经营俱乐部的大神田好像跑到什么地方自杀了。

"那间屋子里住过这样的女性吗？"

藤崎拿出一张肖像画放在矮桌上。

那是个一头金发，长相可爱的少女。

加津子拿起肖像画，歪着头打量了一会儿。

"她应该叫玛丽亚。"

冲田补充道。

看来，这两位刑警在寻找当时可能住在一二〇一的玛丽亚。

"好像见过……可是那几个女孩子好像都是这种感觉……对不起，看画我实在是想不起来。"她诚实地回答道。

"是吗。那就不谈她了。那间屋子里是否有人给您留下过很深的印象？"

"嗯……很难说啊，顶多就是擦肩而过的时候打声招呼……"

加津子努力回忆，突然想到了什么，忍不住轻呼一声。

"怎么了？"

"啊，不是……那个……"

她感觉这件事不值得喊那么一声，便越说越含糊。

"什么小事都行，只要您想起来了，请务必告诉我们。"

在藤崎的催促下，加津子犹犹豫豫地开口了。

"我想起来，以前见过一个小孩子。"

"小孩子？"

"是的。"

加津子曾经看见一个住在那里的女生带着一个小男孩走进公寓。她见过几次那个女生，可以肯定是一二〇一的住户。

"她们感觉就像一起从外面回来，所以我就猜测，那间房里是不是不光有女孩子，还有未来的童星。"

"那孩子也住在里面？"

"啊，没有，我只是这样想想。那孩子可能只是那天碰巧过来。"

"当时那孩子大概几岁？"

加津子想了想。

"应该是很小的男孩……但我只是在门口跟她们擦肩而过，心里觉得奇怪，回头看到了背影。"

"您确定带孩子进门的不是这名女性吗？"

藤崎指着肖像画说。

"不是，因为带孩子进去的是个黑发女孩。"

"那个小男生是不是有幼儿园或小学低年级学生那么大？"

冲田低着头，抬眼问道。

"嗯，是差不多那么大。"

加津子回答完，两名刑警对视了一眼，可能有头绪了吧。

"您还记得那是哪一年的事情吗？"冲田又问。

"哪一年啊……"

"您记得那是阪神淡路大地震和奥姆真理教事件之前，还是之后？"

经他这么一提醒，加津子想起来了。

"啊，没错，我记得是奥姆真理教事件发生之后没多久。"

是的，那是平成七年的春天。想到这里，她脑中又浮现了别的记忆。

"Blue……"加津子喃喃道。

"Blue？"两名刑警同时重复了她的话。

加津子点点头。

"是的。当时我回过头，正好看见小孩儿朝公寓里跑，女生就追上去，还喊了一声'等等，Blue'。"

说出这句话，她又清楚记起了那两个人的背影。

"我想，那小孩儿应该叫 Blue 吧。"

致 Blue

Blue 长大后，最早的记忆就是在荒川沿岸那座十三层楼的"户田河畔花园"的生活。

Blue 在十二楼角落的房间——一二〇一生活了两年多。那里还有几个因为种种情况离家出走、出卖身体的少女。

泡沫经济开始崩溃的世纪末。

膨胀到极限的地价和股价刚开始暴跌时，人们还很乐观，认为这只是暂时现象，不久之后经济将会复苏。可是那个复苏迟迟没有到来，地价和股价在反复摇摆中持续走低。以经济不断上升为前提保持资金流动的金融机构顿时产生了巨额不良债权。号称绝对不可能崩溃的都市银行都开始破产，而且在平成九年，四大证券之一的山一证券也因为经营不善而被迫歇业。

在三年前，也就是平成六年，Blue 来到了一二〇一。那年他五岁。

平成六年评出的新语·流行语年度大奖是"同情我，就给我钱"。那是人气电视剧《没有家的女孩》少女主人公的台词。

日本社会逐渐陷入深不见底的低谷，日本人开始恐惧早已被遗忘的贫穷，这些似乎都反映在了流行趋势上。

在那个满是少女的空间，Blue 身为唯一的男孩，显得极为特殊。但是，少女们可能被 Blue 激发了母性本能和保护欲，都愿意轮流照顾他。

其中最疼爱Blue的人，就是名叫"杏美"的少女。那不是真名，少女们都有自己的昵称，并以此相称。

杏美很擅长做饭，经常做给他吃。虽然并没有留下味觉的记忆，但他一直记得，杏美做的肉饼和白菜卷特别好吃。

Blue很亲杏美，夏天还跟她一起去过SSAWS室内滑雪场玩耍。

但是有一天，杏美突然不见了。一二〇一的少女总是来来去去，这并不稀奇，可是杏美离开后，Blue感到很寂寞。

那种寂寞并没有伤害Blue。

因为当他哭着问："杏美姐姐去哪里了？"母亲温柔地拥抱了他，还反复亲吻了他。

——有我在，你别哭。妈妈最喜欢Blue了。

母亲不像杏美那样给他做饭吃，只会在精神上安慰Blue。尽管如此，Blue还是感到很满足。

Blue在一二〇一，过了一段平静的日子。

那时还没有人会伤害Blue，Blue也不会伤害别人，Blue还没有背负任何罪恶。

可是，这段"平静的日子"，在旁人看来不知是否能算正常的日子。至少可以说，Blue没有享受到同龄孩子理所当然能享受的少年时光。想必，一起生活在一二〇一的少女也都一样。

跟收视率超高、被称为国民电视剧的《没有家的女孩》不一样，这些"没有家的女孩"存在于谁也看不到，因此也不被人所知，更不会施以援手的地方。而且，她们的人数在渐渐增多。

融化了。

正如人们在大地震和恐怖袭击事件中感知到的时代转换，当时，这个社会已经融化了。

"户田河畔花园"一二〇一，在这个公寓房间里的生活，依靠的无非是危险的平衡。

所以不久之后，一切都崩塌了。

藤崎文吾

"这是啥？"

看到大楼前的巨型蜘蛛雕像，藤崎忍不住叫了一声。那座雕像靠八条肢节分明的细腿站立着，高度足有十米。

"哦，你说这个啊。难得来一趟，我可以拍照吗？我也是头一次来。"

冲田在旁边拿着带相机功能的手机拍起了照片。

"这到底是啥？"他又问了一句。

"听说叫《妈妈》，是雕刻家路易丝·布尔乔亚的作品，同样的东西在世界上共有九个。你瞧，这边还有蛋呢。"

冲田走向蜘蛛，指着高悬在空中的腹部说。那里的确像抱着白色蛛卵的样子。

"这座雕像是母亲的象征。"

所以叫《妈妈》啊。

"这也太恶心了吧。"

藤崎很直观地想。细长而肢节分明的腿支撑着抱卵的身体，这个蜘蛛造型散发着莫名的诡异感。就像有人强行把他不想看到的世界阴暗面塞到了鼻子底下。

不知为何，他脑中闪过了妻子的脸。她提出离婚时，那张陌生的脸。

"嗯,所以这才叫艺术吧。"

"艺术啊,我反正是不懂。"

藤崎转过头,从蜘蛛腿中间穿了过去。

六本木新城。这是去年,也就是平成十五年开业的大型综合商业设施。其中心是森大厦,就在巨型蜘蛛的另一头。

他们走进大门,乘自动扶梯来到前台。前台工作人员给他们发了访客门卡,又把他们领到电梯门口。这里的电梯可分别去往单数层和双数层。

电梯轿厢内部是富有光泽的银色装潢,正面顶部设有屏幕,专门播放大厦入驻企业的广告。地面装有照明灯,颜色还会缓缓变化。

冲田兴致勃勃地观察着这一切。

电梯停在了三十四楼。

两人走出电梯,眼前是个大前台,并排坐着两名工作人员。前台上方挂着"Hi Works"的招牌。

"Hi Works"是新兴的人才派遣公司,它推出了全新的系统,可以使用手机轻松预约空闲时间的日薪工作,受到市场好评,业绩不断上升。最近总能在电视上看到它的广告。

如今距他们根据管理官濑户提供的"小甜心"调查资料追查篠原夏希的踪迹,已经过去了一个半月——

时间是八月中旬,雅典奥运会已经在希腊开幕。现在才开始三天,游泳的北岛康介、柔道的谷亮子、野村忠宏、内柴正人和男子体操队就陆续摘得了金牌。北岛康介赢得金牌时在媒体上发表了"心情超爽"的感言,短短几天就成了流行语。

久违的喜庆消息让民众为之沸腾,但藤崎的心情却一点都称不上愉快。

因为调查进度很糟糕。

他得到的调查资料仅占整体资料的一小部分，而且只靠藤崎班的人展开秘密调查，人手严重不足。

直到现在，他们都没查出篠原夏希是否真的在"户田河畔花园"居住过，只查到了可能对此知情的人——前泽裕太在这个公司工作。光是这点，就花掉了一个半月。

他们向前台说明来意，很快被领到里面的会客室，并被告知"请稍等片刻"。

这个房间很宽敞，以白色为基调，中间摆着两张大型黑色沙发。房间角落饰有观叶植物，墙上挂着绘画作品，既高档又有精巧的设计感，不愧是时代弄潮儿的会客室。

看来，有钱的地方就是有钱啊——

藤崎由衷感叹。泡沫经济崩溃后，日本经济一直处于低迷状态，但是六本木新城还是聚集了好几家急速成长的新兴企业。目前正在准备收购职业棒球近铁野牛队的 Live Door 公司[①] 就是其代表。

冲田饶有兴致地盯着墙上的画作，藤崎则坐在他旁边。

那幅画以黑色打底，上面罗列着色彩斑斓的符号。这东西能叫绘画吗？画框底下贴着标题，他眯起眼睛仔细端详，然后念了出来。

"Eye……Love……SUPER？这啥东西？"

"《Eye Love SUPERFLAT》。村上隆与路易威登联名的话题作品。"冲田补充道。

他又打量起那幅画，果然在符号中发现了眼熟的路易威登

[①]这里指堀江贵文等人创立，并于二〇〇三年迁入六本木新城森大厦的livedoor Co., Ltd.（2012年解散）。

标志。

"村上隆？他很有名？"

"特别有名。他可是日本现代艺术的第一人，还设计了六本木新城的吉祥物。"

"是吗。"

他不认识村上隆这个艺术家，不过这也算是艺术啊。他觉得这幅画比门外的大蜘蛛更意义不明。

"他提出了将日本画和动画片的平面表达与没有阶层的日本社会相结合的 SUPERFLAT 概念，或者说艺术运动。"

"什么玩意儿？日本也有阶层啊。"

藤崎虽然没什么学识和艺术修养，但凭着长年干刑警的经验，可以这样断言。日本社会根本不扁平。或许比较平均，但随处存在着凹陷和裂痕，众多案件就发生在那些地方。现在藤崎他们正在追踪的篠原夏希，可能也是坠入裂缝的其中一人。

如果从这种摩天大楼看出去，世界可能的确是平坦的。

"你跟我说也没用啊……"

冲田苦笑着说完，恰好有个肥胖的男人开门走了进来。

"你好你好，辛苦两位跑一趟了。我就是前泽。"

这个满脸堆笑，连连作揖的男人，就是前泽裕太。

他留着一头颜色明亮的短发，上唇和下巴蓄着胡须，穿一套灰色西装，搭配蓝色开襟衬衫，没有系领带。根据资料，此人目前四十八岁，但看起来更年轻一些。说他潇洒吧，倒是挺潇洒，要说狡猾吧，看起来还真狡猾。

在前泽的邀请下，藤崎和冲田两人与他相对而坐。

"这里生意做得挺大啊。"

藤崎夸张地环视会客室，这样说道。

"托您的福。派遣业法修订之后，工作一直挺忙的。"前泽笑着点了点头。

昭和六十一年派遣业法颁布以后，经过了几次修订，他说的应该是今年三月解禁制造业派遣的最新修订吧。那是民间出身的经济学家——政府特命担当大臣主导的修订，此举让人才派遣业界焕发了活力。

但是，藤崎对此没什么好感。派遣公司干的事情无非是人力买卖，说白了，就是在社会不扁平的地方赚钱的行当。

"不过你也混得不错啊，竟然成了这种大公司的高管。"

藤崎把对方递过来的名片放在桌上。前泽的头衔是"执行董事·人才顾问"。

这人以前是单干的星探，直截了当地说，就是个拉皮条的。他的工作就是想方设法拉拢处境不怎么好的女性，把她们介绍到色情行业。而且，他跟违法经营的店都有来往，也给"小甜心"介绍过不少女性。

"是啊，现在算是找到让我发挥特长的地方了。"

前泽面不改色地忽略了对他的嘲讽。

"小甜心"被取缔时，警方也对前泽进行过调查，但最终没有逮捕和起诉。此人肯定也干过违反儿童福祉法，介绍未成年人从事色情工作的勾当，但当时似乎没有足以立案的证据。其后，前泽离开了风险过高的老本行，动用人脉干起了介绍派遣的工作，很快又跟"Hi Works"的创始人混熟了，成为企业的执行董事。

换言之，皮条客摇身一变成了蛇头。虽然让人不爽，但可以肯定此人极擅钻营，长袖善舞。

"我作为一个好市民，肯定会积极配合警方调查。听说你们想问曾经在'小甜心'工作的玛丽亚小姐?"

此前打电话预约见面时,藤崎已经透露了目的,也在电话中确认"小甜心"的确有个玛丽亚。

前泽现在的言行之所以透着一股处变不惊,可能是因为他知道藤崎等人并不是来调查他过去那些勾当的。

"没错。你知道那个玛丽亚的身份吗?"

"当然,因为是我介绍过去的。你先别急,玛丽亚小姐在'小甜心'工作时已经成年了,况且我不知道那家店还在搞介绍未成年人的事情。"

"不用给我耍滑头了,事到如今我也不打算对你做什么。如果你知道玛丽亚的身份,就告诉我。"

"这下我放心了。玛丽亚小姐的真名……叫篠原夏希。她跟去年圣诞节在青梅发生的杀人案凶手同名同姓,长得很像。"

旁边的冲田倒抽了一口气。

藤崎也感到自己绷紧了眉头。

"你发现了吗?"

"发现什么了?"

"别装傻。案子刚被报道出来,你就发现凶手是你认识的人了。当时为什么没联系警察?"

前泽摊开双手,做了个夸张的惊讶动作。

"啊,就是她?真的吗?警察说那个案子的凶手长年闭门不出啊,所以我以为她跟我认识的夏希小姐只是碰巧同名同姓,长相相似,其实不是一个人呢。"

太假了。

多半是不想惹麻烦,就没开口。

"够了,她们是不是同一个人由我这边来判断。你把你认识的篠原夏希的事情全都说出来吧。"

"好的，我也没必要隐瞒。大约十六年前，我认识了夏希小姐。记得应该是昭和六十三年春天。当时日本还处在泡沫经济的鼎盛时期。"

前泽无比流利地说起了十六年前的事情。可见他接到电话时就猜到了警察要问的内容，并事先做好了准备。

当时，前泽还在干拉皮条的勾当，一天夜里经过新宿歌舞伎町的麦当劳，发现有个女孩趴在前台打瞌睡。那就是后来以玛丽亚之名活动的篠原夏希。

他上去跟夏希搭话，得知她十天前离家出走，但是无处可去，身上的钱没多久就花光了，正不知道怎么办才好。

昭和六十三年的春天，那正是夏希开始家里蹲的时期。她果然离家出走了。

"你刚才说你认识的玛丽亚跟青梅案的凶手长得很像。当时提供给媒体的是初中毕业相册上的照片。换言之，你在麦当劳见到她时，本人跟照片很像？"

"对，没错。"

"那时候还没有'小甜心'吧？"冲田插嘴道。

根据调查资料，"小甜心"于平成六年开始营业。

"啊，是的。而且当时夏希小姐也说自己是高中生。她是未成年，我怎么能介绍给店里呢？只不过她不想回家，又不想找警察，我不知该怎么办，就去请教了一位相熟的老板。"

"老板？"

"是的。他姓高远，经营一家贸易公司，据说在美国有门路，能进口国内买不到的女装和化妆品。但是我感觉他当时的本业其实是投资吧。毕竟那时候的股票和土地都涨得特别厉害。"

"高远……名字呢？"

"仁。不是有个政客世家姓高远吗？传闻他是被那个家族扫地出门的不肖子。"

高远家是曾经出过好几任首相的执政党名门，去年众议院选举，该家族的大公子年仅二十几岁就当选了，还引起过一阵热议。这个高远仁就算被扫地出门，可能也跟家族的人有联系。不过既然他说是传闻，也就难以分辨真假了。

"我找高远仁先生商量，他说他会想办法，我就把夏希小姐带过去了。本来以为他会劝小姑娘回家……没想到过了一段时间，我竟然听说他们住在一起，都惊呆了。"

"也就是把她当情人包养了？"

"可以这么说吧。"

前泽一直假装自己是善意的第三方，实际不可能不知道。说白了，肯定是他把一个未成年的少女介绍给高远当了情人。

作为一个女儿与当时的夏希差不多大的父亲，藤崎难以忍耐心中的厌恶。

前泽不知有没有察觉到藤崎的内心活动，兀自怀旧地眯起了眼睛。

"高远先生为人开朗又洒脱，身上的西装全都是什么拉夫劳伦、布克兄弟，美式风格拿捏得很稳当。关键他还很大方。高远先生带我去他经常光顾的俱乐部，还请我喝过罗曼尼·康帝混香槟王呢。不光是喝，还是那里的头牌女孩子口对口喂我喝。厉害吧，是不是特蠢？好酒跟好酒混起来也不可能更好喝，其实我压根儿不记得那是什么味道了。不过那天真开心啊，嘿嘿。那种玩法，一个晚上得花出去一两千万吧。哦，对了对了，那天我们回家拦不到车，还是高远先生双手各举着一百万的钞票走到马路中间拦的车。其实路程也就一两公里，高远先生还真把那两百万给了司机，对他说'不用找了'。司机当时瞪大了眼睛，但还是说声'谢谢老板'，把两百万收下了。说不定银座那一带真有挺多那种客人。现在这个六本木新城里的老板，恐怕不会这么大方了。"

藤崎冷冷地听着前泽回忆往事，自己也回想起了当时的情景。

泡沫经济达到顶峰的八十年代后半期，藤崎还是都内某辖区警署的刑警，女儿小司也才刚出生。

那时经济确实很好，周末想在闹市区拦辆出租车难于登天。由于警察是公务员，工资与经济不挂钩，倒是经费比现在充裕多了。那时随处都能听到让钱生钱这句话，他的上司和同事也都加入了投资的大潮。

不知道是全日本都如此，还是东京格外极端。那个时期真的是到处都充斥着人、物、钱。换言之，也充满了危险的案件。东京的犯罪率比现在更高，跟土地和金钱相关的案子尤多。连暴力团伙也比现在活跃得多。总之，他最记得当时忙得停不下来。

"警察先生，你知道三八九一五吗？"

听了前泽的话，他皱起眉。冲田在旁边回答道。

"莫非是日经平均的史上最高值？"

"没错，平成元年的大纳会①。最后成交价基价三万八千九百一十五日元。盘中价则走到了三万八千九百五十七日元。我现在都还记得。"

藤崎从未买过股票，一时没听明白，但他的确记得当时的日经平均股价达到了将近四万日元的高价。那时还很流行一句话：

---

① 日本证券交易所每年最后一个营业日举办的活动，或指该营业日。

东京山手线环内的地价可以买下整个美国。

前泽叹了口气。

"可惜那就是最顶峰啊。后来股票和地价都不断下跌，现在已经变成一万左右了。真是难以置信。IT泡沫也是一瞬间就崩溃了。如今已是平成的第十六个年头，咱们还一直在为那场狂欢收拾残局。不过还好，K先生当上了总理大臣，推动结构改革，让我们这种派遣行业焕发了生机，好不容易又能开始狂欢了。"

劳力贩子口中说出的"狂欢"，莫名有点不祥的征兆。"请问，筱原夏希既然跟那个有钱的高远在一起，后来为何去了'小甜心'？"

藤崎打断他，回到了正题。

前泽摇摇头，满不在乎地说："唉，高远先生死啦。自杀。记得是平成六年刚过完年的时候吧，他在自己家的公寓里上吊死了。因为他给很多地方投了钱，泡沫经济崩溃之后，就周转不过来了。"

前泽做了个勒死自己的动作。

正因为当时的股票和土地都被赋予了远超实质的价格，后来才会称其为泡沫。警察队伍中也出现了投资失败，黯然离职之人。

前泽继续道。

"然后夏希小姐就联系我了。高远先生跟我这种人玩耍时压根不带夏希小姐出来，所以我俩好久没见了。她完全变了个人。你看过她的毕业照就知道，我在麦当劳碰到她时，夏希小姐还是个土气的小姑娘。后来啊，应该说她变时髦了吧。全身都是名牌，头发颜色也变亮了，给人印象完全不一样。她本来就五官端正，后来就更漂亮了。不对，她属于娃娃脸，应该说更可爱了。

而且被高远先生包养那段时间，她似乎一直过着怡然自得的生活。"

他脑中闪过北见美保的话。

——觉得自己被束缚了，痛苦得不得了。

她离家出走，被高远包养，难道就不觉得被束缚吗？

不管怎么说，高远死了，她居住的公寓被债权人回收，夏希再次无家可归。她早已不打算回父母家，便找到了前泽，希望他能给介绍一个收入不错的工作，还有住的地方。前泽问她是否愿意干色情行业，夏希回答，只要能赚钱，什么都行。

"——当时她已经二十多岁了，不过只要套上校服说是高中生，可能每个人都会相信。正好大神田先生刚开了'小甜心'，要我介绍一些看起来年龄小的女孩子，我就把她介绍过去了。啊，我可不知道他店里竟然真的用了未成年人。"

前泽依旧没忘了处处设防。

"原来如此。那么，篠原夏希就搬进了'小甜心'在'户田河畔花园'租的宿舍吗？"

"是的，没错。不过那小姐隐瞒了一件大事，后来还发生了一点矛盾。"

"什么事？"

藤崎一问，前泽就得意地笑了。"刑警先生果然不知道啊。"

他看不惯前泽轻蔑的态度，烦躁地喷了一声。

"少废话，快说。"

"夏希小姐有个孩子。"

"什么？"

"都到搬家的节骨眼上了，她突然说要跟小孩一块儿住进去，把我们都吓了一跳。好在跟她一起生活的女孩子都答应了，于是大神田先生也同意了。"

他忍不住咽了口唾沫。

"那是高远的孩子吗？"

前泽点点头。

"听说是刚被包养没多久怀上的。她还说，孩子是平成第一天出生的，实际是不是我就不知道了。"

"她的户籍上没有记录。"

"嗯，高远先生也没认。搞不好连出生登记都没做过吧。那是个男孩子，名字叫青，她一直管他叫 Blue。"

夏希的儿子，没有户籍的孩子，青^{Blue}。

藤崎脑中闪过了夏希房间墙上的蓝色湖泊照片。

前不久，"户田河畔花园"的所有人野野口加津子也给出了证词，证实的确有个被唤作 Blue 的孩子。

藤崎瞪着前泽。

"后来呢？'小甜心'被取缔后，篠原夏希和她的孩子怎么样了？"

"取缔后的事情我不太清楚，但我知道谁大概会知道。不是有个人叫春野夏菜吗？"

这个名字很耳熟。没等藤崎想起来，旁边的冲田就开口了。

"你是说那个 AV 女优？"

没错，连平时不怎么看那种片的藤崎都知道春野夏菜，她是个特别有名的 AV 女优。

"嘿嘿，其实啊，她以前也在'小甜心'待过。当时还未成年。啊，当然不是我介绍的。她跟夏希小姐一样，也是离家出走的姑娘。'小甜心'被取缔后，她们两人，不对，加上夏希小姐的孩子，三个人生活了一段时间。"

"三个人？什么时候，在什么地方？"
"详细情况我不太清楚，麻烦你们问她本人吧。"
前泽露出了挑衅的笑容。

井口夕子

啊，是的，我叫井口夕子。呃，今年二十五岁，工作是……嗯，演员，演 AV 的。是的，我的艺名叫春野夏菜，你知道吗？太高兴了。嘿嘿。啊，是的，我认识玛丽亚小姐——篠原夏希小姐。

那个，是不是青梅案……哦，我在新闻上看到同名同姓，年龄又一样，心里就猜测了。不过新闻上的照片跟我认识的玛丽亚小姐感觉完全不一样。是啊，嗯，不过我也不打算告诉任何人。像是"小甜心"那件事，万一曝光出去，我也会很为难。呃，怎么说呢？就是蛇跑出来那个，哦对了，打草惊蛇。我不希望打草惊蛇。

是，我知道了。我不会被逮捕吧？那我就都说出来。

是的，我跟玛丽亚小姐在"小甜心"的宿舍里认识了彼此。宿舍在河畔花园户田，啊，应该是"户田河畔花园"，没错，那里的一二〇一室。那是角落位置的大房子，窗外就是河景。我是平成七年二月住进去的。当时神户刚发生了地震，我还记得是在宿舍里看了地铁沙林毒气事件的新闻。

那年我十六岁，离家出走了。老家在茨城。我本来就跟父母关系不好。我家，特别是我妈，对我是从头嫌弃到脚。我也觉得如果一直跟我妈待在一起，早晚会死掉。有一天，我突然心血来潮，就离开了家。

老家的前辈给我介绍了可靠的人，那个人又帮我做了介绍，最后认识了东京的大神田先生，加入了"小甜心"。我知道那里是做什么工作的，甚至大神田先生都直截了当地问我："在我店里要卖身，你愿意吗？"嗯，其实我并不讨厌做爱，关键他还能提供住的地方，所以我一点都没犹豫。

　　嗯，是的，因为犯法，不能暴露未成年人的身份，所以大神田先生也对我千叮万嘱，让我千万不能对任何人说。不过老实说，当时我一点都不觉得自己在干坏事。

　　后来我就住进那个宿舍了。当时那里面已经住了三个女人，其中一个就是玛丽亚小姐。很久以后我才知道她的真名。店没了以后，玛丽亚小姐还是用了这个名字，好像挺喜欢的。她也一直用"小甜心"时期的"小雪"来称呼我。我应该是店里年纪最小的人。

　　嗯，对，玛丽亚小姐有个孩子，青君。大家都管他叫Blue。当然，我吓了一跳，她竟然有孩子。啊，不过大家都很快接受了这个事实。Blue很乖，一点都不调皮，还是个很帅，不，应该说很可爱的孩子，所以我们都把他当弟弟来疼。

　　啊？户籍？不知道。玛丽亚小姐说，那孩子是平成第一天出生的，所以当时Blue已经六岁了。是的，他没上学。不过反正我也没怎么上过学，所以不在意这个。其他人应该也一样。

　　工作……呃，我记得那家店的办公室在池袋，不过我也没去过。总之客人都在那里看照片挑选女孩子。要是有人指名，就会打电话过来。有时候要马上出门见客人，有时候是预约另外的日子。做的事情有点类似店里中介的援助交际，有些客人一见面就要上床，不过大多都是先吃饭或是唱K，做点类似约会的事情。客人基本都是有钱的大叔，没什么年轻人。钱是客人直接给我们的。不，可以全部自己收下。店里那一份已经在办公室收了。

我也不太清楚，但应该还有别的宿舍。而且店里也有很多不住宿舍的女孩子。对，有时一天会见两个客人，基本上一个月有一半时间，甚至二十天在见客吧。是的，大家都差不多。玛丽亚小姐也是。

玛丽亚小姐出去工作的时候，其他女孩子会带Blue到附近的公园或外面玩儿。那孩子好像很喜欢出门。我休息的时候，也经常带Blue玩。

房东的太太？怎么说呢。嗯，就是住在楼上那位对吧。应该见过几次，可我不记得带Blue回来时有没有碰到过她了。那应该不是我。啊，你说那个人是黑发吗？那应该是杏美小姐了。

杏美小姐特别照顾Blue，年纪应该跟我一样大吧。她也是离家出走，没去上学，不过外表看起来却是那种认真乖巧的女孩子。大概属于黑长直的清纯类型？那个人很会做饭，也经常做给Blue吃。Blue应该也很黏她。

啊，嗯，是的。应该去过SSAWS滑雪场。没错，就是杏美小姐、玛丽亚小姐和Blue三个人。她们也叫我去了，不过那天我正好有事。

啊，杏美小姐的真名？我不太清楚呢。家乡也不太清楚。啊，对了，她说老家是农户，同时还做租船生意。我觉得这有点奇怪，就记住了。那个人应该在"小甜心"被取缔前就走了。

"小甜心"被取缔……对，是我过去的第二年，平成八年……什么时候来着？啊，好像是六月对吧。宿舍里的女孩子都散了，从此再也没见过。因为我们平时就用假名或昵称来称呼对方，也不知道人家真名叫什么。

不过，我和玛丽亚小姐倒是一起生活过一段时间。啊，当然，Blue也在一起。因为我们都无处可去。住的地方在久我山，离车站步行大约十分钟。就在西高附近。行政区划属于宫前，杉并区宫前。几丁目？我不太记得了……那座公寓叫"贝尔豪庭久我山"，房间号应该是三〇五吧。布局是两室一厅，还挺宽敞。

房间是玛丽亚小姐签的租约。当时我才十七岁，又找不到担保人。是的，玛丽亚小姐有担保人。是她的母亲，因为是学校老师，所以能担保。

啊，不，是真的。搬出"小甜心"的宿舍时，玛丽亚小姐跟家里人联系了。一开始好像是想跟父母和解，投奔家人，还想介绍Blue给他们认识。啊，是的。在此之前，玛丽亚小姐说她从没回过家，也没跟家人联系过。应该也没告诉他们自己有孩子了。

然后，她就去见了家人。不是青梅家里。她说是在酒店见面。我记得是新宿的京王酒店吧。

我觉得玛丽亚小姐应该想跟父母和解，回自己家去。可是那天她特别生气地回来了。她父亲好像不愿意承认Blue是他的外孙，两人还吵了一架。玛丽亚小姐对我说："我跟父母断了关系。"但是不久之后，她妈妈就打电话过来，后来还答应给玛丽亚小姐当担保人。

于是，她把我也叫上了，说如果没地方住就跟她一起住吧。嗯，是的。在宿舍里，我跟她应该是关系最好的。玛丽亚小姐是那种不怎么迎合他人的性格，而我并不反感那种人。不，当然也不是说我们意气相投……怎么说呢，我可能对他人没什么兴趣吧。

房租是一人一半。工作嘛，我在家庭餐厅和卡拉OK做过兼职……主要还是援交。当时打零工的平均时薪才七百日元左右。

本来在"小甜心"，稍微跟别人约个会，上个床，就能赚好几万。我和玛丽亚小姐一开始都很吃惊，觉得"工资怎么只有这么一点儿"？所以还是卖身最赚钱啊。不管是否经过店铺，反正做的事情都一样，所以我不怎么抵触。

客人都是在电话俱乐部或是交友杂志上找的。没错，没错，就是那本刊登个人信息的杂志。那上面有招工，有招乐队成员，有交友信息，还有物品买卖，当然都很正经。不过也有很多女孩子刊登一些寻找恋人或寻找邂逅的信息，实际利用它搞援交。不过现在大家都改用手机了。

好怀念啊。我们都在那本交友杂志上刊登了用手挡住眼睛的照片和呼机号。啊，就是传呼机号码。当时也有小灵通，不过对方突然打电话过来，我也会为难。杂志发售当天，传呼机一大早就会响个不停。很多人只是发一串电话号码过来，但也有不少人会发信息。还有弄错数字，发些奇怪文字过来的人。然后我就会选个感觉还不错的人，打电话过去交流。

当然，由于不经过店铺中介，会有碰上麻烦的风险。"小甜心"介绍的客人大多数都温柔大方，援交就很难讲了。有不少人吃霸王餐，干完不给钱就跑；还有不少人喜欢霸王硬上弓。不过尽管如此，还是比一般打零工更赚钱。

虽然那段时间很辛苦，也遇到过很可怕的事情，但每天还是挺开心的。所以啊，我从来没想过回家。当时不是平成初年嘛，高中女生可谓全日本最强的品牌。什么109啊，安室奈美惠啊。那时的时尚、音乐、娱乐，感觉全都以高中女生为中心，你不觉得吗？

我虽然没上过学，但是年龄正好十七八，只要穿上校服，就是货真价实的高中女生。是啊，校服都是自己买的。在二手校服店买了东京知名高中的校服。还有E.G.史密斯的泡泡袜，HARUTA的乐福鞋，手腕上戴着编织手环，冬天裹着巴宝莉的围巾。就这样，感觉已经特别带劲了，类似于无敌？嗯，玛丽亚小姐都二十五了，也打扮成高中女生的样子。她是娃娃脸，比我还像高中生。

当时的确有种感觉，我利用这个最强的品牌赚钱有什么不对？嗯，怎么说呢？虽然是为了钱，但也不仅仅是为了钱。也是为了确认自己的价值，或者说，提高自己的价值？你说我卖身，我无法反驳，但我个人感觉自己并不是卖身。应该说，是我给对方定价。这个人得收五万，那个人得收十万，这个人可以免费之类的。我感觉自己就是用这种方式填补心灵的空白。

生活状态……嗯，应该很邋遢。家里总是一不小心就堆满垃圾。"小甜心"的宿舍时常有店里人过来查看，也算是有人管理吧，而且宿舍里也有爱干净的人。

后来我和玛丽亚小姐单干，生活就变得特别邋遢了。我本来就不是那种习惯很好的人，玛丽亚小姐比我还邋遢。

我和玛丽亚小姐都完全不会做饭，每次都买便利店的盒饭。玛丽亚小姐还经常拿零食当饭吃。她其实很挑食，一点都不吃青椒，像个小孩子似的。虽然我也不好意思说别人就是了。

还有，玛丽亚小姐经常突然带男人回家，或是跑到男人家去，好几天不回来。

她啊，男人就没断过。有的是援交对象，有的是大街上找她搭讪的人。不过基本上没几天就分了。最短的一次，好像刚确定关系第二天就分了。我觉得玛丽亚小姐本来就是这种性格，而且她那段时间情绪特别不稳定。现在回想起来，自从搬到久我山，或者说，自从她被父母拒之门外，内心的平衡就渐渐崩溃了。

她带孩子也很乱来。怎么说呢？那个人连电子宠物都养不好。啊，当时正好是电子宠物流行的时期。玛丽亚小姐跟男朋友撒娇，让他给自己买了一个。明明之前很想要，可她没过多久就玩腻了，后来还是我一直养着那个电子宠物。我特别沉迷那个，还养出了鸡大叔呢。

玛丽亚小姐经常扔下Blue跑到外面去，我也不是一直都看着Blue。因为小孩儿跟电子鸡不一样，不能揣在口袋里带走啊。

其实Blue自己也懂了不少事，并没有特别大的问题。那孩子正好进入了成长期，一天天地越长越大。虽然没去上学，但也算是个正常的小孩儿。

Blue……嗯，很喜欢玛丽亚小姐，也很坚强。他经常帮妈妈做事，想获得妈妈的关注。

可是玛丽亚小姐对Blue却越来越不好了。以前住在"小甜心"的宿舍里，她还算溺爱孩子，对Blue基本上很温柔。但是被父母拒之门外后，她好像越来越觉得Blue是个负担。啊，她不会打孩子，从来不搞那一套。但是会吼孩子，还对孩子吹毛求疵，说很过分的话。还有就是玛丽亚小姐态度波动特别大。有时候还好好的，态度突然就变冷淡了。

是啊，当时要是找政府问问Blue上学的事就好了。不过那时真的完全没想过。毕竟我这边要是被发现在外面搞援交，也不会有什么好下场。再说了，那也不是我的孩子。

我们几个一块儿住了三年多。后来玛丽亚小姐说，她要搬过去跟男朋友住。是的。嗯……平成十一年圣诞节前吧，她对我说了这些话，实际搬走应该是平成十二年以后。那个男朋友啊……叫木村拓哉。啊哈哈哈，当然不是那个明星。反正不知道是同名同姓还是假名。

他们应该是在交友杂志上认识的。见到他之前，玛丽亚小姐还特别兴奋，说如果是真的木村拓哉可怎么办。那个人特别喜欢SMAP，还经常在卡拉OK唱《蓝色闪电》《芥菜》之类的歌。而且她最喜欢的就是木村拓哉。当时有部电视剧叫《爱情白皮书》吧？我记得她说过自己是看那部电视剧喜欢上的。这个理由很烂大街，对吧？啊，你说光GENJI？哦，她好像说过以前很喜欢那个。她可能一直都很喜欢杰尼斯的偶像吧。除了偶像明星，她还经常听尾崎丰。她人虽然比较奇怪，但爱好却很随大流。

再说回木村拓哉，啊，不是本人，是跟玛丽亚小姐谈恋爱那个木村拓哉。我没有见过他，不过听说他比玛丽亚小姐大几岁，开一家卖手机的公司。后来我在家里找了找，发现一张以前的旧传单，是那家公司的。应该是玛丽亚小姐给我的吧。啊，我带来了，就是这个。对，公司名字就叫"信用网络"。

玛丽亚小姐跟木村拓哉谈朋友应该是在搬出去三个月前吧。她还跟我说这次的人不一样，可能是命运的红线啥的。不过那人总是容易夸张，我也不太清楚。但是看她当时的感觉，好像的确是有史以来最顺利的一次交往。

那段时间拍的照片和大头贴几乎都被我扔了，不过还剩下一张。玛丽亚小姐和Blue都在上面。就是这个。

她搬走以后的情况我就不知道了。因为我正好也被发掘，开始了现在的工作。是的，一直都没见过面。和玛丽亚小姐也是，Blue也是。

啊，说了那么多，嗓子好干。

井口夕子回到家中，打开冰箱，拿了一瓶矿泉水，一口气喝掉一半。

她现在的房间就像以前跟玛丽亚，也就是篠原夏希生活过的久我山公寓一样，乱得无处下脚。

可能因为说了好多过去的事，她突然很想听一张CD，便在架子上找出来，放进了播放器。

那是SPEED的出道单曲《BODY & SOUL》。最近她总听滨崎步，不过那时最喜欢的还是SPEED。

　　总有许多想要的东西
　　无暇原地踏步

岛袋宽子和今井绘理子充满力量的唱和让她产生了时光倒流的感觉，同时又觉得短短几年前的事情显得那么遥远。

她靠在沙发上，脱掉了压迫双腿的裤袜。

那个果然是玛丽亚小姐啊——

去年圣诞节发生的青梅案的凶手，就是夕子认识的那个人。

因为那件事，夕子被传唤到离家最近的龟户警署，接受了藤崎和冲田两名刑警的问询。他们是在查找与玛丽亚有过接触的人物时，找到了夕子。

在此之前，她从未对别人提起过"小甜心"和玛丽亚的事情，不过在接受杂志采访时，有几次提到过自己九十年代做过援助交际。

尽管没有杂志记者那样露骨，但今天那两位刑警打听援助交际的事情时，也隐隐表现出了下流的兴趣。世上男人有的会买春，有的不会，但基本没有哪个男人会对这种话题不感兴趣。

然而，不仅是这次，夕子每一次都没有说真话。

比如当时的高中女生是最强品牌。比如感觉自己无敌。比如不是为了钱。比如为了填补内心的空白。

她说的那些话，仿佛想表达年轻女孩都是为了实现自我而卖身。很多人都想听那种积极的言辞，媒体也想消费这种思想。所以，她也对刑警提供了那些东西。因为买春的男人和卖春的女人，都能因为那些话得到救赎。如此一来，他们就能免于直视有钱的男人利用贫穷女人的弱点来发泄欲望这种露骨残酷的事实。

当然，并非一切都是谎言。夕子当时的确有过"无敌的感觉"，也的确有过内心的空白得到填补的感觉。

但是，如果她能生在正常一点的家庭，就压根儿不会离家出走，也不会在"小甜心"工作，更不会做援助交际。

夕子的老家是茨城县某沿海小镇，她与母亲在一个区区七平米的破旧出租屋里相依为命。泡沫经济的兴盛和崩溃，对小镇而言都是不相干的东西，因为那个地方一直在慢慢衰退。母亲在镇上一家门可罗雀的酒馆工作，赚不了几个钱，却很能花钱，因此她们的生活极度困苦。由于母亲连足以果腹的食物都提供不了，夕子只能靠学校的午饭和超市偷来的面包填饱肚子。

这个本来就对育儿毫无热情的母亲，不知从何时起，开始将夕子视作眼中钉。

她对刑警说过："如果一直跟我妈待在一起，早晚会死掉。"这并非危言耸听。如果夕子没有离家出走，而是一直留在那里，肯定已经被母亲杀了。

母亲厌恶夕子的原因很明确，因为跟母亲恋爱同居的男人强奸了夕子。那个人有一天趁她母亲不在，突然说出"我一直觉得你很可爱"这种话，并且侵犯了她。她害怕得无法抵抗，只能强忍疼痛。那年,她才十四岁。而那次,就是夕子的初体验。其后,男人频频侵犯夕子。母亲得知此事后,没有谴责那个男人,反而怪到了夕子头上。母亲的嫉妒胜过了亲情。她痛骂夕子"淫乱""荡妇",那些都是为人母者绝不会对女儿说的字眼。她甚至拿起菜刀指着夕子说:"我要把你杀了,然后自杀。"后来母亲笑着说"只是开玩笑",但夕子并不认为那是玩笑。

一想到今后还要被自己不喜欢的男人侵犯,并且被母亲嫉恨,她觉得还不如自己主动靠出卖肉体赚钱。

现在,她依旧靠做爱赚钱。

结果大过一切。她对目前的生活还算满足,只是有点担心将来。AV女优的保鲜期很短,夕子才二十五岁,但已经是业内"资深"人士,最新拍摄的作品封面上赫然标着"熟女"二字。

性工作与其他许多工作不同,经验越丰富,自身的商品价值就越低。虽说可以通过人气积攒一些东西,但那也只是杯水车薪。

明年可能赚不到今年这个数了。

她十几岁刚刚离家出走,第一次卖身时,用将近两个小时的糟糕体验换来了五万日元。如果她当时像现在这样懂行,或许会卖得更高,但那笔钱对十几岁的夕子来说,已经是难以置信的巨款。当她拿到那笔用其他方法绝对赚不到的钱时,价值观已经彻底崩塌。

她并不打算否定自己的人生,但时常会想——

如果她出生在正常的家庭,一定会走上截然不同的人生道路。

不仅是夕子,所有离家出走,住在"小甜心"宿舍里的女孩,都有类似的经验。

啊,对了——

记忆在脑中复苏。

刚才跟刑警们说到的杏美，从十二岁开始就不断被亲生父亲侵犯，还怀上了孩子，最后被疯狂踢打腹部，不仅流产了，以后也无法再怀孕。她平时几乎不谈论自己的身世，但是一次醉酒后，忍不住说了出来，最后一脸尴尬地说"忘掉吧"。

她这么照顾Blue，可能把他当成了自己没能出生的孩子。虽然夕子现在已经无从确认了。

那个房间——"户田河畔花园"一二〇一房，聚集了一群生而不幸，失去归宿的少女。

唯有玛丽亚——篠原夏希是个例外。

曾经，夕子听说了玛丽亚的身世，顿时觉得这是个蠢女人。

因为玛丽亚的父母都是老师，比夕子和杏美的父母强多了。

他们肯定对她比较严格，但至少不会强奸她或是不讲理地嫉恨。她竟然从一日三餐让她饱足、安全的家里逃了出来，夕子觉得玛丽亚一定是疯了。

玛丽亚小姐可能跟我妈是同一类人——

在一起生活时，夕子看到对Blue大吼大叫发脾气的玛丽亚，想起了自己的母亲。她们都是那种连自己怀胎十月生出来的孩子都无法认真关爱的人。

但是，Blue好像很喜欢玛丽亚。明明没有做错，他还是会反复对玛丽亚说"妈妈对不起"，还恳求她"不要讨厌我"。夕子特别明白那种心情，因为她也曾经这样。

不知那孩子现在怎么样了——

媒体并没有报道玛丽亚有孩子的事情，那两个刑警也没怎么提到Blue。她只听说那孩子好像连户籍都没有。案件发生后，Blue是否被保护起来了？

被夺走的东西要夺回来

　　如果不做自己就没有意义

　　夕子听着当年最喜欢的乐队演唱的最喜欢的曲子，为 Blue 祈祷了片刻。

　　希望那孩子能从母亲手中解脱出来，走上正常的人生道路。

致 Blue

平成八年初夏,Blue 第一次见到了母亲以外的"血亲"。当时,他们刚刚被迫结束在"户田河畔花园"一二〇一的生活,Blue 七岁。

"妈妈带你去见外公外婆,要打扮得漂漂亮亮哦。"

说着,母亲给他穿上了伊势丹买来的童装。那身衣服跟 Blue 平时穿的 T 恤和运动裤不一样,上身是白衬衫和灰色马甲,下身是熨出了中缝的格子西裤,不用皮带固定,而是用了肩带。显然,这是普通孩子入学典礼时穿的正装。

母亲也换下平时穿的运动衫,穿了一身优雅的淡粉色连衣裙。这是他第一次精心打扮。

仅仅因为穿了跟平时不一样的衣服,Blue 就变得兴奋起来。

"要乖乖的哦。"

"要说自己叫什么哦。"

母亲不厌其烦地反复叮嘱,每次 Blue 都回答"嗯""知道了"。

然后,他们在酒店大厅见到了陌生的家人——母亲的双亲,也就是 Blue 的外祖父母。

"外公、外婆,初次见面,我叫青。请多关照。"

Blue 按照母亲的吩咐问候了他们。

外公略显犹豫地应了一声,他的眼神给Blue留下了强烈的印象。

他的眼神就像看到了奇怪的生物,混合着强烈的恐惧和敌意,让他这个没什么人生经验的小孩子也感到自己并没有受到欢迎。他的期待顿时烟消云散。

后来,Blue几乎没有听进大人的对话,只坐在母亲身边,大气都不敢出。

"那不是我外孙。"

外公恶狠狠地说完,母亲顿时被激怒了。

很快,母亲和外公开始用尖厉的声音互相谩骂,外婆流着泪,一遍又一遍地叫他们快停下。酒店的员工赶过来,试图安抚他们。

母亲大吼一声"算了!"抓起装了水的杯子朝外公扔过去,然后拉起Blue的手愤然离开。那个瞬间,外婆哭着说了一句:"对不起。"Blue不知道那句道歉究竟是说给母亲,还是说给他的。

他被愤怒的母亲牵着手,心里却无比雀跃。因为他被带离了那个令人窒息的地方,而母亲好像在为他生气。

可是没过多久,母亲又给Blue浇了一盆冷水。

她一直气愤地向前走,接着突然停下脚步,大哭起来。母亲发出阵阵呜咽,流下大颗大颗的眼泪。Blue担心地看着他,却被母亲盯了一眼,然后这样说:

——要是没有你就好了。

后来,只要母亲心情不好,就会这样咒骂他。那不仅是母亲对Blue说的话，也是全世界所有父母会对孩子说的话。

此时，Blue第一次听到这句话。

没过多久，他们便和同在一二〇一生活过的井口夕子住到了一起。

Blue比同龄的男孩子更乖，是个"好孩子"。他会一个人看家，母亲给的饭菜不合胃口也从不抱怨。他从不哀求母亲买玩具，母亲不在的时候，还会打扫房间。

Blue想要的既不是美味的饭菜，也不是好玩的玩具。他只想要母亲笑着对他说："我最喜欢你了。"他希望母亲再对他说那句话，她曾经在一二〇一每天都会对他说的话。

可是，母亲从不对Blue说他想听的话，甚至在心情不好的时候，会对Blue破口大骂。比如这样：

——你想哄我高兴吗？恶心死了。你怎么这么狡猾？就是因为这样，我才烦你。

那些毫不讲理，但是洞穿内心的话，Blue都当真了。

母亲肯定有她的苦衷。

她离家出走，生了情人的孩子，情人死了，她只能靠卖身维持生活，后来连店也没了，只好自己搞援助交际。这一切应该都不是她想要的东西。她一定还遇到过很可怕很危险的事情。

Blue并不打算说，母亲也是受害者。

但事实是，没有一个人对她伸出援手。

那些男性大人，全都在利用她。

那天深夜在麦当劳搭讪她的星探，让她当情人并生下孩子的人，"小甜心"的老板，向她买春的男人。所有人都只是用金钱交换她的青春与肉体。没有一个人真正帮助过十几岁离家出走的她，或是年纪轻轻就生下孩子的她。

连最后的依靠——自己的亲生父母，都没有接纳她。

她肯定很受伤。

可是，Blue还太小，太不懂事，无法理解母亲的伤痛。

他只觉得母亲生气都是自己的错，所以向她道歉。除了道歉，他什么都做不了。

妈妈，对不起。对不起。不要讨厌我。

Blue对母亲说过最多的话，一定是"对不起"。

有时，母亲也会突然表现出温柔的一面，给Blue买来当时最流行的GAME BOY游戏机和游戏卡带，还对兴高采烈的Blue说："你的笑容就是妈妈的生存价值。"那句话比游戏机更让Blue感到高兴。如果能将幸福化作数字，此时Blue的幸福数值应该创造了人生最高的纪录。

可是几天后，当Blue着迷地捧着游戏机，母亲突然怒不可遏。"整天噼噼啪啪噼噼啪啪，搞什么啊！我每天拼了命地赚钱，都是为了谁啊！早知道就不该把你生出来，你这种小孩，我不要了！"说完，她抓起烟灰缸，砸坏了游戏机和卡带。

本来就阴晴不定的母亲变得越来越情绪化，Blue也只能被裹挟其中。

母亲依旧看心情跟很多男人交往，但是有一天，她说自己碰到了"命运的另一半"。

拓哉。

那个人在认识母亲时，用了跟国民偶像木村拓哉一样的名字。可能正因为那个名字，母亲才感觉到了命运。

母亲很容易走火入魔，没多久就搬出了他们跟夕子一同生活的地方,带着Blue住进了拓哉的公寓。

拓哉欢迎了两人的到来。

Blue对拓哉的第一印象,就是"有意思"。事实上,拓哉性格开朗,爱开玩笑,是个很有意思的人。

刚开始跟拓哉生活时,因为有了爱情的滋养,母亲的情绪稳定了不少,也经常温柔对待Blue。对Blue来说,这是最高兴的事情。

"你就把我当成父亲吧。"

后来,拓哉对Blue说出了那句美好的台词。

但是到了IT泡沫崩溃的平成十三年,拓哉经营的"信用网络"公司破产倒闭,他也要离开东京了。带着Blue和他的母亲。

被迫离开自己打拼多年的大都市,对拓哉造成了很大的精神打击。原本"有意思"的拓哉,后来成了对Blue和母亲拳脚相加的"可怕的人"。

藤崎文吾

"怎么又热起来了。"

冲田边走边用手帕擦拭脖子上的汗水。

周末下了两天雨,一直都很凉快,可是到了周一,东京再次迎来久违好几天的三十度酷暑。

八月三十日。号称炎热程度打破纪录的平成十六年八月即将结束。

现在的酷热还要持续一段时间,而且今年的秋老虎可能也特别凶狠。

藤崎和冲田披着茜色的夕阳,走在文化大道的缓坡上。

这条路从涩谷车站全向交叉路口的109一直通到东急本店,曾经被唤作东急本店大道。但是平成元年,东急集团在与本店相邻的地皮上开设了带有电影院和表演大厅的大型文化设施"Bunkamura",这条路也就变成了文化村大道。可以说,它也是诞生在平成的道路。

道路尽头,东急本店正面是摆满各种商品的折扣店铺。靠近还能听到独特的背景音乐。

堂吉诃德涩谷店。冲田说,在现在的年轻人眼中,文化村大道已经成了"从109到堂吉诃德那条路"。藤崎知道这两个地方,只是一次都没进去过。

可能因为正值暑假，也可能因为这里是涩谷，路上有很多年轻人。

冲田开口道："我查了一下，每年都有好几百个因没有提交出生证明而无法得到户籍的孩子。"

"这么多吗？"

"是的，但这只是推测人数。因为没有户籍就代表行政上没有这个人，很难精确把握。"

"没有户籍也就没有身份证，那他怎么生活？"

"有很多地方只要提交简历，不看身份证也能工作。不过肯定会遇到很多困难。毕竟租房子或考证肯定要用到身份证，说不定会临时找人借一下应付过关。有的人也会提交申请，要求补办户籍，但手续非常复杂。办户籍首先要证明这个人具备持有日本国籍的资格，可是要证明日本国籍，原则上只能用户籍。"

"这不就是先有鸡还是先有蛋的问题吗？"

夏希有个孩子，因为没有提交出生证明，所以没有户籍。

青——Blue。

因为有好几个人的证词，那个孩子应该真实存在。

由于藤崎组进行的是秘密调查，这个信息尚未透露给调查本部。

可是，那个 Blue 很有可能是在逃的共犯。

假设如此，那他行凶时只有十四岁。这样一个孩子，有可能犯下如此残忍的罪行吗？

答案是"Yes"。

比如平成九年震惊全国的神户连续儿童伤害案，凶手就是一名十四岁的少年。

三年后的平成十二年，连续发生了丰川市主妇被害案，还有西铁巴士劫车案。那些都是少年犯下的凶案，导致"愤怒的十七岁"这个印象不断被强调。甚至，"十七岁"这个词成了当年新语·流行语大奖的候选之一。

不能因为他是个孩子，就将其排除在嫌疑人名单之外。

前不久他们向井口夕子询问了情况，并从她那里得到了在久我山生活时的夏希与Blue的照片。夕子说，照片拍摄时间是夏希搬走前不久，也就是平成十一年。当时夏希二十七岁，Blue十岁。两人在照片上并排而坐，地点应该在那座公寓里。一个是还残留着些许稚嫩的金发女性，一个是目光淡然的俊美少年。

夏希的外表与他们制作的肖像画很相近，但跟青梅事件中媒体放出的毕业相册照片判若两人。由于夏希看起来比实际年龄小很多，照片上的两人更像一对姐弟。

"如果篠原夏希的儿子Blue还活着，你觉得他在干什么？"

"他是平成元年一月出生，那今年该十五岁了。"

"是啊。"

假设他是平成开始那天出生的孩子，生日就是一月八日，比较早，所以正好跟昭和六十三年出生的藤崎的女儿小司学年相同。

案发以后，日本全国发现的身份不明遗体，以及被警方保护或是逮捕的青少年中，并没有疑似Blue的无户籍人士。

"虽然不知道他跟案件有多大关系，但对方毕竟是个孩子，还可能没上过学。这种人很难一个人在逃，应该是跟某个大人在一起。"

藤崎一言不发地点点头。

他也有同感。那孩子不可能一个人生活，只要他没有孤零零地死在什么地方，肯定有谁把他藏匿或是保护起来了。

夏希与夕子结束共同生活后，跟一个经营"信用网络"公司的名叫木村拓哉的人住在一起。

虽然跟著名偶像同名同姓，但那可能是假名。

他们根据夕子提供的传单展开调查，发现"信用网络"是一家手机代理店，虽然没有正式登记，但真实存在过，并且其法人代表正是木村拓哉。

当时，"信用网络"公司就在涩谷车站对面，明治大道的一座办公楼上。

但是IT泡沫崩溃后，"信用网络"已经停业。自称木村拓哉的法人代表到处向熟人朋友借钱，然后宛如夜逃般消失了。那是三年前，即平成十三年的事情。

藤崎感觉，进入平成以后，日本的经济一直不景气。他并不知道曾经有过一阵IT泡沫，也不知道那个泡沫已经崩溃。但是前不久拜访的六本木新城中，很多新兴企业都是IT公司，说不定真的有过这么一段辉煌。

那个自称木村拓哉的人没有对"信用网络"前职员和债主透露真名，也没有人知道他身在何处，干些什么。

不过，他们在耐心细致的调查中，发现了一个有可能知道木村真实身份的人。

藤崎与冲田走过大道旁的 Cine Amuse East & West 电影院，在前面拐弯，进入圆山町的酒店街。

这里有个私人借贷公司，就坐落在被情人旅馆包围的一座写字楼里。

公司经营者名叫桦岛香织，是个年仅二十几岁的女性。她的顾客主要是年轻企业家，生意做得还挺大。由于是个年纪轻轻就崭露头角的女老板，一些人称其为"涩谷的魔女"，或是单称

"魔女"。

门把手上挂着"Closed"的牌子，不过介绍她的人事先联系过，她应该在里面。

藤崎按了门边的门禁铃。

没有回应。

他又按了一次。

还是没有回应。

他正准备按第三次，却听见里面传来女人的声音："你好。"

"抱歉打扰了，我是警视厅的人。"藤崎朝着门禁说。

"警视厅？"

"没错。如果这里是桦岛香织女士的事务所，贞山先生应该事先联系过。"

藤崎对着门禁的摄像头举起了证件。

"哦，约的是今天吗……"

"我们想问几个问题。"

片刻沉默之后，那个人又说话了。

"好吧，请稍等。我有个客人准备出去了。"

"噗"的一声，对讲结束。

原来有客人啊。是不是预约出错了？

他们等了一会儿，门打开了。

里面走出来一个人，穿着黑色连衣裙和白色围裙，头戴一顶白色帽子，帽檐压得很低，只能看见一头长发。藤崎愣了愣。

"呃，女仆？"冲田在旁边喃喃道。

没错，这人穿的就像大户人家的女佣。不过那身衣服满是荷叶边，倒更像是女仆风格的制服。

对方好像也吓了一跳，畏缩片刻，然后低着头默默行礼，快步离开了。

藤崎忍不住盯着女仆离去的方向，突然听见敞开的门里传出声音。

"刑警先生？请进吧。"

光站着也没有用。于是他们走进办公室，很快就感觉到了冷气。这里空调开得刚刚好。

门口有换鞋区，还准备了拖鞋，两人便换了鞋，继续往里走。

这是一间三十多平米的办公室，里面办公，门口则是接待区。

一名女性起身迎接了二人。

她身穿黑色上衣，披着灰色薄开衫，看起来很朴素。小眼小嘴，外表平淡，没什么特征。此人乍一看就是那种随处可见的平凡路人，说二十几岁也像，说四十几岁也像，几乎分辨不出年龄。

藤崎一开始还以为她是这里的文员，可是放眼望去，办公室里没有其他人。

"请问，您就是桦岛香织女士？"

他问了一句，女人点点头。

"是的，我就是桦岛。真不好意思，我听错了贞山先生说的时间，所以刚才约了客人。"

那个女人——桦岛香织面不改色地说。

刚才隔着对讲机没听真切，其实香织的声音有些沙哑，辨识度很高，还带有一点关西口音。根据事前调查，她的家乡是滋贺县大津。

"刚才出去那位就是您的客人吗？"

"对,她是附近那家女仆咖啡厅的工作人员,管我们借了点钱,来谈还钱的事情。"

"女仆咖啡厅?"

"刑警先生,你不知道吗?最近有一股女仆热潮。受到动画片和游戏的影响,秋叶原那边前年就开始盛行,现在还遍及涩谷。"

香织微微勾起嘴角。

藤崎刚才就觉得那是制服,原来没猜错。

动画片和游戏,还有秋叶原……那是所谓宅文化吗?

由于平成元年逮捕的东京埼玉连续幼女绑架杀人案的凶手是御宅(当时还叫"御宅族"[①]),一时间人们都把那些年纪不小却还痴迷动漫的人当成了分不清幻想和现实的准犯罪分子。不过近年来,御宅渐渐得到正名,连原本是家电一条街的秋叶原也不知不觉成了御宅圣地。听说,日本的动画片和游戏在国外也得到了很高的评价。就连警视厅内部,也有不少公开宣称自己是御宅的年轻一辈。

不管怎样,对藤崎来说,那都是一个比普通青年文化更难以理解的世界。

"别站着说话,快请坐吧。"香织请他们坐在会客区的沙发上。藤崎与冲田落座后,她也坐在了两人对面。

她以前经营一家面向年轻人的首饰店,获得成功后,开始涉足借贷行业。

藤崎不动声色地观察她的言行举止。

无论怎么看都很朴素。

[①]类似称呼有"竹笋族""御幸族"等等。由于这些"族"都有因为某种爱好或某种见解聚集在一起的属性,而"御宅族"并不具备"族"的性质,所以后来渐渐变为"御宅"。

她丝毫没有被戏称为"魔女"的女老板风范。声音虽然很有特点，但完全感觉不到她身上存在什么气场。

——她看起来就是个土里土气的小姑娘，但你可千万别小看了她。因为那姑娘又聪明又顽强，一个不小心，就要被她吃住要害。事实上，好多小混混都因为瞧不起她，后来吃了不少苦头。

给他们介绍了香织的贞山周一如是说。

贞山是某跨区域暴力团伙的第三层集团"云翔会"的组长，专门在金融和投资领域搞帮派活动。同时，他也是愿意与警方交换信息的合作派组长。

云翔会曾经接过香织的催债委托，也跟她做过债券买卖的交易。藤崎等人通过本厅有组织犯罪对策部联系到了贞山，并请他介绍了香织。

"我今天来，是想向你请教一个人。他姓木村，以前经营过一家名叫'信用网络'的公司。"

藤崎进入正题。

不管她是魔女还是平凡女人，关键在于她有多了解那个自称木村拓哉的人。根据此前的调查，木村拓哉找香织谈过运转资金的融资。

"哦，你是说那个自称木村拓哉的人吧？"

香织站起来，从办公区的文件柜里拿出一份薄薄的档案，走回来放在桌子上。

档案包括貌似合同的文件，还有一名男子的驾照复印件。

藤崎念出了合同及驾照上登记的姓名。

"海老塚卓也。这就是那个……"

"对，那个木村拓哉。我在开始搞借贷前就认识他，所以借了一点给他。"

原来如此。因为卓也跟拓哉的读音相同，他才自称木村拓哉吗？

香织说借了一点，但是一看欠条，上面写着三百万。

驾照显示，海老塚卓也出生于昭和四十年，平成十三年失踪时三十六岁，现在则三十九岁。香织比他年轻不少。

"你们俩是老交情吗？"

"也不算什么交情。我以前开店，他是店里的客人，也参加过几次店里主办的俱乐部活动和派对。后来他来找我借钱，我才第一次知道他叫什么。"

眼前这个外表平凡的女人，竟说出了活动和派对等字眼，让藤崎觉得特别奇怪。

她所说的俱乐部应该不是传统夜总会，而是这些年在闹市区越来越常见的年轻人聚集地。藤崎认为那其实算小型迪斯科，只不过他们都顶着饮食店的名目，逃避了风营法的管辖，得以通宵营业。

"是吗，海老塚这个人怎么样？能说说你对他的印象吗？"

"怎么说呢？他这人有点轻浮吧。你想啊，他觉得名字醒目好做生意，就能自称木村拓哉。还有……"

香织欲言又止。

"还有什么？"

"没什么，就是我听人说，他好像有点瘾君子的习性。"

"瘾君子？他吸毒吗？"

"嗯，不过我听说的那些全都是合法药品。"

"合法药品……比如麻黄碱？"

藤崎说出了青梅案现场发现的药品名称，香织点点头。

"就叫那个名字。东京好多爱玩的年轻人都吃那个。"

"是吗……"

现在，人们普遍认为日本迎来了二战之后第三个毒品蔓延时期。

第一次是二战结束后不久，当时非洛芃在市面上大肆横行。第二次是昭和五十年代后半期，暴力团伙走私贩卖最猖狂的时期。第三次，则是因为因特网的普及，使得匿名交易变得更简单，而且比传统毒品和大麻更轻度且合法的药品不断登场。这些药品在年轻一代中尤其盛行，部分俱乐部则成了滥用药品的温床。藤崎对这方面不太清楚，只知道俱乐部文化本身在欧美就与毒品文化密切相关。警方当然也提高了警惕，但不可否认，他们的行动还是过于迟缓。

那么，夏希之所以对麻黄碱成瘾，有可能受到了交往对象海老塚的影响。

"那个海老塚的公司倒闭了是吧。"

"对，IT泡沫崩溃后，他的公司转眼就没了。"

"那是三年前的事情？"

"没错。"

"你借给他的钱都收回来了吗？"

合同上写着利息是每年百分之二十九点二。本金三百万的话，那就是很大一笔钱了。这个数字在金融界被称为"灰色利息"，应该属于利息设定的上限。

日本有《利息限制法》和《出资法》，这两部法律都规定了贷款的利息，后者比前者设定得更高。因此存在虽然违反了利息法，但仍在出资法规定范围内的"灰色利息"现象。按照现在，也就是平成十六年的规定，只要当事双方同意，"灰色利息"就算有效。

"是的,平安收回来了。不过也请贞山先生帮了忙。"

意思是请黑帮去逼债了吗?真是人不可貌相。

"莫非海老塚四处借钱后逃跑,是你指使的吗?"

香织耸耸肩,嘴角似乎浮现了一丝笑意。

"我只是按照事前签署的合同回收债权,债务人如何筹集金钱,之后采取什么行动,我一概不知情。"

她这句话说下来几乎没有起伏,独特的沙哑声线既没有压迫感也没有威胁性,仿佛只是在平淡地陈述事实。不过,她道出的事实,却无比冷酷。

原来如此,这女人可能真有点魔女的本事。

"你知道海老塚逃到哪儿去了吗?"

"这我也不知道。"

"那你去过海老塚家吗?"

"没有。倒是为了谈事情,去过一次他的办公室。"

"是吗?那你是否知道当时海老塚跟谁一起生活?"

香织略微歪过头,想了一会儿。

"对了,我去他办公室那天,看到电脑壁纸是一个女人和一个小孩儿的照片。我问他那是谁,他说自己在跟一个带孩子的女人交往。"

"你知道那个女的是谁吗?"

"不知道。那又不是他的担保人,我没必要确认身份。"

"你看到的是这两个人吗?"

他拿出井口夕子提供的夏希和Blue的照片,给香织看了一眼。

"我只看过一眼,所以不能肯定。如果你问我是不是他俩,我看还真有点像。不过女的比照片上更瘦,孩子也大一些,感觉有点不一样。"

香织凝视着照片回答道。

Blue正在长身体，看起来大一些很正常。夏希如果变瘦了，很可能是麻黄碱的影响。

藤崎窥视着香织的表情，可是那张平凡的脸上看不出任何东西。

不过，他们知道了海老塚的真实身份，又查清了麻黄碱的来头，应该也算有所收获。

翌日。

藤崎根据驾照复印件的信息，查到了海老塚的户籍和居民证。这样就能找到海老塚的所在地。

不，准确来说，他不在任何地方。

因为海老塚卓也已经死亡。

他死在了距离东京二百多公里的静冈县浜松市。

根据户籍记录，他的死亡时间是平成十五年八月九日，青梅案发生的四个月前。

三泽·马科斯

十三年前，即平成三年，年仅六岁的三泽·马科斯被父母带到了日本静冈县浜松市，他属于巴西第三代日裔。

二战结束后，他的祖父从日本移居到巴西，父亲则跟马科斯一样，是在巴西出生长大的人，那年也是头一次踏足日本的土地。

"你的日语很棒啊。"

他对两名东京来的刑警如实回答了姓名、年龄、家庭成员和到日本的经过。其中一个留着寸头，名叫冲田的刑警笑着夸奖道。

马科斯对他说了句"谢谢"，但就算刑警不说，他对自己的日语也很有自信。

如果世上真的存在语言天赋，马科斯无疑是受到眷顾的其中一人。来到日本不足一年，他就能说一口流畅的日语，跟同龄的日本人不相上下。都说小孩子学语言快，但他可以说是特别快的那一类。

父母来日本的目的是赚钱。当时中南美爆发了严重的通货膨胀，失业人数众多，日本却正值泡沫经济全盛期，苦于劳动力不足。

二战结束后，日本社会一直不积极接受移民，但是为了解决越来越紧张的人力不足问题，日本政府在平成二年修订了入境管理法，针对日裔外国人开放了移民渠道。

浜松是日本最具代表性的摩托车厂商本田、雅马哈和铃木的创始地，遍地都是各大企业的外包工厂。这些工厂积极招收日裔填补劳动力空缺，使这里成了日本鼎鼎有名的日裔外国人聚居地。

"您小学和初中都跟日本小孩一起上公立学校，那么是在学校学习的日语吗？"

冲田提问时，旁边那位貌似上司的年长刑警一直盯着他看。这人叫藤崎，虽然长相温和，眼底却潜藏着锐利的光芒。

"不，学校没有那种课程。不过身边都是日本人，我自然而然就会了。"

"哦，那真是太厉害了。"

冲田感叹了一句。总觉得有点刻意。

没有日本国籍的日裔不在义务教育对象范围内。虽然只要学生提出意愿，政府可以把你安排到与年龄相符的学级，但是并没有专门针对外国人的课程。至于要如何安排，由各个家庭自己决定。虽然有不少日裔小孩不去上学，但马科斯一直上到了初中。

虽然他很快就学会了语言，却很难融入学校环境。应该说，正因为语言能力好，他感到了超过语言的壁垒。

他的日本同学都管他叫"桑孔"。那是当时在电视综艺节目里登场的外国艺人。不过那个艺人是非洲黑人，与巴西没有关系。而且马科斯长得一点都不像那个大叔。仅仅因为他的肤色比一般日本人黑，同学们就给他安了这个绰号。因此，马科斯特别讨厌这个称呼。他总是坚持桑孔和巴西没有关系，可他越坚持，周围的人就越起劲。

——看谁不顺眼就上去揍。你是个男孩子，打打架无所谓。男人就是这样变强的。

父亲曾经对他说过这种话。巴西比日本更崇尚男人的威猛，是个好战的社会。身为巴西男儿，父亲自然会有这样的价值观。

上到小学高年级时，马科斯按照父亲的教诲，大吼着"别说了！"把一个喊他桑孔的同学推倒在地。那是个身材特别高大，在班上称王称霸的孩子。但是马科斯当时已经进入成长期，身高和力量都超过了那个同学。那孩子被翻倒在地，还摔成了脑震荡。虽然没什么大碍，但是叫来了救护车，马科斯的父母也被喊到了学校。

父亲非但没有训斥马科斯，还夸奖他"不愧是我的儿子"。可是马科斯并不高兴。使用暴力的感觉一点都不好，他心里迟迟过不去这个坎儿。

那次以后，学校不再有人管他叫桑孔，但是人人都把他当成"一生气就会发狂的凶恶外国人"，对他唯恐避之不及。同学们都不再跟他说话，部分女生见到他还会绕着走。一次，学校的玻璃窗被人打破，马科斯首先遭到了怀疑（他当然是被冤枉的，真凶是另一个学生）。升上初中后，不知为何只有那些加入了不良团体的少年对他尊敬有加，管他叫"马科斯大哥"。

如果他是父亲，可能会很高兴。但是马科斯很伤心。因为他无论如何都接受不了父亲口中那种好战的"男人味"，特别不希望别人觉得他打架很厉害，或是害怕他。他甚至完全无法喜欢上自己一天天变得高大健壮的身体。他处在周围恐惧的目光中，觉得自己成了一个怪物。

这里没有值得我热爱的东西，包括我自己——不知从何时起，他开始有了这种想法。

家里和学校都让他坐如针毡，他仿佛成了世界上最不幸的孩子。

如果说有什么东西能安慰马科斯，那就是偶像。

具体来说，是早安少女组。

她们在平成九年出道，瞬间风靡一时，当时马科斯正在上初中。可能这些女孩明亮开朗的气质很符合南美人的审美，在日裔外国人圈子里也获得了不少人气。

身为一个日本初中男生，同时又是日裔外国少年，他喜欢上早安少女可以说毫不奇怪。不过，马科斯心里的"喜欢"，跟其他男生有些不一样。

马科斯对那些身穿可爱衣着，演唱流行歌曲的少女，并没有产生异性——也就是将她们当成潜在恋爱和性欲对象的认知。他只是单纯地喜欢和憧憬她们的可爱和柔软，很想一直一直看着她们，永远沉浸在她们创造的世界里。他甚至想象过自己转生成日本的女孩子，加入早安少女的行列。

当然，他从未对别人提起过这种愿望。因为他知道，一旦说出来，别人会更加把他当成怪物看待。

"三年前的平成十三年，你从初中毕业，进入这家公司工作，对吧？"

"是的。"

十五岁那年，马科斯初中毕业后，便开始在这家名叫"十一技研"的摩托车企业的外包金属板工厂工作。换算成公历，就是二〇〇一年，新千年刚刚拉开序幕的年份。

他并不讨厌学习，但学校里没有朋友，又不怎么想读高中，关键在于，家里的经济情况也让他除了工作没有别的选项。

——不应该是这样的。

马科斯找到工作时,父亲发出了带着酒臭的抱怨。

原来,他的父母打算苦干几年赚到大钱,然后衣锦还乡。但是,他们的计划遇到了很大的问题。

那个问题就是泡沫经济崩溃。其实,他们平成三年来到日本时,泡沫经济好像已经崩溃了。不过还要过好几年,才会给制造业造成严重影响。父母工作的工厂订单量慢慢减少,相对地,工资也一点点变少。他们来到日本的第六年,也就是平成八年,工厂甚至不再招聘日裔外国人了。当时,金融机构的崩溃已经非常严重。

父母不像马科斯那样能说一口流利的日语,所以迟迟找不到工作,最终只能在面向巴西人经营的超市里打零工,拿低于最低时薪的薪水。一家人生活举步维艰,更谈不上回国。

马科斯被束缚在这片不值得爱的土地上,从初中开始,就被迫帮父母在超市摆货点货。初中毕业后,出门工作更是理所当然。初中毕业的学历在日本人中间可能比较少见,但对日裔外国人来说,却非常普遍。反倒是升上高中的人少之又少。

不过,父亲那句"不应该是这样的",似乎还包含了无法衣锦还乡之外的悔恨。

　　日本的未来 Wow Wow Wow Wow
　　世界倾慕 Yeah Yeah Yeah Yeah

早安少女在平成十一年发表的热门歌曲《Love Machine》的歌词,仿佛是对经济长期不景气的自暴自弃。不过从那段时间起,工厂对日裔外国人的招聘开始复苏。

然而,优先得到聘用的都是十几二十岁的年轻人,马科斯就属于其中一人。因为他们从小在日本生活,自然熟悉日语和日本的习俗,而且因为年轻,无须支付很高的工资。相对地,他父亲那一代很难融入日本,语言也不流畅,总是被敬而远之,迟迟找不到工作。现在"十一技研"的员工半数以上都是日裔,然而三十五岁以上的一个都没有。

"十一技研"并不是什么好公司。这里的老板很蛮横,工资又少。尽管如此,马科斯还是比领时薪的父亲赚得多。

马科斯并不在乎谁是家里的顶梁柱,但是以父亲的价值观,这件事似乎让他难以接受。原本就爱喝酒的父亲越来越沉迷酒精,总在家里抱怨这抱怨那。

"刚才也说了,我们想问的是曾经在这家公司工作,去年夏天去世的海老塚卓也先生。"

确认完马科斯的身份后,冲田进入正题。一直在旁边默不作声的藤崎也露出了更严肃的表情。

今天工作时,社长把马科斯喊过去,在办公室的会客室见到了这两名刑警。

他一开始有点惊讶,然后才知道他们专程从东京赶过来,是为了调查海老塚的事情。听说要轮流询问所有员工。

"你进入公司半年后,也就是平成十三年的十月,海老塚先生开始在这里工作。这点没错吧?"

"是的。"

他们说海老塚在东京经商失败,来到浜松从头开始。

"你对海老塚先生有什么印象吗?"

"他个性很开朗,但是工作不认真,有时候很应付。"

马科斯没有撒谎，但他回答的都是不痛不痒的事实。

"海老塚先生的儿子，青君——大家都管他叫Blue。他也一起在这里工作吗？"

"Blue。"

听到那个名字，马科斯心里猛跳了一下。为了不被察觉，他点了点头。

"听说那个Blue君跟你关系很不错啊。"

"我们经常混在一起。毕竟年龄相仿，也比较合得来。"他绷着一张扑克脸回答道。

"年龄相仿啊……你知道他的真实年龄吗？"

"嗯，我听他本人说过。而且，大家应该都发现了。"

"发现他谎报年龄？"

"对。"

"你说的大家，是指这里的工作人员吗？"

"是的。"

表面上，Blue是海老塚的儿子，跟马科斯一样是十五岁，那年春天刚刚初中毕业。然而，那都是假的。

Blue是海老塚同居恋人的儿子，没有正式入籍，也没有血缘关系，因此他跟海老塚并非父子。

——马哥，其实我是平成开始那天出生的。

Blue曾经这样对他说。换言之，他进来工作时只有十二岁。按照法律规定，工厂不能雇佣未完成义务教育的孩子，所以他听从海老塚的吩咐，把年龄虚报了三岁。"十一技研"的员工虽然叫"社员"，但全都是非正式招聘，只需一张简历就能进来工作。社长平时也不会检查这些。只要有意愿，就能瞒报年龄。

刚进公司时，Blue还没变声，面容也带着几分稚嫩。他虽然比同龄人高一些,混在大人里却成了小个子。大家心里都猜到了,只是什么都没说。

"偶尔会有警察到工厂来,看到Blue可能也产生过怀疑……"

雇佣日裔工人较多的工厂会有当地警察定期巡视。仅仅因为自己是外国人就被人如此戒备,这种感觉当然不好,但也已经成了日常风景。

有好几次,警官看到Blue,都对现场负责人或老板说:"你这个员工好小啊。""那孩子几岁?"但是,他们并没有采取行动,Blue也一直没有被解雇。

说到这里,两名刑警苦着脸对视了一眼。

"你也见过Blue君的妈妈,对吧?"

"是的。"

Blue的妈妈很瘦,而且面色苍白,但是五官面型看起来挺漂亮。

"你知道她叫什么吗?"

"呃,啊,好像叫玛丽亚?"

Blue只管母亲叫"妈妈",海老塚则叫她"玛丽亚"。

"你还听过她有别的名字吗?"

"呃,没有……"

他的确不知道。Blue的妈妈还有别的名字吗?

"那下一个——"

冲田连续问了好几个关于海老塚、Blue及其母亲的问题。他知道的都回答了,不知道的也都说不知道。

"……我听其他员工说,海老塚先生曾经对Blue君施暴,你知道这件事吗?"

马科斯咽了口唾沫。

警察的提问越来越接近敏感地带了。

既然别人已经说了,他也无法隐瞒,所以决定如实回答。

"我知道,还见过好几次。海老塚先生说那是'调教',在工厂也会对Blue拳脚相加。有一次还用钢管打他脑袋,那次别人看不下去,就把他拉住了。而且,海老塚先生还会把工作推给Blue,自己跑去偷懒,或是干脆早退。"

"太过分了……"

说到一半时,他听到冲田嘀咕。

没错,太过分了。所以,他才跟Blue成了好朋友。

马科斯第一次看见Blue,就觉得他很特别。他长着一张很漂亮的脸,五官端正,双眼细长,带着一丝忧郁,跟自己粗鄙的脸大不相同。这让马科斯感到很羡慕。

可是,他一开始并没有主动跟Blue说话。因为当时他已经习惯了跟所有人保持距离。

不过,当他看到海老塚在工厂殴打Blue时,心里突然涌出了好奇。海老塚不是那种行为粗暴的人,反倒性格开朗,玩心十足。但是,他有时候会突然暴怒,对Blue发泄怒气,拳打脚踢,让周围的人不敢接近。

作为同龄(虽然是假的)的工厂前辈,只要马科斯愿意,就有很多机会跟Blue说话。他慢慢跟Blue熟悉起来,知道了他的身世,还有海老塚和玛丽亚的关系。

马科斯知道的越多,就越有种莫名的优越感。

这家伙怎么回事,比我还惨嘛。他明明是日本人——

Blue还告诉他,海老塚以前是个温柔有趣的人,来到浜松之后,却像变了个人。

在家里，海老塚不仅揍Blue，还会揍他的母亲。而母亲每次挨揍，都会发泄在Blue身上。

而且，Blue比马科斯还小，却不得不谎报年龄，干很辛苦的工作。听说，他还没上过学。Blue干活倒是还行，然而一个汉字都不认识，连除法都做不好。他甚至不知道丰臣秀吉，比马科斯这个巴西人还不熟悉日本历史。

马科斯的父亲虽然粗暴，但不会把马科斯揍到受伤。他母亲则是个典型的巴西女人，虽然个性强悍，但对儿子却无比温柔。听说Blue的妈妈对他说过好几次"要是没有你就好了"，如果换成马科斯的母亲，就算撕了她的嘴，也绝不会说出那种话来。

跟这家伙相比，我简直强多了。

出于怜悯，马科斯对Blue很好，也经常在工作上帮助他。

他们都是心灵柔软的十几岁少年，只要待在一起，就会越来越亲近。Blue越来越依赖马科斯，经常"马哥""马哥"地叫他。

不久之后，马科斯除了对Blue的怜悯和优越感，还对他产生了温暖的感情。

不知不觉，他的目光开始一直追逐Blue，满脑子总想着Blue。同时又为自己的情况感到愤恨不已。

——海老塚和你妈都不是好东西。要是他们俩都死了，你就能得到自由。

当两人十分熟悉后，马科斯对Blue说了这句话。

如果Blue回答"有可能"，他就会继续说："等我们再长大一点，就一起离开这里，到别处去吧。"

然而Blue带着悲伤的表情，说出了让马科斯意想不到的话。

——马哥，你别这样说。我还是想保护妈妈。

Blue说，他虽然讨厌海老塚，但是无法讨厌母亲。他是觉得母亲很过分,可无论如何都恨不起来。他还说,就算到了最后的最后,自己还是要保护母亲。

听了他的话,马科斯感到胸口抽紧,喘不过气来。

啊,Blue 不会跟我一起逃离这里。Blue 拥有比我更重要的人。

让他如此痛苦的,便是心中那种温情。如果转化为话语,那种感情只有一个字。

那怎么可能!

马科斯无数次否定,但他无法否定真实存在的东西。

马科斯在这片不值得爱的土地,遇到了 Blue,这个值得他去爱的人。同时,Blue 也成了让他察觉自身性向的存在。

"接下来,我想确认一下去年八月八日晚上到九日早上的事。你这两天都上班了,对吧?"

冲田提问,马科斯点点头。

终于问到那天了。他越来越紧张。

去年,平成十五年八月,Blue 来到浜松的第二年。

Blue 十四岁,马科斯刚过生日,已经十八岁。二人已经成为挚友。不仅在旁人看来如此,Blue 对马科斯应该也有深厚的友情。

马科斯对他怀有超越友情,却得不到回应的感情,但他并不打算坦白。他实在太害怕被 Blue 拒绝,而且只要 Blue 能在他身边,他就很满足了。

但是不久之后,马科斯就被迫意识到,仅仅是彼此身边的玩伴关系,轻易就会割裂。

"八号那天,海老塚先生和 Blue 君都做了什么,你还记得吗?"

"……跟平时没什么两样。那天加班比平时少,七点前就下班了,再加上台风即将登陆,大家都早早回家了。"

八月八日深夜,正好在日期改变的时间,受到第十号台风的影响,浜松市迎来暴风雨,市内几百户住宅还停电了。

接着,他又被问到第二天的事情,马科斯也如实回答:

"九号一早就下大雨,海老塚先生和Blue没来上班——"

那天雨下得很大,有段时间甚至连路都看不见,的确是个让人不想离开家的日子。当天有很多人迟到,但是平时很唠叨的社长都没说什么。于是大家都觉得,海老塚肯定翘班不来了。那并非他头一次无故缺勤。虽说如此,马科斯却感到很奇怪。因为Blue从来没翘班过。反倒是海老塚偷懒的时候,Blue要帮他完成那一份工作。

那天晚上台风一过,雨就停了,只是风有点大。下班后,马科斯去了海老塚的住处。

"然后你发现他们不在了?"冲田先替他说道。

"是的。我在外面喊了几声,没有人应,然后看见厨房窗户开了一条缝,就往里面看了一眼,发现一个人都没有……"

那个房间很小,厨房跟起居室连在一起,从窗缝就能看见全貌。当时他还以为一家三口到外面去吃饭了。

可是,又过了一天,海老塚和Blue还是没来上班,社长和同事上门找人,这才发现一家三口好像失踪了。

四天后,也就是八月十四日,在本市东侧的天龙川河口堤岸上,有人发现了海老塚淹死的尸体卡在那里。

"请告诉我,海老塚先生等人失踪的八日到九日夜,你在什么地方,做了什么。"

"啊,嗯……我下班后一直待在家里。"

"跟你父亲和母亲一起?"

这个警察要确认他的不在场证据吗——

马科斯严肃地点点头。

当时也有地方警察找他问过海老塚的事情。

工厂里到处流传毫无根据的谣言。有人说他们在台风登陆的夜里出门，发生了事故。也有人说海老塚强迫女人和孩子跟他自杀，最后只找到了他的尸体。还有人说，玛丽亚杀了海老塚，然后逃走了。

他不知道警方最后得出了什么结论，但那件事并没有被当作案件报道出来。

过了半年，就不再有人谈论海老塚和Blue，仿佛大家都忘了他们的存在。

直到今天，东京的刑警找到厂里来。

"失踪前，海老塚先生和Blue君有什么异常之处吗？"

"没什么……"

"你能猜测Blue君和他妈妈去了什么地方吗？"

"不知道。如果他还活着，我想见见他。"

这是真心话。

两名刑警对视一眼，然后藤崎对他说了句"谢谢"，结束了问询。

马科斯暗自松了口气。

应该……没有被怀疑。

被问到刮台风那天的事情时，他心跳得飞快，让他以为两名刑警都能听见扑通扑通的声音。而且，他背后和腋下都出了一阵阵冷汗。

马科斯没有对两位刑警撒谎，但也没有把自己知道的事情全都说出来。他隐瞒了一个极为重要的事实。

就是那通电话。

八月九日,马科斯去查看海老塚住处的那天深夜,他的手机接到了公共电话打来的电话。接通之后,才知道那是Blue打来的。

——马哥,我把卓也叔叔杀了。

马科斯无言以对。

——我要跟妈妈逃走,没法去上班了。对不起,给你添了这么多麻烦。

他觉得自己应该说点什么,却不知说什么好。最后,他一句话都没说,Blue就挂了电话。

他打那样的电话过来,应该不是撒谎或开玩笑。

那么,也就是说,他可能再也见不到Blue了。

他感到身体中央像是开了个大洞,甚至有风呼呼吹过。

丧失。

被同学戏称桑孔,被周围的人视作怪物,被父亲嫉恨,这些曾经让他悲伤的事情,仿佛都不算什么了。因为那个空洞中,涌出了前所未有的伤痛。

马科斯在伤痛中,掬起了一捧誓言。

绝不会把这件事告诉任何人——

他要把这件事带进坟墓。为了今后再也无法相见的Blue。为了他唯一深爱的人。

这是我唯一能为他做的事。

致 Blue

那年夏天,听到台风即将登陆的新闻,Blue产生了不好的预感。不知为何,一旦气压下降,卓也和母亲都会变得情绪不稳定。

在东京遇到卓也时,他还是个温柔有趣的人。搬到浜松后,他也没什么改变。卓也性格开朗,爱开玩笑,特别有意思。他在家也经常看搞笑节目和综艺节目。他特别会演戏,经常学搞笑艺人说笑话,还经常模仿他以前借用过名字的木村拓哉。Blue还是小学高年级到初中的年纪,觉得卓也的表演非常好玩。

所以,Blue一开始很喜欢卓也。当卓也要他谎报年龄到"十一技研"工作时,他也乖乖顺从了。

Blue虽然比同龄人高一些,但身体还没发育成熟,工厂的劳动对他来说过于艰苦。

他跟卓也劳累一整天回到家,母亲会做好饭菜等着他们。在鸡汤拉面里打个蛋,就着超市买来的现成小菜或沙拉,简单得不能称之为料理。不过,三个人会围着餐桌,边看电视边吃晚餐。这让他觉得饭菜都特别美味。

那是温馨的团聚,是三个人成为一家人的瞬间。

然而,那也只是漫长生活中转瞬即逝的一刻。后来,卓也慢慢变了个人,母亲也一样。

浜松的生活跟东京的完全不一样，想必给了他们不小的压力。在这片新天地里，卓也和母亲都没有亲密的朋友。他们虽然勉强维持着社会生活，却从不让任何人靠近家庭。

卓也平时爱把一句话挂在嘴边："男人就该外出工作赚钱，女人在家里操持家务。"可能出于这个观念，他才让 Blue 谎报年龄出去工作，并且决不让母亲工作。他跟母亲在东京确定关系后，很快就不让她继续干援助交际了，也说她不用出去打工。母亲原本就没什么劳动意识，自然是喜欢上了卓也这点。

卓也虽然是现代青年，却有着极为保守的家庭观念，甚至可以说是老古董。这与他强烈的自尊心相呼应，形成了痛恨依靠别人的性格。卓也从来不会找人商量生活上的困难，而那样的日子，可能渐渐摧毁了他的精神。

另外，毒品也起到了催化作用。

卓也在东京时，就经常服用号称"营养补充剂"的合法毒品。虽说合法，但依旧是毒品，后来还被称为"危险药品"，列为取缔对象。但是在平成十几年那段时间，法律法规还没追诉到那种药品。卓也还说这是好莱坞女明星都爱用的减肥药，推荐给母亲服用，让她也对合法毒品麻黄碱上了瘾。

尽管如此，他们住在东京时，两人只会服药作乐，从不造成实际伤害，相当于一种恶习而已。可是自从搬到浜松，卓也的摄药量就一天比一天多了。

药物生效时，卓也比以前更开朗，也愿意完成一些工作，可是一旦药效过去，他就会变得无比残暴。在外人看不到的家中，他几乎每天都对 Blue 和母亲拳脚相加。他不会完全失去理智胡乱痛打，而是每次都要找个冠冕堂皇的理由施展暴力。"别以为你是小孩儿就撒娇！"这是卓也殴打 Blue 时最常用的理由。在工厂，很多员工都发现了 Blue 还是个孩子。不仅是马科斯，还有不少人对他很好。卓也似乎对此很不满意，总骂他狡猾，说他受宠。

他殴打 Blue 的母亲时，则会说"别以为你是女人就撒娇！"

卓也会把一切他看不顺眼的地方解释为"撒娇"，使自己的暴力正当化。

可能为了缓和疼痛，母亲每次挨打后，都会吃麻黄碱。就这样，母亲的药量也逐渐增加，稳定的情绪开始失控。她又一次对 Blue 用起了"没有你该多好"的诅咒。

不久之后，母亲和卓也开始趁着毒品生效的时间，在家里大肆——应该说，故意让 Blue 看到他们做爱。

那两个人挤在狭小的出租房里，就像两头野兽，毫不遮掩自己的暴力和性欲。

彼时 Blue 正要进入青春期，他感到心脏被绞紧的苦涩。

尽管如此，Blue 还是无法讨厌母亲。

越是遭到母亲的虐待，他就越能想起她的温柔。母亲曾经对他说"我最喜欢你""你的笑容就是我的生存价值"，还给他买过最喜欢的游戏机。

我要保护妈妈——

这种认知日益坚定起来。

因为，实质性的危机就耸立在他们眼前。

不知从何时起，母亲变得比 Blue 还瘦小了。因为过度服用麻黄碱，她的体重轻了很多。Blue 不知道那样的身体还能承受多少卓也的暴力。

Blue 自己挨打时不会反抗，看到母亲挨打却会拼命阻止。可是，卓也比他更强壮，他一点都拉不住。于是，Blue 只能痛哭流涕，不停道歉，恳求他停下。

"对不起，对不起，都是我的错。卓也叔叔，求求你了，别打妈妈。要打就打我，求求你了，好不好？"

如果他紧紧抱着卓也不断恳求，卓也的自尊心可能会得到满足，偶尔还会说"看在你的面子上""那就你来负责"，然后把矛头转向 Blue。可是大多数时候，卓也都对他的哀求充耳不闻，继续殴打他的母亲。

再这样下去，妈妈可能要被打死。

母亲明显也沉浸在痛苦中。卓也不在时，她曾经充满怨恨地说："那家伙不是什么命中注定的人。""都怪那家伙，我的人生毁了。"她甚至曾对 Blue 道歉："真对不起，妈妈不该跟那种人在一起。"每当此时，Blue 就会感到母亲还是会珍视自己，心里格外高兴。

Blue 想，他们现在只能逃走。他很期待母亲哪天说出"我们跑吧"。

但是那天晚上，母亲说的不是那句话。

台风渐渐接近，出租房开始发出吱吱嘎嘎的声音，卓也突然怒吼一声，开始发疯。"扯淡！谁都不知道感谢我，整天就知道撒娇！你们是不是把我当猴耍了！"几个小时前还笑着跟他们一起吃饭的人，转眼就成了另一个人。然而，这也是他们见怪不怪的事情。

但那天与平时不同，卓也正要殴打母亲时，不小心绊了一下，仰天翻倒在地。而且那个瞬间，他的后脑勺狠狠砸到了桌子角。

卓也躺在地上站不起来，身体开始抽搐。

Blue 吓了一跳，赶紧跪在旁边查看卓也的情况。只见那双瞪大的眼睛似乎没有焦点，嘴角也流出了唾沫，但他还有呼吸。

得赶紧救他——Blue条件反射地想。可就在那时，旁边响起了母亲的声音。

"杀了他！"

瞬间，Blue犹豫了。

"杀了他！"

第二次命令，身体宛如合上了开关，自动行动起来。Blue掐住了卓也的脖子。

卓也发出痛苦的呻吟。Blue想，既然已经掐住了他，那就要做到最后。于是，他拼命用力，死死掐着卓也的脖子。

不知过了多久，也不知卓也究竟何时断了气，待Blue回过神来，双手已经完全麻木，卓也则瞪着眼睛，再也不动弹了。

母亲陷入了混乱。

"啊，怎么办。你怎么真的把他杀了。"

她先是责怪Blue，然后好像突然想起了什么，拿起电话拨了出去。

没过多久，一个男的找上门来了。当时已是半夜，外面大雨滂沱。男人看到卓也的尸体，一时说不出话来。然后，他跟母亲争执了一会儿，最后还是用他开来的白色小货车把尸体运到天龙川扔掉了。

直到他们坐着那辆车离开浜松，Blue才得知那个人的身份，以及Blue和卓也白天在工厂干活时，母亲在家都做了什么。

四个月后，就发生了被称为青梅案的事件。

藤崎文吾

车载收音机流淌出前奏的旋律。

藤崎险些忍不住哼了起来。

那是中岛美雪的《地上之星》，NHK人气节目《X计划》的主题曲。现在，肯定有不少人只要听见曲子，就会不由自主地哼起来。

《X计划》是一档纪录片形式的节目，讲述了日本战后为商品开发、公共事业等领域的发展留下了不少示范性成果的"项目"的内情。

其中大多数题材都是藤崎出生之前或是他小时候——日本处在高度经济成长期的东西。二战结束后，日本从废墟上复兴，最后跻身发达国家的行列，实现了飞跃性发展。众多默默无名的人在那个时代将满腔热情倾注在工作中，甚至不惜牺牲生命，只为了达成一些成就。他们的经历都特别感人，让人热血沸腾。节目里还有许多社会齿轮的火热精神，以及他所憧憬的场面。那是藤崎唯一会录下来看的电视节目。

可是，他也会忍不住想，这个节目如此受欢迎，反过来说也可能意味着人们只能在过去看到希望。

藤崎在浜松看到的，是漫长的经济不景气中，制造业只能以底薪雇佣日裔外国人，想方设法保住性命的现状。在这里工作的人，脸上都看不到《X计划》中描绘的热情，只能看到靠一份廉价而艰苦的工作维持每日生计的冰冷疲劳。

或许，他只是碰巧走进了这么一间工厂。

可是今后，就算经济有所恢复，日本社会或许也不会迎来藤崎年幼时那种热火朝天的景象了。

脑中突然闪过妻子的脸，藤崎又忍不住想，他自己呢？

这么多年来，他一心专注工作，结果，却失去了妻子的心。或许，他还会失去家人。

那么，我究竟得到了什么？

"其实会不会是意外啊？"冲田突然说。

他们远赴浜松，并不是为了视察制造业现场。

藤崎的目光回到眼前的景色。

他们租的汽车正行驶在去年八月发现海老塚卓也遗体的天龙川沿岸。

二人一大早就出去调查，什么都没吃，此时决定先吃点东西，正在寻找饭馆。

九月已经过半，静冈和东京依旧笼罩在严重的残暑中。而且天气从来没有放晴过，却也下不出雨来，整天乌云密布，空气中充满湿气，不适指数极高。旁边的河流倒映着天空的颜色，也变得有点浑浊发灰。

"不是意外，海老塚是被杀的。"藤崎断言道。

"啊？"

"这只是我的直觉，反正我觉得肯定是这样。不管怎么说，那两个人的失踪跟这个不无关系。"

"那……倒也是呢。"

压根儿不相信直觉的冲田，似乎也得出了相同的结论。

海老塚的尸体发现时间是去年八月十四日，根据发现时的验尸结果，他已经死亡五天左右，推测具体死亡时间是八月八日晚上到九日上午。当时正好台风过境，市内下着暴风雨。

由于夏天暑热，尸体腐烂得严重，一部分身体还被水栖生物啃食，因此死因不明确。但是，取证科从部分身体组织中检测出了兴奋剂成分，侦查人员也从他居住的出租屋里发现了大量合法毒品。

于是地方警署得出结论：海老塚由于服药过量丧失心智，靠近涨水的河川，不慎落水死亡，是一起事故。

如果只看尸检和死亡情况，这个结论的确没什么问题。可是，辖区警署很可能刻意忽视了一个重要信息。

那就是与海老塚同居的情人及其孩子，几乎在他死亡的同时失去了踪影。

夏希和 Blue。

辖区警署似乎未能查明两人的身份。

海老塚没有给夏希入籍，她也从不透露本名，而是以玛丽亚的名字生活。连她使用的手机，也是以海老塚的名义签的合同。青梅案报道中提供的夏希照片来自初中时期，与生活在浜松的夏希毫不相像。至于 Blue，他连户籍都没有，交给"十一技研"的简历内容也全是胡编乱造的。

根据调查，海老塚似乎对夏希和 Blue 长期使用暴力。两人有足够的理由杀害海老塚后逃走。可是辖区警署完全舍弃了那个可能性，把案子定性成事故。他们有可能不想把这件事当成凶案处理。

海老塚的尸体已经被火化，无法再做更精细的检查。

不过，他们现在需要解决的问题并非海老塚的死亡真相，而是二人的行踪。

从夏希和Blue离开浜松到青梅案发生，中间隔了大约四个月。那两个人究竟在哪里，做了什么？青梅案为何发生？案发后，Blue又去了哪里——

冲田的喃喃低语打破了短暂的沉默。

"我觉得那个叫Blue的孩子好可怜啊。"

"他可能是杀人犯。"

"嗯，那是当然。可就算他是，我也忍不住想，在事情变成这样前，是否有办法挽回呢？"

"是啊……"藤崎应了一声。

大部分"十一技研"的员工都亲眼目睹过海老塚施暴。而且他们也已经发现Blue是个不满十四岁的少年。据说，定期前来巡视的警官也对此有所察觉。哪怕有一个人积极介入，Blue没有户籍的事情就会暴露，从而可能得到保护。如此一来，海老塚就不会死，青梅案也可能不会发生了。

"不过现在说这些也没用。我们要做的就是查明真相。"

"也对。"

他感觉他们正在接近真相，同时也焦虑于抓不住最关键的部分。

他们已经在浜松待了将近一个星期，把有可能认识海老塚、Blue和夏希的人都问了一遍。但是，没有一个人知道夏希和Blue去了什么地方。

两人已经定下了今晚乘坐新干线先回东京一趟的行程。

情况可能有点糟糕……

藤崎前往浜松前，从管理调查本部的濑户口中听到了不好的消息。

——警察厅可能会从中作梗。

准确来讲，从中作梗的应该是与警察厅过从甚密的执政党众院议员。

疑似 Blue 亲生父亲的高远仁真的是政界名门高远家的人。尽管他们不清楚高远仁被逐出家族成为贸易商的原因，但如果没有发生这件事，他现在可能已经是执政党强有力的众院议员。现在，高远家的地盘被高远仁的堂弟高远一也继承，而他就是去年第一次当选进入众院的年轻议员。人们将他视作执政党的希望，这种时候若是跑出个如此棘手的血亲，对方肯定会头痛不已。而且还不是高远一也本人从中作梗，而是对他抱有期待的政权中枢议员擅自行事。

先是因为"小甜心"一案，警方高层对他们施加了压力，现在又碰上了更麻烦的对手。

——如果他们真的施加压力，我们压根儿无法抵抗。在此之前，你必须把案子查清楚。

濑户对他说。

这并非恐吓，而是陈述事实。

现在的 K 政权本身具备极高的支持率，行政手腕也堪称强硬。它不仅力排众议向伊拉克派遣了自卫队，还通过了有事法制，并且成功撑过了今年夏天的参院选举，今后极有可能断行其最引人注目的邮政民营化政策。

警察只是官僚机构的末梢组织，面对代表国民的议员没什么力量，恐怕很难一直违抗他们的意志。

这么多年来，藤崎虽然不清楚自己投身刑警工作究竟得到了什么，但他参与的案件中未曾有过无法解决的案子，这点无疑是他的骄傲。他不想失去这个骄傲。

《X 计划》的时代已经远去，警方在办案现场也早已没有了原先的士气。然而，他还是希望在现场挥洒汗水的人，最后能得到一些回报。

也不知他的愿望是否被老天爷听见了，不久之后，藤崎就看见了意想不到的东西。

冲田转动方向盘，汽车在县道上左拐，越过天龙川，往磐田方向行进。

因为渐渐靠近市区，道路两旁开始出现高楼和汽车销售点，渐渐热闹起来。

"哦，那里好像有。"

靠他们行驶侧的道路前方出现了两家貌似饭馆的店铺。

一家是中华料理，一家是西餐厅。

"中华料理可以吗？"

冲田在日、中、西三种料理中，最喜欢中餐。

如果要从中餐和西餐里选，藤崎一般也会选中餐。

"嗯。"藤崎点了点头，然后突然改变了心意。

"不，偶尔也试试西餐吧？"

"好吧。"

冲田同意了，把车开进名为"拿坡里亭"的西餐店停车场。

这只是纯粹的心血来潮。

硬要说的话，他就是突然很想吃肉。不是说回锅肉或咕噜肉这种肉菜，而是肉饼、牛排这种大块的肉。西餐厅应该有他想要的东西。

两人下车走进店中，一拉开门，就闻到了浓郁的番茄酱香味。

店里是山庄风格的装潢，墙上挂着几张嵌在画框里的风景照片。这里面积大约三十几平米，最里面是吧台，前面有三张四人座的桌子。吧台站着一个身穿厨师服的男性，貌似是这里的店主。吧台旁有个系着围裙、大学生模样的服务生。

"欢迎光临。"店主和服务生齐声招呼道。

餐桌上摆着菜单，上面没有肉，全都是意面。他刚才看到"拿坡里亭"这个名字就该想到的。

不过，藤崎压根儿顾不上菜单。想必冲田也一样。

两人愣愣地看着店里的墙壁。准确来说，是墙上的一张照片。

这家店里没有肉饼和牛排，但是有线索。

照片上是一片蓝湖，湖畔生长着貌似榕树的植物。而且，右下角还印有日期——97 7 18。

那正是篠原夏希房间里的蓝湖照片。

三代川修

　　三代川修出生于昭和五十年，也就是一九七五年。

　　就像其他许多这一年出生的孩子那样，他的父母属于战后不久出生的婴儿潮一代，俗称团块世代。而他这一代也被称为小团块世代。

　　如果说他平凡，那的确很平凡。

　　他出生在静冈县磐田市一个典型的白领职员家庭，上面有个姐姐。

　　三代川上初中时，昭和变成了平成。他所在的地方城市的初中还存在校园暴力，不良集团的首领被称作"番长"，每年毕业典礼总有几个穿特攻服捣乱的学生，甚至引来过警察。在那样的环境中，三代川属于相对认真学习的学生。虽然成绩不算顶尖，但一直保持在中上游水平，后来考了县里第二好的高中，又上了东京一所还算可以的私立大学。

　　三代川有梦想。

　　一开始是歌手。创作型歌手。

　　契机是初三备考那年。一天深夜，他学习时听到广播里的一首歌，顿时被打动了。

　　　　我不想受到任何人的束缚，在逃离一切的今夜，有了自由的感觉，十五岁的夜晚。

　　他在十五岁的夜晚，听了尾崎丰《十五岁的夜晚》。
　　那个时代虽然有很多不良少年，但家长管教十分严格。由于儿童数量众多，考试竞争也非常大。可以说，他的思春期充满了苦闷，因此在听到尾崎丰纯粹而炙热的歌词时，受到了深深的感动。
　　为了庆祝他考上高中，父母给他买了吉他。当时，他忍不住想象自己在文化祭的舞台上弹唱尾崎丰的曲子，成为全校的主角。他甚至真的试着想象自己在高中出道成为创作型歌手，最后登上《笑一笑又何妨》的节目舞台。
　　一开始，他非常热心练习吉他，但是迟迟学不会。特别是Ｆ和弦，他无论怎么练都按不住，最后热情被慢慢消磨了。三代川上高二时，他憧憬的尾崎丰突然去世。当时他已经几乎不碰吉他，把音乐当成了单纯欣赏的对象。
　　尽管如此，三代川还是坚信，自己总有一天会成为大人物。
　　这种实现自我的欲望和毫无根据的万能感，究竟是年轻人的普遍心理，还是自己出生的时代留下的烙印？三代川并不清楚。
　　总之，三代川放弃创作型歌手的梦想后，开始希望成为小说家。
　　因为碰巧看了动画电影《我们的七日战争》，他对小说的喜爱发展到了通读宗田理《我们》系列的水平。虽然他看的《周刊少年ＪＵＭＰ》比小说多一百倍，也更喜欢漫画，可他不会画画，从一开始就压根儿没想成为漫画家。他无意识间动用了简单粗暴的排除法，认为自己写小说应该能行，便将它当成了梦想。当然，他并没有发现自己的天真，而是坚信自己的才能，认为自己可以少年出道成为人气作家，登上《笑一笑又何妨》的节目舞台。

上大学之后，他终于认清了现实。他在大学参加了文艺社团，自己写的作品在品评会上遭到痛批，从此意志消沉。他连纯文学和大众小说的区别都搞不懂，也完全无法融入前辈和同龄人充斥着"隐喻"和"语境"这种晦涩词汇的对话。尽管如此，他还是拼命装出理解的样子。为了让社团的人见识自己的厉害，他投了好几次公开招募的新人奖，一次都没有通过预选。拖着拖着，他就升上了大三，周围的人都开始找工作了。同一时期，跟他交往了一年的文艺社团后辈突然留下一句"我喜欢上了兼职店里的店长"，跟他分手了。

从那以后，他就陷入比思春期的苦闷更加令人窒息的日常生活，内心深处慢慢涌出自己可能做不出任何成就的恐惧。

就在那时，他看了一档电视综艺节目，讲述一对寂寂无名的搞笑组合"猿岩石"用搭便车的方法穿越欧亚大陆。于是，他自己也想出去旅行了。"走上社会前，我想先增长见识""我想看看广阔的世界"，他用这些冠冕堂皇的理由，恳请父母让他停学一年，到国外旅行。

父亲曾经参加过学生运动，虽然斥责儿子"思想太天真"，最后还是表示了理解。再加上姐姐刚从当地短大毕业，工作后开始往家里交钱，三代川家还勉强有能力让儿子多玩一年。

于是，平成九年上半年，三代川成了背包客，在俄罗斯和东南亚各地转了一圈。在这场旅行中，三代川看到了日本没有的景色，接触到几乎语言不通的人，喝过生水拉过肚子，也被别人抢过行李，基本经历了所有旅行者可能遇到的事情，也觉得自己改变了。他庄严发誓，回到日本后，就算先找份工作安定下来，将来也要用这些旅行经验写成一本小说，成为作家。

然而，这场旅行导致了令人意想不到的代价。本来三代川应该在平成十年大学毕业，由于留级一年，成了平成十一年毕业。短短一年，本来就很低的大学毕业生就业率又骤降了零点四个点。

泡沫经济崩溃引起的人祸——就业冰河期。当时正好迎来高峰。

三代川当时并不知道，后来某大型报社把他们这些在泡沫时期度过了少年时代，刚走上社会就受到经济崩溃影响，导致就业艰难的一代人称作"失落的一代"。

时代已经改变。成长和膨胀转向了停滞、衰退与缩小。可是，三代川的意识未能顺应这个变化。

他以出版社和电视台为中心，将目标缩小为媒体相关的工作，往三十多家公司投了简历，一大半都在简历筛选的过程被刷掉了。好不容易在三家公司走到最终面试，却无法突破，全军覆没。其中一家公司用了教科书式的压力面试，当三代川试图突出自己的旅行经验时，面带凶相的面试官一句"那有什么用"就把他打发掉，严重伤害了他的自尊心。

最后，他直到毕业都没找到工作，只能回到老家。家里的环境极度恶劣，最大的原因就是父亲遭到裁员，再就业之后的收入锐减一半。当了一辈子家庭主妇的母亲也开始出去打零工，二十四岁的姐姐成了全家的顶梁柱。

而姐姐，对三代川的态度十分糟糕。

"我明明比你学习更好，却因为是女人，家里就不供我上四年制大学。爸妈都特别宠你，供你上大学，让你在东京一个人生活，还给你钱去国外旅行。你知道？这就证明爸爸对你特别有期待。他总说什么'修将来会出人头地',结果呢?最后落成一个半吊子的闲散人员。"

曾经,姐姐参加完公司的聚会回来,对他说过那种话。而他一句反驳的话都说不出来。

至于父母,一边向他恳求:"拜托你可靠一点,你可是儿子啊。"一边毫无根据地安抚他:"你姐姐说话虽然有点过分,但你一定没问题。"

三代川实在无法在家里待下去,便租了一间出租屋独自生活。他一边以打零工为生,一边写小说。

此时他的想法是:事已至此,我只能靠一口气翻盘。

三十岁之前要当上小说家,给他们点颜色瞧瞧。

这里说的"他们",包括姐姐、父母、没有聘用自己的企业、曾经甩掉他的恋人、蔑视他作品的社团前辈,还有三代川看不惯的每一个人。

可是,无论他投多少次稿,最后都颗粒无收。

他整日愈发沉闷,给自己定下的三十岁时限也越来越近。

既然如此,我可能真的什么都不是。那么,我该成为什么?

他干过很多工作,却没有一份感兴趣。其中也有貌似有些价值的工作,不过每一样都不出半年他便厌倦了,让他每日如同嚼沙。这些工作,他长的能坚持一年,短的还不到三个月就辞掉了。

他没有学到任何技术和经验,工资始终很低,完全存不到钱。

还要像这样再活几十年……假设他能活到八十岁,那就还有五十多年。一想到这里,他就觉得无法承受,但也无法真的发疯。

在那种缓慢的绝望中,三代川登上了手机约会网站"星空海岸"。那是前年——平成十四年的事情。

至少，他想谈一场恋爱。

可能无法成为任何人的恐惧，就是可能无法得到任何人认可的恐惧，它的背面，是自己有可能永远孤独的不安。

所以他想恋爱，为了填补那种寂寥。

就这样，他认识了好像住在离这不远的浜松，跟他用邮件还算聊得来，外号"玛丽亚"的女性，并决定与她见面。

这是彼此看不到面容，通过网络的邂逅。他很担心对方并非自己喜欢的类型，或是严重瞒报了年龄，但是跟他见面的，却是个他感觉很可爱的女人。

玛丽亚原名篠原夏希，此时已经三十岁，但在网站上瞒报了四岁，成了比三代川小一岁的二十六岁。不过，她本来就长着一张娃娃脸，看起来比那个年龄还小。

她太瘦了，化妆也有点浓，不过依旧是三代川喜欢的类型。

关键在于，他们很谈得来。三代川喜欢的尾崎丰她也喜欢，而玛丽亚以前很喜欢的《Hot Road》，也是三代川唯一看过的少女漫画。玛丽亚会饶有兴致地听三代川讲他以前在国外当背包客的故事，听到三代川不喜欢青椒，她说自己也不爱吃，可见两人在饮食方面也很搭调。

"修君真有意思，还见多识广。我可能头一次见到像你这样的人。"

三代川在网上用了名字的音读拼写当网名，所以玛丽亚管他叫修君。那句"头一次"让他感到特别高兴，觉得自己坠入爱河。玛丽亚好像也挺喜欢三代川，于是两人在见面那天就发生了关系，彼时甚至不知道对方的真名。

三代川迷上了玛丽亚。跟她见面，与她温存的时间成了他的生存意义。第二次见面时，玛丽亚拿出一种药片对他说："吃这个特别好。"她还说："这是减肥用的营养剂，属于合法药品，很安全的。"他胆战心惊地吃下去，然后尝试了床笫之欢，发现只是比平时虚幻一些，并没有特别剧烈的变化。不过，玛丽亚本人特别舒服，三代川也就满足了。

她说自己喜欢开车兜风，三代川就买了一辆二手面包车。之所以买这种大车，是为了方便在车上做爱。

交往过程中，他发现玛丽亚的情绪很不稳定，经常大起大落，但是因为盲目的爱情，他将其解释为惹人怜爱的纤细精神。

每次突然愤怒或是悲伤，她都会在感情爆发之后要求他"抱紧我"。三代川每次都会抱紧她，然后想：这个人离开我肯定不行。

自己的价值得到认可，自己也是被需要的人。玛丽亚给三代川提供了他打从心底想要的东西。甚至可以说，三代川自己也变得情绪不稳定，而且任凭那种汹涌的波涛跟玛丽亚重叠在了一起。

开始交往几个月后，平成十五年的春天，有一次，玛丽亚带着瘀青出现了。他问发生了什么事，玛丽亚哭着告诉他：自己跟一个男人在一起生活，是那个人打了她，还坦白家里有个很大的孩子。

"对不起，你一定很讨厌这样的女人吧。太扫兴了，对不对？"

三代川马上否定："怎么会！"有孩子这件事的确让他很惊讶，不过玛丽亚之前都只愿意白天见他，所以三代川早就猜测她可能已经结了婚。仔细一问，原来她并没有加入那个男人的户籍。既然如此，他们俩就毫无关系，那人也算不得什么阻碍了。

"修君,现在可能很难,但你将来带我一起逃离这里,好吗?"玛丽亚说。

"好,我们一起走。"三代川回答。

那个将来,竟在玛丽亚自己都没有预料到的时间来临了。

八月八日,深夜。日期刚刚变为九日的时候。

三代川接到了玛丽亚的电话。"救救我,修君。你快开车过来,我们一起逃走吧。"

台风正在接近,外面已是狂风暴雨。这种天气反倒让三代川更加兴奋了。

终于等到,终于能跟她一起逃走了——

三代川带着奇怪的兴奋,驱车奔赴玛丽亚指定的地点。玛丽亚说了"救救我"。脑中仅剩的理智警告他,对方可能跟同居恋人闹了矛盾。

如果情况不妙,他可能要挺身而出,抢走玛丽亚。他已经做好了心理准备,考虑到可能发生暴力事件,就暂时借走了出租屋走廊上的小型灭火器充当武器。此时,他有了点英雄救美的感觉。

可是等待三代川的,却是远远超乎想象的事态。

玛丽亚住的地方躺着一具男人的尸体,尸体旁边还有个呆滞跪坐的少年。那个少年五官端正清秀,头发有点长,甚至可能让人错看成少女。

"是这孩子杀的。"玛丽亚说。

这件事不能掺和,他得马上报警——理性之声被玛丽亚更大的声音掩盖了。

"求求你了,修君,救救我。我能依靠的人只有修君一个。"

死去的人似乎就是玛丽亚口中的恋人海老塚。少年则是玛丽亚的儿子，青。玛丽亚管他叫Blue。

Blue面色苍白，不发一言，但是根据玛丽亚的说法，他为了阻拦海老塚对玛丽亚施展暴力，一不小心把他杀了。

外面下着大雨，几乎没有行人，也不知这究竟是好事还是坏事。三代川忍不住想，如果趁现在，说不定能把尸体扔进河里蒙混过去。

"求求你，修君，救救我。"玛丽亚哭着反复恳求，那个少年也满脸惊恐地看着他。这成了促成他行动的最后催化剂。

三代川带着玛丽亚母子俩，用毛毯裹起尸体，塞进了面包车，然后带到天龙川扔掉了。当然，这是他第一次触碰死人。抱住身体部分时，那种沉甸甸的感觉显得特别骇人。不过，可能因为他不认识这个人，他身上也没有流血，只是闭着眼睛死去，也有可能因为三代川的大脑紧急关闭了关于死亡的思考。不管怎么说，他并没有感到恐惧。

那天，他让两人住在了自己的出租屋。

"那个，谢谢叔叔。"

当天晚上，三代川第一次听到Blue说话。孩子额头贴在地板上，俯伏着对他道了谢。

"谢谢叔叔救了我和妈妈。"

尽管这孩子杀了人，却全然没有凶残和吓人的感觉，反倒让人觉得他很坚强。玛丽亚也在他旁边反复哭着说："谢谢你。"

我要保护这对母子。

三代川心中涌出了使命感，他将两人拥在怀中说："别担心，我来保护你们。"然而，他也不知道究竟该如何保护。

第二天台风一过，三代川就把行李装上了面包车，决定三人一起逃到更远的地方。如果他突然跟一对母子同居，邻居可能会产生怀疑。更何况，一直待在滨松太危险了。

抬头看到晴朗蔚蓝的天空时，三代川突然猛醒过来。

我是不是插手了特别可怕的事情？跟他们一起逃走真的好吗？他心里浮现出疑问，却被他强行打消了。

既然已经一起抛弃了尸体，他早已是共犯。现在只能一块儿逃走。

他们逃跑的目的地是东京町田。那里并没有可投靠的地方，只不过三代川念书时曾经居住在那里，多少有些熟悉。

到达町田那天晚上，Blue用了车站门口的公共电话。他说自己在滨松一直跟随海老塚在工厂工作，想跟那里的好朋友道别。

三代川得知Blue这个孩子跟大人一起干体力劳动，心里吃了一惊。玛丽亚说，Blue出生在平成元年，那么当时才十四岁。三代川跟他差不多大时，还只会每天看漫画。

因为玛丽亚不愿意说，三代川也不知道他们此前过着什么样的生活。他只知道，Blue好像没上过学。

三代川很可怜他，可是也无能为力。

本来可以向公共机构寻求帮助，可是Blue杀了人。

只能四处逃窜。

他们没有找地方住，而是暂时在面包车上生活。开车时，他格外注意安全驾驶。虽然不知有多大意义，他还是换了新手机和新号码，并让玛丽亚扔掉了用海老塚名义签约的手机。

他们把手头的钱凑起来，一共只有十万左右。于是，三代川只能找私贷借钱，或是通过手机可以登录的人才派遣网站寻找日薪工作，赚一点生活费。

不久之后，Blue也开始用假名应聘不需要提交身份证明的工作，跟他一起干活。三代川虽然不太想让Blue干活，无奈被生活所迫，只好答应。

至于Blue本人，则只是说："我也可以干活，反正都习惯了。"

三代川从出租屋里带出了以前旅行的相册和底片。一次，三代川翻开相册，给Blue讲了旅行的故事。

Blue对其中一张照片产生了兴趣。

"这里好漂亮啊。"

Blue着迷地看着那张照片。

那是在越南乡间拍摄的，如同梦幻的蓝湖照片。三代川也认为那是自己的杰作之一。他以前打工时让店主看过那张照片，对方也十分喜欢，还专门拿去照相馆放大，装上画框挂在了店里。

"你要就给你吧，把底片也给你，这样就不怕照片脏了或褪色了。"

三代川决定把照片和底片都送给Blue。

Blue露出了微笑，对他说"谢谢你"。三代川特别高兴。

很快，三代川开始觉得，他们三个宛如流浪汉的车上生活其实也不算很糟糕。虽然不轻松，但跟他以前背着背包在国外旅行的日子有点相似。由于Blue并没有表现出痛苦，于是三代川心中的怜悯也渐渐变成了淡然。

三代川一直与郁郁不得志的不安交战，同时过着枯燥无味的生活，此时甚至有了一点冒险的兴奋。

九月过去了，十月也过去了，外面好像没有通缉他们的消息。他在网上检索了海老塚的名字，并未发现案件相关报道。三代川不禁想，说不定他们真的逃过去了？

可是今后的生活该如何是好？他从未有过具体的思考。

就这样到了十一月，他们被逼到了极限。

因为钱花完了。

玛丽亚花钱很凶。比如买吃的，她从不愿买便宜的盒饭或面包，而是喜欢下馆子。另外，她每周都想住一次酒店，还经常要去澡堂泡澡。她不仅爱吃零食，还会突然买回一大堆衣服和化妆品，并且定期去涩谷和新宿，在闹市区的小巷子里购买合法药品麻黄碱。

三代川和Blue做日薪工作赚的钱根本不够满足她的欲望。

不过按常理来说，玛丽亚的行动也很难称得上奢侈。除了服用药物，想在床上睡觉、想经常洗澡恐怕是每个人都会有的想法。就算下馆子，也基本上是快餐，顶多到家庭餐厅去坐坐。两个人带着一个孩子过着居无定所的生活，光是追求普通的舒适，就非常花钱了。

这三个月，三代川在私贷那里借了将近一百万。按照现在他的信用额度，已经一分钱都借不出来了。而且老实说，如果再继续借，恐怕连还利息都很困难。

"修君不能跟家里借吗？"玛丽亚说。

那无论怎么想都不可能。他该如何对父母和姐姐解释这个情况？

而且不巧的是，手头的现金用尽时，季节正好进入冬天，气温骤然下降。

三人经常不得不挤在车里互相取暖。他们都在公园打水，有时三代川还和Blue趁深夜到便利店后门去寻摸过期废弃的便当。

在这种贫困的生活中，玛丽亚的脾气越来越暴躁了。

她的药量猛增，药效一过就会陷入抑郁，或是突然激怒，号啕大哭。而且，每次她都会谴责 Blue。

"你为什么杀了他！是你害我成了这个样子！你说啊，为什么要干那种事！你怎么会杀了他呢！早知道就不该把你生出来！"

Blue 每次都不做反驳，默默地承受母亲的怒火。

三代川一旦试图劝解，就会把矛头引向自己。

"修君，那你去搞钱啊。你不是要保护我们母子俩吗？如果赚不到钱，那就回家借钱啊。要是借不到，那就去偷，去抢，去搞钱啊！"

每当这时，三代川都会感到沉重的威压，跟姐姐责备他的时候极其相似。

冒险的心情早已飞到九霄云外。而且热情过后，他开始意识到玛丽亚这个女人，还有帮她抛弃尸体、跟她一起逃走的自己都很异常。

怎么会变成这样——

我只是一个出生在平凡家庭的平凡人。我只是怀抱着将来能够出人头地的梦想。我的想法的确有些单纯，可是……

可是，我真的做了这么坏的事吗？

难道我就不能做做自己配不上的梦吗？我就不该留级一年到国外旅行吗？找不到工作是我的错？我不能一直换工作吗？难道我为了排解寂寞，上约会网站找人聊天是那么坏的事吗？

不对吧？我没干过什么坏事啊。世界上比我坏的人多了去了，肯定也有比我更天真、更没出息的家伙。初中那帮不良少年，现在肯定没长成什么正经人。可是，倒霉的为什么是我？我的人生怎么变成了这个样子——

脑子里出现的回答，只有"偶然"或"命运"，但他全都无法接受。

他已经撑不下去了，还不如向警察坦白一切，接受逮捕——

就在临近圣诞节，他开始认真考虑这么做时，玛丽亚突然说："到我父母家去吧。"

她父母住在青梅市。她要去那里找父母要钱。

三代川听说，玛丽亚上高中时离家出走，后来就一直没回去。所以，他心里有些惊讶。

她真的要突然带一个孩子和陌生男人回去吗？

玛丽亚满不在乎地说："没关系。虽然我没回去过，但他们之前给我当过担保人，也给过我一些钱，还知道 Blue 的存在。当然，我不可能把他杀了卓也的事情说出来。"

三代川不了解玛丽亚的家人。可是都这种时候了，难道不应该坦白一切，向他们请教今后该怎么办吗？

他没有把自己的想法告诉玛丽亚，而是按照她的吩咐，驱车驶向青梅。

不过，玛丽亚也没有说出自己的真实想法。

他们从町田出发，驶过相模原、八王子、秋留野、羽村，沿着东京都北上，到达青梅时，周围已经被夜色笼罩。

面包车开上了横跨多摩川的桥梁。

"桥头有条小路，你在那里右拐，尽头就是我家。"

玛丽亚坐在副驾上指路，又面不改色地说：

"我搞不好要把两个老的杀了，还有姐姐。到时候再扔进河里就好。"

"啊，杀了？哈哈……"

听到那突如其来的计划，三代川干巴巴地笑了两声。玛丽亚一言不发地看着窗外的夜色，于是他忍不住问："你在开玩笑对吧？"

"啊？不是开玩笑啊。反正都干掉过一个了，有什么所谓？"

玛丽亚还是满不在乎地说。

三代川开始冒汗，嗓子突然发干。

"不、不是，这……当然不好啊。为什么你去求家人帮忙，却要杀了他们？"

"如果他们愿意给钱，我当然不会动手啊。可是上次打电话过去，他们却说'够了''别烦我们了'。你说是不是很过分？他们还说每个人都烦我，这也太差劲了吧？我可是他们的女儿啊，Blue是他们外孙啊。他们光顾着疼爱姐姐和姐姐的孩子了。所以如果要不到钱，我就要杀鸡取卵。"

玛丽亚的语气跟她说的话实在太不搭调了。

"不，可是杀人……你开玩笑的吧。"

三代川重复道。

"都跟你说了不是说笑。修君，你怕啥啊，没事的。万一啊，万一形势所迫，如果真的要杀人，Blue也会帮我。我们连武器都准备好了。对吧？"

玛丽亚对坐在后面的Blue说了一声。

三代川透过后视镜看着Blue，他面无表情地点了点头。

不正常——

这女人疯了，孩子可能也——

他应该早点发现，至少在那个暴风雨的夜晚就该发现这件事。可是，三代川现在才反应过来。

就在那时，车已经开到了她的父母家——篠原家门前。

"走吧。"玛丽亚从副驾驶下了车，Blue也打开后门，从车上走了下来。他带着从浜松拿过来的背包，里面会不会是玛丽亚说的"武器"?

三代川此时最正确的行动,应该是马上报警。

可是,三代川逃走了。

他趁两人都下了车,立刻发动引擎开始倒车,随后,他便顺着小巷一路倒退着开了出去。好在那是一条晚上几乎没有行人和车辆的路。

来到河边的大路,他头也不回地朝家乡静冈开去。

他没有报警,也没有把这件事告诉任何人,只顾得上闷头逃跑。

那是去年十二月二十三日的事情。

三代川无处可去,就回到了磐田父母家。最糟糕的情况,他可能因为海老塚一事遭到警方通缉。他甚至想象警察在他父母家监视的情况。如果真是这样,他就束手就擒,坦白一切。

不过,那种事并没有发生。他家没有警察蹲守,只有忧心忡忡的父母和暴怒的姐姐。

好像没有人来调查过海老塚的事情。

由于三代川一言不发地离开公寓,又一直不付房租,有人通过不动产中介找到了为他当担保人的父亲。因为三代川换了号码,他的电话一直打不通,仿佛人间蒸发了。母亲格外悲观,哭着说:"我以为你到树海去自杀了。"父亲一脸阴沉,姐姐也怒火中烧,但还是对他说:"算了,人没事就好。"

三代川发现身边还有会为他担心的人,忍不住大哭起来。然而,正因为有这些人,他才无法道出真相。

于是他说,自己年近三十,对将来极度不安,就出去旅行了一圈。大家都对他无可奈何,但谁也没有怀疑。恐怕他们觉得三代川就是这个样子吧。

四天后，青梅的灭门案被众多媒体争相报道，三代川因此得知，最坏的情况发生了。

后来，三代川就一直住在家里，找了一份食品批发企业的工作。虽然是正式职员，但钱少工作时间长，工作内容也迟迟无法习惯。以前的三代川恐怕不会选择这种工作，不过，他现在打算一直干下去。

父母和姐姐似乎都对三代川刮目相看。

三代川已经亲身体会到，就算平凡而无趣，这种稳定的生活还是无比珍贵。最重要的是，他只想有一份工作，每日专注其中，度过他的人生。

他在当地图书馆查找报纸，得知海老塚的尸体已经在天龙川河口被发现了。那篇报道显示，警方并未做出事故还是案件的判断，后面也没有后续报道。如此看来，应该是被定性成了事故。他按捺不住心中的期待，却不知该如何证实。

与此同时，青梅案的报道中不知为何把玛丽亚说成了长年蹲在家里的人。对于她的儿子，则一个字都没有提及。这件案子社会关注度很高，周刊杂志等媒体也出了很多后续报道，但说法都一样。难道文章里出现的篠原夏希跟玛丽亚不是一个人，玛丽亚和 Blue 并没有作案？他的确这样想过，但也无从证实。

他一直很害怕，觉得警察会突然有一天找上门来，向他询问其中一个案子，或两个案子的情况。

就这样，青梅案过去了半年多，海老塚死去的台风天过去了一年多。

不安和恐惧并没有完全消失，可一个想法已经在三代川的脑子里萌生——这一切可能与自己无关。

那天午休，公司常开不关的广播报道了三年前侵入大阪一所小学杀害了八名儿童的男性被执行死刑的新闻。同事们纷纷说："那件事可真惨啊。""就该判他死刑。"三代川在一旁应和着，但条件反射般地想起了青梅案，顿时感到坐立不安。

那仿佛是某种先兆。下午上班没多久，就有两名刑警到公司来。他们不是静冈县警，而是东京警视厅来的警察。

那两个人要他详细介绍一下那张照片。

那是蓝湖的照片，受到他以前打零工的"拿坡里亭"老板赏识，挂在了餐厅墙上。三代川在越南拍摄了那张照片，现在已经把底片连同相册里的照片一起送给了 Blue。

原来，今天就是他等待的"某天"吗？

三代川醒悟了。

刑警询问完拍摄照片的地点后，又问他除了"拿坡里亭"，还把照片送给过什么人。

啊，这天终于来临了——

他一直恐惧这天的到来，但不知为何，此刻三代川的心中只有释然。

然后，他缓慢地，磕磕绊绊地，把自己知道的情况全部告诉了刑警。

致 Blue

青梅案。

平成十五年十二月圣诞节。

在平成这个时代，以及 Blue 人生的转折点，发生了那个案子。

  不做第一也没有关系
  本来就是特别的唯一

  凶案第一发现者佐佐木瑞江在现场听到的《世界上唯一的花》在当时已经是大热曲目，其后，销量也一路猛涨，成了平成年代最畅销的曲子。

  这显得极具象征意义。

  因为身在平成年代，想成为第一真的很难，人们不得不接受自己是唯一的概念。

  日本国内，随着泡沫经济的崩溃，所有人共享的目标和价值观骤然消失。小家庭和单身人士增多，网络开始普及，生活方式变得更多样化，地区和组织的纽带也随之削弱。同时，国外也进入了冷战结束，二元对立消失的情况。

  融化了。

  这个社会的一切事物都从强韧的固体融化成了没有边际的

液体。

人们必须自己决定自身的价值，一切的第一，都成了个人主观上的唯一。

这让人们更自由，也更孤独。许多人无法忍耐这种不安，转而死守保守的价值观，随处可见倒退的景象。

卓也拘泥于传统的家庭观，不让Blue的母亲出门工作，但是又无法忍耐身为唯一的不安，也许是因为这样，才转向了古老而简单易懂的价值观。

Blue在浜松杀害卓也后，一个叫修的人出现了。他好像是母亲趁Blue和卓也白天出去工作时，在约会网站认识的男人。

尽管事情最后演变为跟一个刚见面的陌生男人合力抛尸，Blue既没有慌乱，也没有疑惑。

好像丢了魂一样——后来，Blue这样形容自己的状态。

母亲命令他掐住卓也的脖子时，Blue陷入了意识脱离身体的感觉。现实变得无比虚幻，一切都好像是发生在他人身上的事情。

没办法，如果不杀了他，妈妈可能会被他杀了。因为妈妈叫我"杀了他"——

他带着不知是借口还是无奈的想法，仿佛跳脱出自己的身体，旁观自己用双手掐住了卓也的脖子。他并没有感到对杀人这种行为的嫌恶和罪恶感。

他跟修把尸体裹在毯子里装上车，然后扔进河里时，还有那天晚上，他对收留母子俩的修下跪道谢时，都有同样的感觉。

他感觉做出行动的人并不是自己。

解离。当一个人陷入重压时，意识就会抽离，以保护自己的心灵。当时的Blue，可能就是那种状态。

而且，那种状态还持续到了后来的逃亡生活。

在没有住处的日子里，母亲的情绪愈发不稳定，总是突然生气，或是突然叹息。她还对Blue说了好几次"没有你就好了"。可是，"丢了魂"的Blue并没有被母亲的话刺伤。

当母亲说出"可能真的要杀了那两个老家伙"时，Blue也没什么反应，全盘接受了。

母亲说出那句话之前，给久未联系的家里打了电话。为了借钱。

以前，母亲也找父母要过几次钱。虽然Blue的外公没有让母亲回家，但外婆多少还是关心他们的。所以，母亲租下久我山的公寓时，外婆还当了担保人。母亲可能尝到了甜头，每次缺钱花，就会给外婆打电话。外婆每次都无奈地准备好一笔钱，在约定的地方交给母亲。可是如此反复几次，外婆的感情似乎也被消磨殆尽。具体来说，在母亲第六次伸手要钱时，外婆冷酷拒绝道："不行，我没有钱给你了。"

那是五年前。

母亲可能觉得，事情过去这么久，外婆已经回心转意了。她打电话过去时，接电话的是母亲的姐姐，也就是Blue的姨妈。这五年间，她离婚回到了娘家。姨妈听了母亲的话，好像对旁边的外公外婆说了几句，然后大喊："别再找我们了。爸爸妈妈都很烦你！"接着，就挂掉了电话。

有一次，修一个人出去工作，Blue与母亲待在一起时，她说出了这件事。

"怎么办啊。我们没有钱，你也很为难对不对？没有钱就吃不到好吃的，也不能在有棉被的地方睡觉，更买不了新衣服啦。"

母亲虽然这样说，但她心里想的究竟是不是Blue，这很令人怀疑。因为，那些都是母亲的欲望。而且母亲最担心的事情，应该是现在囤的麻黄碱吃完后，没钱买新的。

Blue一直魂不附体，对好吃的东西，在被窝里睡觉，还有新衣服，都没有需求。

如果问他有什么愿望，那只有一个。他希望母亲的情绪能保持稳定。

所以，他点了点头。

"对吧，我们需要钱，是不是？可是两个老家伙不愿给钱。他们肯定有钱。他们俩可是我的爸妈呀，你说这是不是很过分？怎么办？不如我们到家里去吧？直接找上门去，他们可能会给钱。"

"那两个老家伙"。那是很久以前（虽然只是七年前，但对十四岁的Blue来说，那就是很久以前），Blue穿着漂亮衣服去见的两个人。

如果直接去找那两个人，他们会给钱吗？Blue也不知道。不过，他还是点了点头。

"对吧，那我们去吧，叫修君带我们去吧。可是，如果去了他们也不给钱可怎么办？那就只能杀了他们拿钱了。妈妈没有杀过人，所以不会。你说，怎么办？"

母亲的诱导无比拙劣而露骨，但是，Blue依旧说出了母亲想要的回答。

"我来吧，就像卓也叔那次一样。"

"真的吗？你真的愿意吗？"

"嗯。"

"我们要尽量对修君保密哦。"

"好的。"

"还有,这次可能要杀好几个人,我们得准备武器。"

那天,Blue在町田车站门口的家居五金店偷了尼龙绳和菜刀。那些都是量产商品,而且没有通过正规手段购买,警方后来无法查明凶器的入手途径。当然,这并不是Blue有意为之。

因为没有钱,所以他不得不偷。如果要偷,大型店铺的量产商品显然更容易偷。因为之前在电视剧里见过强盗捆绑受害者,用利刃威胁的场景,所以他下意识地选了那两样东西。

犯罪的策划过程就是这么想当然,根本没有算得上计划的东西。

平成十五年十二月二十三日,下午七时许。

他们刚来到母亲的父母家门前,修就逃走了。

"那家伙竟然跑了。"虽然母亲很生气,但Blue想,那也不能怪他。

自从离开浜松,Blue的灵魂便一直游离在肉体之外。而他的灵魂唯一接触到的东西,就是修送给他的照片。

青湖,就像他的名字。

那是存在于地球某处,美得让人窒息的自然风光。唯有注视那张照片时,Blue的灵魂才得以回归肉体,用自己的双眼视物,用自己的心去感受那种美丽。

无疑,送给他那张照片的修是个"好人"。他不会对Blue和母亲拳脚相加,还用自己的车为他们提供了遮风挡雨的地方,并且跟他一块儿工作。Blue很感谢他,但并不依赖他。既然他逃了,那也没办法。光是把他们母子俩带到这里,Blue就已经感激不尽了。

"没办法,我们俩去吧。"

母亲不高兴地说着,带Blue走向家门。

外公、外婆、姨妈，还有Blue的表弟——姨妈的孩子优斗都在家里。

见到女儿带着孩子突然找上门来，一家人大吃一惊。不过可能担心引起骚动，家里人并没有把他们拒之门外。

母子俩上门时，他们正在起居室，其乐融融。

Blue敏感地发现了他们聚焦在自己身上的目光。那些目光就像在审视来路不明的异物。第一次见面的姨妈也用同样的目光看着他。唯有优斗，只是好奇地看着Blue和母亲，并转头问自己的母亲："谁啊？"

姨妈尴尬地告诉他："是外人，客人。我们到那边去玩吧。"说完，她就带着优斗上了二楼。

外人，客人。姨妈的话完美表达了这家人的态度。对他们来说，Blue和母亲已经不再是家人。

"我手头有点紧，给我点钱吧。"母亲用撒娇的口吻恳求，祖父怒喝一声："胡说八道！"于是两人吵了起来。

这不是谈话，而是争吵。

母亲完全没有商量的意思，一味重复要钱的要求，而外公外婆则反复拒绝。很快，姨妈在二楼安顿好优斗，也加入了战局。要求和拒绝的平行线始终未能相交，中途已经发展成了互相咒骂。

争吵持续了三个多小时，最后，外公一脸厌烦地用怒吼结束了谈话："够了，今晚可以收留你，明天一早就给我滚！"

"好吧。"母亲之所以让步，可能是因为嗓子已经吵哑了，而且改变了想法，认为再怎么说也没用，决定杀人。

"我们走。"母亲拉着Blue的手，离开了起居室。

他们走进母亲以前的房间。一进门，母亲就说："不会吧？

跟以前一模一样。"然后开始抽出书架上的杂志,边翻边说:"哇,好怀念。"

外公外婆口头说与母亲断绝关系,却没有清空母亲的房间,而是一直保持原样。而且,好像偶尔还会进来扫扫灰尘。

这是为了什么呢?事到如今,Blue已经无从知晓。可能是出于保留回忆的感伤,也可能一直为母亲留着安身的场所,或者,是曾经有过爱。就算不能称作爱,也可能是某种感情。否则,他们又怎么会让母子俩走进家门呢?

还有要钱这件事,如果母亲注意一下说法,或许会有不同的结果。或许,他们能在这个安稳而正常的家里,重新开始人生。

或许,或许,或许。无论重复多少个"if",已经发生的事情都无法改变。

那天夜里,母亲独占了床铺,直到深夜都在翻看房间里的书和漫画,不知不觉睡着了。连灯都没有关。

Blue从背包里拿出修送给他的照片,贴在房间墙上。就贴在母亲以前喜欢的,穿着旱冰鞋的七人偶像团队海报旁边。然后,Blue靠在床边,伸直双腿坐在地上,凝视着那张照片,一夜都没合眼。一开始,房间里的老式电暖炉发出了轻微的烟雾和焦臭味,不过慢慢就开始正常工作,所以他并不觉得冷。

外公虽然叫他们"明天一早就滚",但第二天早上,他并没有把Blue和母亲强行叫醒并赶出去。大家一早都离开了家。外婆和姨妈出门工作,外公退休后担任市民讲座的志愿讲师,那天正好轮到他讲。

上午十点左右,最后一个离开的祖父隔着门板大声说:"在所有人回家前给我出去,不需要你担心锁门的事情。"

母亲迷迷糊糊地躺在床上,气冲冲地回答:"知道了!"

又过了将近三个小时，母亲才从床上爬起来。当时已经下午一点多了。她刚起来就吃了麻黄碱。因为所剩无几，她之前都吃得比较节约，可是那天用的量比平时多了很多。

进入兴奋状态后，母亲跟Blue一起走进厨房，翻出柜子里的速食杯面泡了吃。随后，两人又翻起了起居室的柜子。如果当时能找到一笔钱，事情可能会就此平息，然而他们并没有找到。

翻遍屋子之后，母亲说："他们是不是把钱藏起来了？说不定全都塞在钱包里。这下只好杀了他们拿钱啦。"

Blue点点头。母亲让他"做好准备"，于是他回房拿了背包，掏出菜刀和绳索。

下午四点多。

最先回家的是在附近一所初中担任兼职讲师的外婆。她手上提着两大袋东西，是那天晚上大家庆祝圣诞节用的烤鸡和蛋糕。

Blue抱着双腿坐在起居室一角，把菜刀和绳索藏在了两腿之间。

外婆看到Blue和母亲还在家里，而且起居室被翻得乱糟糟的，顿时皱起了眉。她的表情并非震惊，而是担心的事情果然发生了，因此大失所望。

"夏希，你爸爸不是叫你走吗？"

母亲并不理会外婆的话，而是问她："妈，钱放在哪里？"

"怎么可能放在家里。你姐姐把家里的钱全都存银行了。"

外婆不应该透露这个信息，只不过她怎么都想不到这点。

"哦，妈，那你身上有钱吗？给我吧。要是没有，你等会儿找爸和姐姐要，好吗？"

外婆露出了犹豫的表情，肯定是受亲情的影响。

说不定,这就是最后的机会。如果母亲借着亲情诉说自己的困难,苦苦恳求外婆帮助,故事可能会有不一样的发展。今晚是平安夜,外公外婆念在亲情的分上,或许能被说服。

可是,母亲并没有选择这样行动。

"老太婆,把钱交出来。你不是我妈吗?"

如此粗暴的话语,恐怕足以打消祖母的一切亲情。

"你怎么说话的?这孩子,怎么会变成这样呢?不行就是不行。你爸回来之前,赶紧走!"

那是外婆习惯的说辞。Blue出生前,母亲还在这个家里生活时,外婆每次训斥母亲,就会搬出"你爸",让Blue的外公,也就是她的丈夫为自己撑腰。

"啊啊啊啊啊啊啊!"

母亲开始尖叫。不知是外婆的态度惹怒了她,还是单纯的事不如愿。总之,她的情绪已经超过临界点,终于爆发了。

然后,她喊了一声抱膝坐在房间角落的Blue。

"Blue!"

过了一天多,时间已经是十二月二十五日深夜。

Blue决定独自逃离这个家。

藤崎文吾

"我无法接受。"

片刻沉默过后,藤崎挤出了声音。

"我也很遗憾。"

管理官濑户微微移开了目光。

平成十六年十二月二十八日,晚上七时许。

距离案发已有一年,距藤崎他们找拍摄蓝湖照片的三代川修谈话,也已经过去了三个月。

会议室里只有藤崎和濑户二人。荧光灯照亮了空荡荡的房间,尽管开了暖气,还是感觉很冷。

他接到内线电话时,就有不好的预感。

两天后,也就是三十日,警方将维持嫌疑人死亡的认定,直接将案子送检——尽管早有预料,当濑户通知他这件事时,藤崎还是感到脑子一热。

上头企图忽视共犯的存在,将已死亡的篠原夏希作为案件的单独凶手,给这个案子拉上大幕。看来,他们是想在今年内结案。

"我无法接受。"藤崎重复道。

"那你也得接受。"

执政党那边一直在施加压力,加上两个月前的十月二十三日发生了中越地震，最终促成了上头的决定。那场地震是继阪神淡路大地震之后，平成年间发生的第二次最高震度七级的地震，以震源地新潟县为中心，造成了重大损害。警视厅为了调集支援灾区的人员和资金，不得不改变调查人员配置，使内部陷入了严重的人手不足。上头开始尽力解散能够解散的调查本部，青梅案就成了首当其冲的对象。

这件案子若以送检为结局，对藤崎来说就是明明白白的失败。这将是他加入警界这么多年的第一次败北。

"这案子有共犯。"

他叫Blue，是篠原夏希的孩子。根据案发前不久跟他们在一起的三代川交代，他很长时间没去理发，头发留到了肩膀的长度。这与现场采集到的毛发长度一致。

"在哪里？"濑户目光冷淡地看着他。

他们已经基本查清了Blue在青梅案之前的行动，可是青梅案之后，那最为关键的行踪，却完全无法查到。一个没有户籍，也几乎没有社会接触的少年究竟逃到哪里去了？他们连线索都找不到。

"不知道。但我们手头有照片。只要把信息共享给所有调查人员并展开搜查，应该能找到。"

濑户摇摇头，加重了语气。

"不行。我也提了这个建议，但是上面没人听。现场人员不能独断专行，现在必须放弃了。"

他心里清楚，这是一个严格遵循上级领导指示，必须打碎门牙往肚里吞的组织。他也曾经遭受过不合理的对待。

然而，他就是说不出那句"明白了"。

"藤崎先生，你何必如此倔强呢？"濑户压低声音安抚道。

"又不是要把它打为悬案,事件会被认定为已经解决。这不是更好吗?"

"那根本不是关键!"他忍不住怒吼。

濑户惊讶地瞪大了眼睛。

"不好意思,我忍不住……"

他咬着嘴唇,低下了头。

濑户苦笑着摇了摇头。

"藤崎先生,你就是输了。我已经给过你机会,可你直到今天都没有抓住那个Blue,甚至连他在哪里的线索都没有。你输了。但这不是真正的败北。你就当自己得了便宜吧。"

便宜……他无法赞同,但也无法反驳。

藤崎无声地垂着头,走出了会议室。

正如濑户所说,两天后的十二月三十日,警方对已故的篠原夏希做出送检处理,调查本部正式解散。

青梅案解决了。至少在形式上。

后来。

后来,生活还是照旧。在某种意义上,跟以前一样。

东京不断发生各种案件,藤崎也以本厅一课班长的身份参与其中。

从外表来看,他恐怕没有任何改变。但是,他的内心产生了极大变化。

青梅案调查结束后,藤崎心里没有留下愤怒或不甘,而是空虚。他一直坚持在这个岗位上,将之当作自己的归宿,连家都顾不上。可是现在,这个归宿不复存在。

当然，他在本厅刑警办公室和调查本部里的座位不会消失。只不过，他再也没有自己必须坐在上面的使命感了。

他失去了热情。

可怕的是，即使失去了他本以为不可或缺的热情，他只要在参与调查时完成自己的任务，还是能顺利解决事件。一个人内心热情的有无，并不会对结果造成任何影响。这个事实，反倒让他的使命感越来越淡薄了。

现在已经是不需要热情的时代。他心里早就清楚，此时却真正有了感触。不，警察作为官僚机构的末梢，本来就是那样的组织。只不过随着时代的发展，它更加明显地暴露了本质而已。

青梅案调查结束一年后，得力助手冲田通过考试，晋升为警部补。同时，他将暂时调离本部，到辖区警署出任组长。冲田这个人的信念与他不同，向来坚持以组织一员的身份完成工作。或许正如藤崎所料，此人今后还会继续向上爬。

又过了两年，妻子一如当初预告，提出了离婚。

女儿小司顺利考上了大学。

藤崎依旧不怎么回家。

当他被分配到一课，买下自己的房子时，曾经有过成为一国一城之君的骄傲。然而不知从何时起，那里不再是自己的归宿。

不可思议的是，随着使命感的淡薄，他想挽回婚姻的念头也渐渐消失了。或许，这也是失去热情的结果。

藤崎没有反对，所以离婚过程非常顺利。

女儿小司说："如果你们觉得可以，我就没什么异议。我反倒要谢谢爸妈为了我多等了几年。"女儿的态度如此干脆，他一面觉得有些寂寥，同时又有点庆幸，看来她没有痛恨自己。

小司住进了大学宿舍，已经相当于离家独立，但还是未成年人。他们商量决定，最后这几年形式上的抚养权交给妻子。藤崎虽不算与女儿断绝关系，但今后恐怕会越来越难相见。

他们还决定把房子卖掉结清贷款。为了做准备，他开始在公休日与妻子整理家中物品。

着手整理前，他在离婚协议上签了字。

那一刻，他在不舍的同时又有种奇妙的感觉。那究竟是寂寥、沮丧，还是解脱，似乎哪种都无法正确概括。

就这样，他名副其实地失去了家人，失去了对工作的热情，只是浑浑噩噩地活着。尽管如此，肚子还是会饿，所以要吃饭。难道要一直干到退休吗——藤崎产生了一种类似舍弃的感觉。

让人意外的是，唯独这种时候，顿悟会突然降临。

整理工作告一段落后，妻子拿出小司的高中毕业相簿，问他："你要看吗？可能没什么意思。"

藤崎翻开了相簿。虽说他一直没有插手，但并非对女儿的成长毫无兴趣。

那是整个年级的相簿，里面只有几张小司的照片。尽管如此，他还是不由得感叹，女儿不知不觉已经长这么大了。他知道女儿个子高，只是没想到她比同班女生都要高一头，一眼就能认出来。

藤崎翻到文化祭的照片，突然停下了动作。那是女儿班上搞的咖啡厅。

"啊，现在已经很少见人搞这种活动了吧？小司当时好像挺受欢迎呢。"

妻子微笑着说。

照片底下印着"cosplay·换装咖啡厅"的说明，好像是男生穿女装，女生穿男装当服务生的活动。这的确有点老套了。

小司穿着一身好似燕尾服的西装，因为个子高，显得特别相衬。所谓受欢迎，应该是指受女孩子欢迎吧。

可是，藤崎注意到的不是女儿，而是照片里那几个穿女装的男生。他们穿着各式各样的衣服。到了高中，男生之间的体型差距就会变大，有不少人高大健硕，一点都不适合穿女装，但也有些男生身材瘦削，或是个子矮小，乍一看真有几分像女生。

其中几个身穿女仆装的男生，让他有种莫名的熟悉感。

好像在哪里……

他想起来了。

青梅案。

三年前，他追查篠原夏希的来历时，曾经与一名女仆咖啡的店员擦肩而过。那名店员也给他这种感觉——

嗯？

记忆重现。

他是去一家事务所拜访桦岛香织这个私贷女老板时见到了那个女仆。

他拜访的人号称魔女，给人的印象却格外平凡。

由于预约日程出错，当时她正在接待客人。那个客人就是女仆……打扮的人物。那个人把帽子扣得很低，看不清长相。

当时他通过服装判断那个人是女性，可是对方匆匆离开的姿态，却有点奇怪。

那真的是女人吗？

脑中突然浮现了荒唐的假设。

如果当时她并没有客人，而是办公室里有个她不希望让刑警见到的人。如果她让那个人变装逃走了——

这个推论毫无根据，完全是凭直觉，不，是连直觉都算不上的突发奇想。这或许是无稽之谈,可是……

藤崎借口"我去整理一些必要物品",走进了被他用作书房的房间。

书房里存放着他个人做的调查记录。他从里面翻出了青梅案的笔记。

藤崎此前尽量详细地记录了参考人的证词和调查过的内容。虽然里面有很多只求自己能看懂的潦草文字和省略,但应该完整收录了当时得到的所有信息。

这是藤崎的失败记录。他甚至想过,趁这次卖房子,干脆把记录也一起处理掉。

我就再看一次。

他这样想着,翻开了本子。

他并没有特别期待什么。应该说,他有点希望证实自己的突发奇想只是妄想而已。

首先,他查看了桦岛香织的资料。由于她是案件参考人之一,藤崎对她做了最基本的调查。此人出生于昭和五十三年,原籍是滋贺县大津市苗鹿。因为地名难读,他还在苗鹿上注了"nouka"的音。开始做私贷前,她经营过一家饰品店。再往前,就不清楚了。

藤崎拿出地图册,查找香织的原籍大津市苗鹿。那是个坐落于比睿山麓,面朝琵琶湖的小镇。

藤崎再次瞪大眼睛,重新阅读其他参考人的记录。

他的目光停留在险些跳过的一行字上。

"杏美,老家,农户,兼营租船?"

那是曾与夏希共同生活过一段时间的井口夕子的证词记录。

他想起来了。杏美是跟夏希和夕子一起在"小甜心"工作的女人。Blue 跟她很亲,而且北见美保在 SSAWS 滑雪场再次碰到夏希时,跟她在一起的应该也是杏美。

当时他也找过这个人,但是"小甜心"的调查资料受限,他没有线索。把夏希介绍到"小甜心"的前泽裕太也说杏美是别人介绍的,他不认识。

夕子在证词中提到,杏美"老家是农户""同时做租船生意"。并且她本人说,农户做这个显得有点奇怪。可能藤崎当时也觉得奇怪,才在记录中留下了一个"?"不过他那时并没有多想。

杏美说的"nouka"①,会不会是地名?如果是面朝琵琶湖的苗鹿镇,做租船生意就一点都不奇怪。只是夕子听到这个读音,误以为她说自己家是"农家"。

另外,夕子还说自己跟杏美"同年"。夕子就出生于昭和五十三年。她描述杏美的外貌时,提到了"认真乖巧""清纯类型"。那种朴素的印象不是正与桦岛香织的外貌相符吗?

藤崎倒吸了一口气。

桦岛香织就是杏美?那么,她就跟 Blue 有联系。如果 Blue 曾经很亲她,那她也就有了包庇 Blue 的理由。

一切只是巧合。他碰巧冒出了这个想法,又把碰巧跟那个想法相符的信息串在了一起。

尽管如此,依旧有确认的价值,不是吗?不,一定有。这是他的直觉。

藤崎感到早已忘却的热情在体内重燃。

首先,他决定私下调查香织的现状。

---

① 日语的农户写作"農家",读音为"nouka"。

结果发现，香织关掉了涩谷的事务所，已经不知所终。曾经介绍他们见面的贞山，也说不知道香织去了哪里。

藤崎试图回想香织的样子，但记忆非常模糊。她本来就是个长相平凡，存在感弱的女人。唯独沙哑的声音很有特色。

他没有证据证明，但藤崎非常肯定。

Blue 跟桦岛香织在一起——

热情愈燃愈烈。

香织身份明确，肯定比连户籍都没有的 Blue 好找。他一定能找到。

可是，青梅案在警视厅已经结案，上头不可能批准重启调查。

想办法冷却这股热情，一如往常那样工作，或许是更聪明的选择。

可是，藤崎做出了决定。

重归单身的轻松，也促使他做了这个决定。

一切都有可能是他的错觉，他最后可能无功而返。而且就算能找到 Blue，可能也无法逮捕他。这么做或许只能满足他自己的心愿。

尽管如此，也好。

与其在那个早已不是归宿的地方碌碌无为地熬到退休，还不如顺从心中这股热意——

然后，藤崎又花了一点时间打点身边事务，最后提交了辞呈。

幕间

桦岛香织

平成五年，桦岛香织离家出走，只身来到东京。那年她十五岁。

她的老家是琵琶湖畔的一个乡间小镇，父母经营租船生意，乍一看都是淳朴乡间的善良人。可实际上，他们都是酒精成瘾的中毒患者。

香织在这对父母的支配之下，失去了许多东西。

让香织逃离那种支配的契机，是偶然看到的影像和音乐。

夏季的某天，家中从不关闭的电视机播放了那部电视剧。电视剧讲述了被父母操控的少女试图逃离，其电影般的画面不同于一般剧集，给人留下了深刻的印象。电视剧里有一首特别好听的英文插曲，香织听到那首曲子时，决心逃离。

她并没有被电视剧的内容所激励。

死了也无所谓——

她只是这样想。

世界上肯定有许多我不知道的"美丽"，她想去看看。如果接触不到，那死了也无所谓——

在此之前，一直束缚着香织的感情是恐惧。如果她寻求帮助，或者她胆敢逃离，很可能要被杀掉。无从抵抗的暴力侵蚀了她的身心，也形成这样的现实。所以，无力的少女一直沉默。

香织通过接受死亡，摆脱了恐惧的束缚，奋然逃亡。

结果，香织没有死。她活下来了。

来到东京后，香织尚未被警方发现并保护起来，就被搜罗离家出走少女的星探叫住了。她很难判断这究竟是幸或不幸。但从结果来说，她在非法经营的风俗店出卖肉体，获得了在东京生活的资金。

后来，香织经人介绍换了几家店，又加入了约会俱乐部"小甜心"，以杏美的身份工作。她还住进"小甜心"的宿舍，与几个身世遭遇跟自己相似的出走少女一起生活。

在那里，香织碰到了当时只有五岁的Blue。

年幼的Blue长相可爱，也不怕生。宿舍里的少女都像过家家一样照顾他。Blue仿佛纯洁的化身，给日夜沉沦在欲望中的少女带来了一丝慰藉。

香织也经常在宿舍厨房给Blue做饭吃。

她很会做饭，也喜欢做饭。由于父母几乎完全放弃了家务和育儿，香织从小就掌握了做饭的本领。只要严格按照步骤推进，就能得到预料的结果，这种可控性很符合她的性格。

她第一次做给Blue吃的东西，是炸肉饼。一开始只是想着给自己做，就顺手做了Blue那份。

可是，当她看到刚刚相识的Blue小心翼翼地吃下自己亲手做的饭菜，下一个瞬间，就露出一脸灿烂的笑容对她说"好好吃！"的时候，香织突然产生了从未有过的感情。

那是喜悦。自己毫无算计的付出换来了一个人的快乐，那种喜悦。这一定是所有人都拥有的感情，但香织直到那一刻才初次体验到。

很快，香织不仅会给Blue做饭，还很积极地照顾Blue，

Blue 也对香织越来越亲近了。

Blue 不怎么挑食，唯独吃不下青椒，就算香织把青椒切碎，他也一直不习惯。Blue 的母亲玛丽亚似乎也不爱吃青椒，他可能遗传了母亲的味觉喜好。

香织暗自定了个目标，一定要让 Blue 吃下青椒。

跟 Blue 在一起生活，香织隐隐觉得自己似乎触碰到了心中一直憧憬的"美丽"。

可是，她脑中更冷静的部分已经有所察觉。

自己不能一直待在这里。

如果单从时间效率和生产率来看，十几岁的女性想赚钱，卖春的确是个不错的方法。香织知道自己是个相貌平平的平凡少女，但世间也有不少男人偏爱这样的少女。她刻意不去改变自己的形象，也因此抓住了好几个慷慨的常客。

但是，卖身意味着将自己的肉体支配权暂时交予他人。疾病、怀孕、暴力，这三者不可能完全防范。在此之上，还有店铺的管理，因此会被榨取一定的卖身所得。

如果说能拿到钱已经很好，那的确如此。只不过，这种生活本质上跟她在故乡的没有两样。

香织不停地思考，要如何成为自己的支配者。最后，她得出的答案很简单。

只要不卖身，卖别的东西就好了。若是讨厌被榨取，那就自己做生意。

香织将卖身收入一点点存起，平成八年三月，离开了"小甜心"。

她住在宿舍那段时间，终究没能让 Blue 吃下青椒。

尽管有些不甘，她还是放弃了。那孩子有自己的母亲，她不能把他带走。离开宿舍时,她觉得自己再也不会见到 Blue 母子,还有其他少女了。

然后,香织在涩谷的小巷子里开了家小小的首饰店。

从这时起,香织的商业天赋便被激发出来了。

香织店里的主要目标人群,是辣妹和年轻帮派成员。换言之,就是当时在东京闹市昂首阔步的年轻人。

辣妹有自己的辣妹时尚——源自美国西海岸的冲浪文化。她们发祥自狂热追捧安室奈美惠、号称"奈党"的十几岁少女,后来逐渐发展成独立的文化。

帮派与传统暴走族不同,是对时尚和流行十分敏感的都市不良分子集团。相传这种组织源自在涩谷聚集的当地初高中生团体。周末深夜,闹市区往往挤满了帮派成员,此前一直通宵营业的店铺都被迫早早打烊求稳。

平成初年,九十年代中期,泡沫经济瞬间崩溃,进入年轻人一跃成为消费中心的时代。音乐 CD 的营业额迎来顶峰,滑雪和冲浪等休闲产业也不断兴起。

因为地处涩谷,她的店铺乘上时代潮流,生意特别红火。但是香织并没有高枕无忧,而是广结店中出手阔绰的年轻客人,拓展自己的人脉。她利用自己天生的平凡和不起眼,在令对方放松警惕的同时,又不让别人看穿自己的内心,制造了不少对自己有利的人际关系。

后来,她开始租下俱乐部举办派对。不久之后,东京的大学成立了不少活动社团,开始出现一群日夜纸醉金迷的派对客,她的派对上全都是这种人。

举办活动比经营店铺还要赚钱。

平成十一年,也就是西历一九九九年,香织开始用赚到的钱做借贷。那年秋天，诺查丹玛斯的预言没有应验，世界并未终结。

她的主要顾客，就是此前结识的游乐青年。

进入平成一〇年代，日本迎来了年轻一代的创业潮。

经济不景气的情况越来越严峻，通货紧缩日益加剧，物价和工资持续下降。当时正值后来被称作"失落的二十年"的最低谷。曾经被认为稳如泰山的大企业和金融机构都被巨额不良债权压垮，纷纷关门倒闭。持续了整个昭和的日本社会神话，已经轰然倒塌。

时势虽然如此，不，正因为时势如此，越来越多年轻人相信，与其勤奋工作，不如出来创业大赚一笔。

此时，仿佛为了推动他们，日本也迎来了IT泡沫。创新一词被反复谈论，《七个习惯》《富爸爸，穷爸爸》《谁动了我的奶酪？》这些自我启发式的经营书籍接二连三地成为畅销书。

香织通过派对和活动结识的出手阔绰的年轻人中，也有许多立志创业的人。

她的聪明在于看透了事物的本质，知道与其自己创新，不如借钱给别人去创新。

创业大多会失败。香织以此为前提，用触及灰色区域上限的利息贷款给他人，并借助拓展人脉时形成合作关系的暴力团伙的力量，一分不少地回收债权。众多年轻人的梦想破碎时，她的业绩却一路攀升。不知从何时起，人们给香织起了个"魔女"的外号。

曾经常在活动中露脸，后来开设了"信用网络"移动电话销售代理店的海老塚卓也，也是香织的顾客之一。

平成十三年九月。

日本的 IT 泡沫瞬间破裂,远在一万公里之外的美国,号称纽约象征的世界贸易中心双子大楼被恐怖分子劫持的客机拦腰撞断。

海老塚的生意变得进退两难。

因为香织对此早有预料,她迅速展开了讨债的行动。

意料之外的是,她去"信用网络"办公室谈事情时看到的东西。

她在电脑上看到了自己熟识的人。那是 Blue,还有他的母亲玛丽亚。

香织掩饰了内心的惊讶,故意问道:"那是你家人?"海老塚毫不犹豫地回答:"对。虽然还没入籍,不过跟家人差不多。我充当了这孩子的父亲。"

此时,香织已经清楚,这男人早晚会关闭公司,落魄离京。

如果只考虑生意上的得失,她最好不要插足这件事。

可是香织看到那个比记忆中长大了一些的 Blue,猛然想起来——

首先是气味。

第一次做给 Blue 吃的,炸肉饼的酱汁味。

然后是当时 Blue 对她说的,"好好吃!"

她的记忆还告诉她,当时,她仿佛触碰到了"美丽"的一角。

香织离开那个宿舍后,已经成了自己的支配者。可是,她尚未接触到"美丽"。

这个想法,促使香织展开了行动。

然而那个时候,她并不准备做什么大事。

Blue 应该会跟随海老塚离开东京。既然如此,她只想给他一些钱别的礼物。

海老塚找她借钱时登记了自己的住址。香织守在那附近，趁Blue独自出门时把他叫住了。

"Blue，好久不见了。你现在能吃青椒了吗？"

Blue看着香织，瞪大了眼睛。

"杏美姐姐？"

突如其来的重逢并没有让Blue感到喜悦，反倒感到迷茫。毕竟她一言不发地消失，又毫无征兆地出现，他会有这个反应很正常。

总之，她要把东西交给他。

"这个送给你。"

香织从口袋里掏出护身符，举到Blue面前。

"啊？"Blue还没反应过来，她就把护身符塞给了他。

"要是遇到困难，就打开看看。还有，今天见到我的事情别告诉你妈妈。"

说完，香织就快步离开了。

即使是被称作魔女的香织，当时也未预料到将来会发生什么。

范启莲

平成三十一年四月三十日。平成最后的日子。

距离日本青年造访故乡村落，已经过去了二十二年。范启莲今年二十九岁，来到了那个青年的祖国——日本。

阿莲站在日本某住宅区的一栋房子二楼，环视那个房间。

没有忘东西吧——

没问题。需要的东西全都装进行李箱了，票、护照和钱也都放在身上。

她看到摆在架子上的台历。那是这个房间的东西。

阿莲不太懂汉字，但台历上印的大都能看懂。最下面写着"平成三十一年"，是日本独特的历法。

据说，平成这个时代，在今天就要结束了。

她七岁那年遇到一个日本青年，从此对日本憧憬不已。可是她万万没想到，自己长大以后真的会来日本。

阿莲拉着行李箱走出房间，下了楼梯，走进起居室。一个男人正在沙发上起劲地打游戏。他手上拿着便携模式的任天堂Switch。

他很喜欢打游戏，总能看见他随身带着游戏机。

男人背后挂着一张放大的照片。看到照片的瞬间，阿莲愣住了。

她脑中闪过在日本的生活，也包括许多不想回忆的事情。

她曾经后悔来到日本，但是，她仿佛被吸引一般，住进这座房子，并且在今天，能够顺利回乡。

男人发现阿莲下楼，暂停游戏，抬起了头。

"啊，你要走了？"

阿莲走进起居室，在男人面前鞠了一躬。

"是的，一直，谢谢你。"

她直直地看着男人的双眼。

细长而带着一丝清凉的眸子。虽然不符合越南人的审美，但那也是张端正的面庞。

今后，她可能不会再见到这个人。想到这里，阿莲感到喉头一紧。

"那个……"

"什么？"

我到底想问什么？

尽管心里在疑惑，她却没有停下话语。

"那两个人，你杀的？"

在日本生活了三年，阿莲还是只能用只字片语来表达，自然无法委婉地发问，只能开门见山。

那两个人——是指这个月中旬，人们在多摩新城某小区发现的两具尸体。以电视为首的众多媒体为之轰动，因此阿莲也知道这件事。

男人微微笑着，竖起食指放在嘴边，对她道了声"嘘"。

"我什么都不会说，你也什么都不知道。这跟你毫无关系，你只要回到越南，跟孩子们过上幸福的生活就好。"

他故意用缓慢而清晰的话语说出那句话，阿莲也大概理解了意思。

哦，这样啊——

那两个人果然是他杀的。

眼前这个人是杀人犯。但是，她并不害怕。

这个人很温柔。

阿莲想道。

如果按照这个国家的法律，他可能是个十恶不赦的罪犯。尽管如此，他还是对阿莲很温柔。对其他人，一定也是如此。

"你要保重。"他说。

"你也是。"她露出了浅笑。

阿莲鞠了一躬，走出起居室，离开那座房子。

此时，她完全没注意停在房子对面的车，当然也没发现，包含那辆车在内，房子周围埋伏了多达十二名警官。

第二部

奥贯绫乃

平成三十一年四月中旬。平成即将结束的某日。

记忆突然闪回。

泣不成声的女儿。"别哭,好好回答!""为什么乱动!"斥责女儿的歇斯底里的声音。那是她自己的声音。女儿一味地哭泣。"别闹了!哭什么哭!"伴随着骂声,还有一声脆响。她打了女儿一巴掌。女儿不仅没有停止哭泣,还像点了火似的爆发出更大的哭喊声。"跟你说了不准哭!"她的骂声也越来越大。她知道这样不能让女儿停止哭泣,可是她无法控制自己——

那是她关于曾经的家人的记忆。与此同时,一股黏稠而阴暗的感情涌了出来。

"泥沼"——奥贯绫乃这样称呼这种感情。

过去,她老家附近的树林里有个泥沼(可能只是个特别浑浊的池塘),那就是她对这种感情的印象。

淤泥和水草淤塞其中,散发出腥臭的气味,恰如这种混合了悔恨与罪恶的感情。

"泥沼"总会被一些日常琐碎的场景唤醒。这次,是因为她把车停在车站门口的计时停车场,走上人行道时,碰巧看到了前方那对母子。

绫乃死死咬住牙关，强忍住高声尖叫的冲动。她感到牙龈一阵刺痛。

她的表情可能有点狰狞，但母子俩并未察觉，与她擦肩而过了。

一阵冰冷的风吹过。到昨天为止，连续好几天气温上升，天气暖和得如同入春，今天一早气温却骤然下降，重新回到了冬天。

正如天气难以完全预测，"泥沼"侵袭的时间也难以捉摸。她并非每次看到母子同行，都会产生这种反应。

她一言不发地咬紧牙关继续往前走。牙龈的疼痛就像对绫乃的惩罚，沉重而漫长。

二十几岁时为治疗蛀牙，她做过大牙的根管治疗，可是最近又痛了起来。每次咬合，牙龈都会生疼。牙医说，是拔除了神经的牙根化脓，压迫牙龈导致的疼痛。

不仅是牙医，她讨厌一切医生。

她以疼痛并非无法忍耐，还有工作繁忙为借口，一直拖着不去治疗，导致疼痛越来越严重。她心里清楚，这东西不会自行好转。

实在没办法，她只能预约了南大泽的牙科诊所，在今天傍晚就诊。

南大泽位于八王子外围，属于多摩新城的一部分。

每到休息日，她经常去南大泽或多摩中心吃早午餐。

离预约时段还有一点时间。绫乃沿着人行道走进车站门前的大转盘。她看见前方围着一群人，好像有人在做街头演讲。

离平成最后一次统一地方选举的投票日只有短短数日。八王子也即将举行市议会议员选举。

正在演说的好像是执政党候选人。

现在的执政党在十年前，也就是平成二十一年失去了政权，后来又在平成二十四年高举"夺回日本"的口号，重新回到政权中心。当时的党首就是在推行邮政民营化等政策的 K 政权时代担任干事长的 A 议员。A 成了总理大臣，并构筑起持续至今的长期稳定政权。有人强烈批判 A 政权比 K 政权更咄咄逼人，严重倾向历史修正主义，但该政权也得到了许多坚定支持，不仅是中央，连地方也一直保持着执政党优势。恐怕八王子也不例外。

宣传车上站着好几个人，个个手持话筒。其中有一个远远一看就能认出来的人物。

高远一也。年仅四十几岁的执政党年轻议员，出身于培养过好几位总理大臣的政治名门，可谓政界的优良血统继承者。尽管尚未入阁，但经常被列为 A 总理后继者之一。

他已经是众议院议员，所以这次没有参加选举，可能只是负责声援。然而，听众显然更关注他的讲话。

"——先生是十分重视日本价值的人，跟他交谈时，我也能学到很多东西。在这个艰难的时代，要找到第二个像他这样富有资质的人肩负市政，恐怕很难。"

绫乃并不理睬那个纯血统大肆吹捧比自己低了很多级的市议会候选人，径直穿过转盘，走向红砖风格的人行天桥。

走进天桥连接的"三井奥特莱特公园"之后，她已经听不见演讲的声音了。

她没什么特别想买的东西，只是漫不经心地走进一家大型买手店。

店里正在举办"回顾平成"活动。

这个月底，也就是四月三十日，天皇陛下将要退位，平成正式终结。为此，从去年年底开始，就有很多地方开始举办这样的平成回顾活动。

店铺中央摆放着塑料模特，罗列了三十年来的流行变迁。比如平成初始时的泡沫期时尚、平成十几年的涩谷咔叽、平成二十几年的里原宿和森女风，以及其后逐渐定格的新保守风格，和最近的第三浪潮性冷淡风。

店里流淌着美空云雀的《川流不息》。这个代表了昭和年代的歌姬去世于平成元年，而这首曲子，的确是她最后且唯一在平成年间发表的单曲。

曲子结束后，便是绫乃很熟悉的小泽健二的《Lovely》。昭和风情浓郁的黏腻歌谣曲一跃切换为都市风格的流行歌曲，看来曲目的选择也迎合了店里的活动特色。

她在这首曲子的环绕下凝视着身穿雅昵斯比①的塑料模特，仿佛回到了当年。

> Life is a show time，你很快就知道。
> 你与我的恋情，必须开始。

她差点就跟着唱了起来。

绫乃今年过完生日就四十四岁了。平成初年正是她上中学的时期。那些年，她在家乡的公立学校上学，每天在柔道部挥洒汗水，除了校服、道服和运动服，几乎从未穿过别的衣服。

尽管度过了一个与漂亮时髦无缘的青春期，绫乃还是一期不落地看了所有《Olive》。偏远地区的商店都不卖《Olive》上的衣服，因此她很清楚，那是一本专门做给大城市时髦女生的杂

---

①法国服装品牌 agnes.b。

志。不过，仅仅是翻开页面，注视那个与自己的生活毫无关系的世界，她就能感觉到无边无际的自由，心中仿佛有什么东西得到了满足。

她也是通过《Olive》知道了小泽健二，正确来说，是知道了他和小山田圭吾组的乐队"The Flipper's Guitar"。她专门去租碟店租了CD，并且为那个一点都不像日本歌手风格的，可爱又时髦的嗓音深深着了迷。后来转录的磁带，她也反复听得几乎磨损殆尽。

与此同时，她又为《Olive》杂志和"The Flipper's Guitar"的音乐感到羞耻，压根儿不敢告诉学校和社团的朋友。那是只属于绫乃一个人的秘密圣域。

好怀念啊，都已经过去三十年了。

嗯？是七日还是八日来着——

她从上衣口袋里掏出手机，开始检索已经忘却的日期。

平成开始的日子……是一月八日。一月七日凌晨，昭和天皇驾崩。那天是佛灭日。

其实昭和天皇元旦前已经驾崩，可是年尾的忙乱再加上驾崩的事情，难免会乱上加乱。于是，官方就把日子定为新年假期结束之后。佛灭日其实并非巧合——曾经有个男人对她说过这些话。那个人参加过大丧之礼的警卫工作，知道一点内情也不足为奇。所以，她当时很天真地相信了。然而，后来她发现那人是个谎话连篇的骗子，所以这件事的真伪也就很难分辨。

不过话说回来，现在真的好方便啊。

就算是不需要马上知道的事情，也能一伸手就轻松找到答案。

平成的三十年间，变化最大的应该是IT器械。三十年前，绫乃家用的还是笨重的黑电话。

那时候,她似乎完全无法想象自己四十岁,甚至三十岁的模样。同样,也无法想象自己会结婚,生孩子,打那个孩子,又离婚。

即使发生了这么多事,人生还在继续。

活到这个年纪,绫乃开始思考"可选择的东西"和"无法选择的东西"。

她还没懂事时,就跟着哥哥在道馆练柔道,因此那感觉不像是自己选择的东西。到东京工作,是为了离开父母家,与其说她选择了工作,更应该说是听从了柔道部前辈的推荐。

不过,结婚的确是她自己的选择。还有离婚。

> 总有一天会完全爱上一个人。
> Oh baby lovely lovely。
> 那些甜美的日子

完全爱上。甜美的日子。绫乃的人生中,确实有过这样的东西。

她在朋友婚礼的第二摊上,遇到了后来成为她丈夫的人。

当时绫乃刚刚结束与已婚的上司长达五年的情人关系,那个上司就是方才她记起的满口谎言的人。她不想把他归为自己的选择。对方是个工作很能干的人,她不小心对他怀有了敬意,然后被乘虚而入,玩弄了这么些年。

丈夫与他正相反,是个温柔诚实的人。跟他认识后,绫乃如梦初醒。那五年,她沉溺于难以启齿的恋情,就像一场漫长的噩梦。她原本不是会犯那种错误的人。

她确信,自己可以跟这个人谈一场正确的恋爱,拥有正常的关系。

他们交往两年后结了婚，绫乃辞去工作，专注于家庭。她曾经坚信，这是获得幸福的最佳选择。

可是，他们的婚姻生活一点都不顺利。尽管她早就清楚两人的成长经历和价值观差别很大，只是没想到会因为一点小事就爆发冲突。特别是女儿出生以后，冲突进一步加剧了。

每次，原因都在于绫乃。

绫乃无法好好珍惜自己好不容易得到的家人——尤其是怀胎十月生下来的孩子。

孩子不会总顺着父母的心意。稍微转移一下目光，她就会跑得无影无踪，而且总是不知隐忍，任性妄为。一有什么不高兴，马上发脾气闹别扭，完全不顾绫乃的忙碌，时刻都要撒娇。孩子多少都有点这种脾性，而且那也是理所当然的。

可是，绫乃无法容忍这样的理所当然。

她无法容忍事情偏离正轨，无法容忍与理想不相符的现实。哪怕是一点小事不顺心，绫乃都会勃然大怒。她从不会理性地责备，而是毫无顾忌地倾泻怒火。女儿一哭，她就更烦躁，因而怒火更盛。

后来，她开始打耳光，掐手臂，对女儿频繁施展暴力。

她一直美化自己的行为，坚持认为是女儿不听话，可是内心深处，她其实知道这根本不是教育。绫乃身在她满以为能够带来幸福的"家庭"中，心怀撕裂般的矛盾，对女儿大打出手。她无法控制自己。

现在想来，那种感情应该是憎恨。她对那个本应深爱的小生命产生了憎恨。她明明很想爱她。

为什么，她无法好好爱她的女儿？为什么，她选择了憎恨，而不是爱？

  纵使有一天满腔悲痛，
  Oh baby lovely lovely,
  日子也要继续。

  归根结底，她觉得自己应该不适合这些。不适合拥有家庭，不适合为人母亲。

  父母是最"无法选择的东西"。

  再这样下去，我有一天可能会杀了这孩子。这孩子并没有选择被我生下来。既然如此，就应该让她摆脱我这个糟糕的母亲——

  仅存的理性，让她提出了离婚。丈夫一开始坚决反对，但绫乃逼迫他同意了。当然，她把女儿的监护权给了他。绫乃还提出为女儿支付养育费用，但是对方没有答应。

  女儿今年应该上小学六年级了，因为没有去看过她，绫乃不知道她现在是什么样子。她觉得，自己没有资格面对女儿。

  直到现在，殴打女儿的记忆仍会不时复苏，这让她沉浸在悔恨和罪恶感中。

  大约三年前，前夫给她发来邮件，告诉她自己将要再婚。另外，女儿身心都很健康，最近开始学钢琴了。尽管她并没有觉得自己得到了原谅，但还是发自内心地松了口气。

  她不知道前夫的再婚对象是谁。不过，她真心希望他和女儿得到幸福。

  Life is comin' back
  Life is comin' back

Life is comin' back

小泽健二的声音渐渐淡出,曲子结束了。

仿佛瞅准了这一刻,口袋里的手机震动起来。

她看了一眼屏幕,是单位打来的。

"你好。"绫乃接了电话。

"奥贯,你在哪里?能马上过来吗?"

对方没有报上姓名,但她认出那是课长权堂的声音。

绫乃离婚后,回到了婚前工作的地方。由于婴儿潮一代大量退休,单位正好处在人手不足的状态,因此鼓励因婚离职的人回去上班。人事那边也找了绫乃,于是绫乃就回去了。

虽然她对这份工作谈不上多热爱,但至少工资比收银员和在餐厅打工强多了。

"我在南大泽,没问题。"她短促地回答。

由于工作性质特殊,她经常会接到这样的紧急联络。所以,即使在休息日,绫乃也会跟上班时一样,穿一套裤装西服。

"知道了。是命案,可能要搭帐篷。"所谓帐篷,是指调查本部。

绫乃回归的单位,是警署。

婚前,绫乃待在警视厅搜查一课,回归后,则被安排到了辖区警署的刑警课。一开始是国分寺警署,后来调动了一次,目前隶属于南大泽附近,管辖整个多摩市和稻城市部分区域的樱丘警署。

"现场在D小区。三号楼四〇二。已经派人过去了,详细情况你去那边确认。"

"知道了。"

绫乃结束了与权堂的通话，转而给预约好的牙医打电话。看来，今天是看不了牙齿了。

她从南大泽驾车过去，大约花了二十分钟。

到达D小区时，夕阳已经洒在了停车场的车辆顶棚上。不知为何，这幅景象让她有点伤感。

绫乃找到空车位，把车停了进去。

该小区位于东京都多摩市南部，与南大泽一样，是多摩新城的一部分。

不过，这里是最早期的开发区，奶油色外墙的住宅楼上标记着楼号，一副昭和小区的风情。

绫乃下了车，走向权堂在电话里说的三号楼。

小区所有住宅楼高度一致，从窗户数量来看，应该有四层。刚才远看并未发现，她走近才看到住宅楼外墙斑斑驳驳，还有裂缝，显然十分陈旧。

三号楼入口拉了警戒线，几名调查人员正在进进出出。

绫乃走过去，楼里正好出来三个熟面孔。他们都是樱丘署刑警课的同事。

其中一人——梅田注意到绫乃，笑着对她挥了挥手说："嗨，你来啦。"

瞬间，生理性的厌恶让她背部汗毛直竖。

绫乃很不喜欢这个比她大一轮的同事。不客气地说，她特别讨厌这个人。

她不与那人对视，而是轻轻点了点头。"辛苦了。"

"奥贯选手，劳烦你休息日赶来，真是辛苦了，辛苦了！"

不知为何,这个人称呼女性会加上"选手"的称谓。这点也让绫乃烦躁不已。

他给绫乃的第一印象不算坏,那种独特的说话方式,她一开始也只是当成奇怪的大叔式幽默。可是她后来得知,这人明明有家室,却要借钱在外面逍遥,顿时好感度直降。接着,他又在忘年会上对绫乃性骚扰,最终导致她对这个人的厌恶。

那天梅田喝醉酒,缠着绫乃说:"奥贯选手,下次能请你跟我过两招吗?我让你看看陪酒女千人斩的实力。"说着,他就要上手摸绫乃的胸部。绫乃怒喝一声"住手!"把他挡到一边,他却不依不饶地说:"干吗呀,难得有个人把你当成女人看。"

警察这个组织十分保守,普通企业视作骚扰的行为,在这个组织里往往不被重视。绫乃年轻时就为此有过几次不愉快的经历。不过这几年来,上头已经越来越重视,监察那边也加大了改革意识的力度。

然而,辖区刑警课竟然还有这种无法无天的家伙。

她本打算一巴掌扇过去,但是课长及时过来拉架了。第二天,梅田诚恳地说:"昨天我喝醉了,实在对不起。"她姑且接受了道歉,然而就是对他的一举一动厌恶至极。这个印象恐怕永远都改变不了。

不管是否喝醉,归根结底,他就是把绫乃,不,把女性当成了任凭自己摆布的玩物。

"汤原君,现场情况怎么样?"

绫乃不理睬梅田,向另一位刑警汤原开了口。

"警视厅那边派来了取证人员和验尸官,我们刚被赶出来。"

一般情况下,东京都内发现非正常死亡人员,首先会派治安岗亭执勤的地区课员赶往现场,接着再召集辖区警署的调查人员。若他杀的可能性很高，还会联系本厅，申请派出验尸官临场检验。

现在流程正好走到验尸官检验这一步。

验尸官会在现场检查尸体，判断是否应该立案。然后，尸体将会被运出，由法医进一步检查死因和推测死亡时间。

检验过程中，现场就是验尸官的圣域。原则上，辖区警署的调查人员不得入内。

"课长在电话里说要搭帐篷。"

她本来是对汤原说话，梅田却在一旁抢答道："肯定得搭，机搜那帮人已经在路上，署里的总务恐怕已经忙得脚不沾地了。"

机搜就是机动搜查队。他们隶属于本厅，是专门从事初始调查的队伍。过不了多久，绫乃熟悉的调查一课那帮人可能也会过来。

我又没问你——她咽下那句话，继续无视梅田，对汤原说："现场拍照了吗？"

"拍了。"汤原拿起警署配的调查专用智能手机，轻点屏幕，调出了现场照片。几个人同时看了过去。

"住在同一栋的老太太闻到异味，联系管理员后，发现了案发现场。"

一对男女浑身是血地倒在空无一物的房间里，已经腐化到散发恶臭的阶段，但外观尚未发生改变。乍一看，两人都像二十多岁的年轻人，顶多也就三十出头。他们的头发都染成茶褐色，男子发长盖耳，女子长发及肩。地上和墙上都布满血迹，已经氧化发黑。

这张照片看着的确让人毛骨悚然，但她以前还亲眼见过情况更惨烈的现场。比如发现时间过晚，已经腐朽成泥泞肉块的尸体。

"被害者有两个人？"

"是的，身份尚未查明。"

汤原滑动屏幕，调出了另一个角度的照片。

两具尸体似乎都被利刃反复戳刺过。

显然是他杀。这下就算不等验尸官做出判断，都有可能成立调查本部。

"房间里怎么没东西？"

汤原听了点点头。

"成为现场的四〇二房是空房。"

一对身份不明的年轻男女惨死在旧小区的空房里。真有点鬼故事的感觉。

"管理员呢？"

"机搜应该在管理办公室那边问讯。"

"知道了，那我到那边去。"

单方面宣告完，绫乃就离开了。

现在调查本部尚未正式成立，辖区调查员只需要保护现场并查明相关人员，同时尽量多收集信息。

背后传来梅田的声音："哦，交给你啦！"

她不想跟那个人共同行动，因此最好的方式就是自己开展工作。

五条义隆

没想到竟会发生这种事……

多摩新城D小区管理员五条义隆，目前正处在极度的困惑中，同时又有点兴奋。

五条今年七十岁，四十三年前小区刚建成时，他就是这里的居民。因为他以前在不动产公司工作，拥有公寓管理员资质，退休后，小区的管理公司就跟他打了招呼，通过短期合同招聘他当管理员。

在陪伴他走过大半辈子的小区奉献最后一点光热——这只是表面说辞。实际是因为他的养老金不足以维持生活，哪怕是打发乞丐一般的工资，也比没有好，所以他才答应了。

多摩新城解决了高度经济成长过后，东京人口爆发性增加导致的住宅不足问题，在地价远远低于市中心的多摩地区形成自立城市，因此得到了正式开发，是日本国内最大规模的新城。

四十三年前，五条家的长子刚刚出生，他便是这里的典型居民之一。

全户出售的D小区售楼宣传单上，印着硕大的"梦想新城"字样。购房申请蜂拥而至，最后不得不靠抽签决定购房人选。中签时，五条格外感谢自己的好运气。

事实上，这里的确是个好住处。尽管通往市中心的交通不算方便，但是绿化良好，很适合养育孩子。加之多摩地区已经开发得很好，生活并不会不方便。小区有很多年龄和境遇相似的家庭，彼此之间交流密切，还经常一起组织祭典活动、运动会、旅行等丰富多彩的活动。把这里当成一辈子安身的家，的确没什么不好。

只不过，入住十几年后，年号变为平成，泡沫经济崩溃，小区的气氛也渐渐改变。每栋楼都空出了一两间房。以前也有人出于各种理由卖掉房子，但很快就有人买入，不久之后便搬进来。但是从那段时间起，情况明显变化了。小区的房子就算拿出去卖，也无法马上卖掉，有的房子甚至会空置一年多。

泡沫经济崩溃后，市中心的房价下跌，郊外住宅地经过二次开发，环境已经好了很多，因此楼龄长，交通不方便的D小区失去了竞争力。

再后来，有人把房子廉价卖给不动产公司，有人卖不出去便直接搬家，还有人破产或是连夜逃债，再也没出现过。

不仅空房增加，入住率降低，小区每间房的居住人数也不断下降。因为孩子们纷纷成年，离开了父母居住的地方。而像曾经的五条那样马上就要开始养育孩子的年轻夫妻，很少会选择在这里入住。

现在，D小区整体的入住率保持在七成左右，老夫妻最多，家中有十八岁以下儿童的家庭屈指可数。五条家的两个儿子也早已独立，只剩下他跟妻子两个人生活。

由于居民减少，又普遍高龄，小区难免会失去活力。人们不再举办活动，只剩下夏日祭典还勉强维持，也不知道能撑到什么时候。

在居民老龄化的现状中，还发生了以前完全无法想象的问题。这些老居民楼兴建时，人们还没有无障碍住宅的意识，因此不适合老年人居住。小区连电梯都没有，曾经最抢手的四层顶楼只要一空出来，就不会有人再住进去。虽然可以加装电梯，可是需要一大笔钱。要统一小区居民的意见，实际上是不可能的。

而且，这里本来主要是供育儿家庭居住的地区，医院和看护设施严重不足。很多家庭陷入了老老看护的困境，自从五条出任管理员，小区里已经有两个老人孤独死亡。

好在五条和妻子目前身体还算健康，然而未来并不乐观。

他听说，这几年市中心兴起了二次开发和新建公寓的热潮。有人说那是明年东京奥运会的原因，也有人说受到了股价恢复的影响。但是，D小区没有沾到半点光。

倒不如说，市区新开发热潮势头越猛，边缘旧小区的衰退就越快。不仅是这里，昭和时代开发的郊外住宅区肯定也面临着同样的问题。以前，他在一个电视节目上看到过，东京近郊的空屋正在增加。

梦想新城不知不觉变成了无人鬼城。包含五条在内的众多居民，早已无法搬去别处。

他们肯定要随着这片小区一同腐朽——他每天呆呆地想着这些，却在日复一日的沉寂中，遇到了那个案子。

一切的开端，是三号楼三〇一的安村重美女士向他投诉，说四楼散发出奇怪的臭味。

小区所有居民楼都是一层两户，现在，三号楼的四〇一和四〇二都空置着。他一开始觉得是居民的错觉。因为重美跟五条年龄相仿，都是这里的老住户，自从去年丈夫去世，她就变得有点奇怪，五条暗中怀疑她是不是有了痴呆症初期的症状。

"但是为了保险起见，我还是上了三号楼的四楼。"

这里是小区一角兼作集会场所的管理办公室，五条正在对两个人讲述今天上午发生的事情。那两个人都是警察，穿着工装外套，戴着帽子，手臂上还戴着印有"机搜"的臂章。听他们介绍，是警视厅机动搜查队的调查人员。

就在那时，门外传来一声"打扰了"，一个身穿黑色西装的女性走了进来。

她先行了个礼。

"我是樱丘警署的奥贯，请问能否一同听取证词？"

看来她也是警察，可能是离这里最近的樱丘警署的刑警吧。

机搜的人转向他问道："可以吗？"

"啊？哦，嗯……"五条点了点头。

"谢谢你。"女刑警说完，站到了机搜的两个人后面。

"请继续说。"

"啊，好的。呃……"在催促下，五条继续说了起来。"啊，想起来了。我接到投诉，就去三号楼的四楼查看情况，发现那里的确有点臭——"

如果四楼有人，五条恐怕会立刻怀疑是自杀或孤独死亡，然后去报警。可是，两间房都是空屋，他便猜测会不会有野猫跑到阳台上死掉了。他打开房间进去查看，发现四〇二没有上锁。通常空屋一定会上锁，这就有点奇怪了。

他小心翼翼地走进去，在一个到处是血的房间里看到了倒在地上的陌生男女。

他当时吓坏了，竟不小心问了一句"请问你们是谁"。两人明显已经死了，自然不会有人回答他。下一个瞬间，五条感到莫名恐惧，逃也似的跑出房间，又赶到办公室打了报警电话。

仅仅是复述当时的情况，他就感到心跳再次加快。

"请问你认识两名死者吗？"机动搜查队的人问。

"完全不认识。他们不是小区的居民。"

这点他可以断言，因为五条认识 D 小区的所有居民。

"钥匙平时保管在哪里？"

"不动产中介平时看房用的钥匙都放在外面电表上了。"

按照管理公司的内部规定，钥匙不允许这样存放，但是他的前任是这么做的，公司那边也默许了。

"房间是租赁的吗？"

"对，也有出售的，不过现在哪里有人会买这种小区的房子啊？"

好几年前，管理公司就放弃了全户出售，把能压低价格的空房都买了下来，开始对外租赁。尽管如此，房子入住率还是不高，四楼则更甚。

"你知道四〇二最后一次进人是什么时候吗？"

那个机搜的调查员一直在提问，后面来的女刑警则一言不发地做着记录。

"嗯，我看看……"五条翻开手头的文件夹，查看里面的记录。"是三年前的三月二十日。那天星和诚信的中介带客人去看房了。"

"三年前啊？"

"是的。"

"除了四〇二，还有其他长期空置的房间吗？"

"嗯，有好几个。"

"那些房间的钥匙都摆在电表上？"

"嗯，是的。"

"平时会去查看空房吗？"

"除了中介带客人看房，其他时间基本不会。"

"也就是说，不是居民的人也有可能潜入空房，对吧？"

"嗯，是的……啊，不对，如果不是居民的人频繁进出，肯定会被发现的。因为这里住的都是熟人。"

"原来如此。"

调查员应了一声。

那两个人究竟是谁——

尽管五条最近越来越健忘，但他还是难以忘记自己亲眼所见的那两具惨死尸体。那场景实在不堪回忆。关键在于，自己住的小区竟然发生了这种事，真是太吓人了。他很担心独自在家的妻子。

与此同时，他也被激发了好奇心。

喷了这么多血，可能是用刀刺的吧？这一定是杀人案。那两个人是谁？为什么被杀？

在茫然接受的衰退日常中，突然出现了尸体这种非日常的东西，给五条带来了奇怪的兴奋。

奥贯绫乃

晚上九点整，第一次调查会议在樱丘警署大会议室正式召开。

门口贴着"多摩新城男女二人遇害案"的条幅。那就是被他们戏称"戒名"的案件名称。

按照规定，只要调查本部设置在都内警署，其带头人必须是警视总监。现在，他高坐中央，正在发出训示。不过总监公务繁忙，今后恐怕不会再出席会议。说白了，他就是个台面上的带头人。

总监之后的第二号人物是副本部长，由本厅搜查一课的课长和樱丘警署署长共同担任。虽然主席台是横向排列，很难分清座次，不过署长比课长稍微高一些。从形式上说，调查本部由辖区警署负责设置，预算也从警署划拨。而本厅的调查人员名义上都是过来帮忙的。所以，署长的地位比课长稍高一些。

只不过，真正掌握调查主导权的，其实是本厅刑警。

证据在于，负责统领调查的调查主任由搜查一课的管理官担任，正对主席台的调查员座位，也被本厅的刑警占据了前面几排，辖区警署的人只能坐在后面。

"接下来报告被害者死亡情况。长冈。"

训示和问候结束后，负责主持会议的管理官叫起了一名本厅刑警。

"是。目前查明的信息如下：两具遗体都处在死亡四天的状态。关于具体时间，明天应该能出来。另外，两名死者身上都有数个疑似利刃刺伤的痕迹，并伴有大量出血……"

被点名的刑警汇报了取证人员和验尸官的检验结果，然后开始宣读法医的司法解剖简报。

配合说明的幻灯片不断切换遗体各个部位的照片。说惊悚有点不太对，总之就是很血腥。

"但是，直接死因是勒住脖颈导致的窒息死亡。死者颈部留下了绳索痕迹。"

绫乃一边听报告，一边做笔记。

刚才从照片上没看出来，看来凶手应该是先用利刃刺伤，然后勒死了被害人。

现场没有发现凶器，但是可以判断，两名死者都被同样的利刃刺伤，又被同样的绳索勒死。男性身上有六处刺伤，女性有四处。两人都被刺中了内脏和动脉，极有可能在被勒死前，已经处于濒死状态。

突然，她的记忆被唤醒了。

很久以前——她尚未结婚，还是本厅刑警时，好像也发生过同样手法的凶案。可是，她一时想不起来究竟是哪个案子。

"男性指甲缝隙中发现了疑似第三人的组织碎片，疑为抵抗时抓挠凶手皮肤留下的。虽然量不多，但可以进行 DNA 测定。"

周围发出了小小的骚动。

但是经过比对，DNA 数据与本厅数据库中登记的样本全都不一致。

"另外，女性下腹部存在手术痕迹，应为剖腹产所致。瘢痕形成已经超过两年。"

屏幕上显示出白皙皮肤上宛如蚯蚓的瘢痕特写。

目前身份不明的被害女性，至少生过一个孩子。

瘢痕位于肚脐下方几厘米，纵向延伸。是纵向剖切。

剖腹产分为纵向剖切和横向剖切。纵切更容易开腹取出婴儿，也能灵活应对突发情况。只不过，这种切法会留下很明显的伤痕。反过来，横向剖切的手术难度高，时间长，但是瘢痕可以隐藏在阴毛中，比较不显眼。

跟我一样——

绫乃也是通过纵切生下了女儿。她隐隐感到下腹部传来了刺痒。

剖腹产并非绫乃的选择。她为了自然分娩，最初没有选择住院，而是请助产士上门帮助分娩。可是因为难产，她还是被送到医院做了剖腹产手术。原则上说，紧急手术都是纵向剖切。

现在想想，在那一刻，一切都已经注定了。对女儿，不，对成为母亲这件事。为什么没能正常生下来呢？

丑陋的红色瘢痕就像罪孽的烙印，让她恨不得重新分娩一次。不，真正的罪孽可能是她这种想法。

被害女性选择了什么，又无法选择什么？她生下的孩子，如今在什么地方——

绫乃目不转睛地凝视着屏幕上的瘢痕特写。

照片再次切换，映出了宛如人偶般惨白的死者面孔。

"从外观判断，两名被害者年龄都在二十岁到三十岁之间。目前本厅正在根据遗体制作CG照片，预计天亮前可以完成。汇报完毕。"

IT技术日新月异，现在调查过程中依旧会用到手绘的肖像画，但是根据遗体再现被害者面容时，大多会使用CG。而且，

CG画质逐年上升，现在乍一看已经跟普通照片没有区别了。

"接下来汇报现场遗留物品、被害者服装、随身物品及身份信息。"

管理官点了另一名刑警，让他开始汇报。

一名矮胖的中年刑警站起来，开始汇报。

"是。呃，很遗憾，目前不仅是凶器，现场连疑似属于凶手的遗留物品和指纹都没有发现。"

没有遗留物品的情况非常少见，因此极有可能是凶手刻意没有留下任何痕迹。如此一来，提取到可检验DNA的组织碎片，就是一个极为重要的线索。

"你们干啥呢？""什么都没有发现啊。""去现场睡大觉了吗？"

前方座位开始起哄。那应该是被派去周边问询的机搜队员。

中年刑警清了清嗓子，不理睬起哄的人，继续说道：

"接下来是被害者的服装和随身物品。男性被害者身穿黑色长袖T恤，灰色工装裤，两者皆为优衣库的量产商品。工装裤口袋里装有一张一千日元钞票，三枚一百日元硬币，两枚十日元硬币，三枚一日元硬币，共计一千三百二十三日元现金。除此之外，没有随身物品。不过，目前已经根据指纹查明了男性被害者身份。"

中年刑警停下来，又清了清嗓子，接着加重了语气。

"男性名叫正田大贵，出生于昭和六十二年，现年三十一岁，原籍富山县富山市。未成年时曾被警方批评教育，因此地方警察采集了他的指纹。除此之外，没有刑事案件记录。目前正在查证此人的详细履历。"

地方警察，那就是富山的警察了吧。哪怕是未成年时因为批评教育采集的指纹，也会半永久性地保存在数据库中。

"呃，接着是女性的服装。上身是带有花边的宽松长袖……

衬衫？品牌是G－R－L？嗯……下身是裙子一样的宽松……裤装？品牌不明。"

一讲到女性的服装，他就开始磕巴。绫乃忍不住苦笑起来。

其实就是泡泡袖上衣和裙裤。GRL应该读作"格蕾尔"，那是年轻女孩子很喜欢的热门网购快消品牌——绫乃内心纠正道。

"女性被害者没有随身物品，指纹也查不出身份。这个年纪的男女身上既没有手机也没有钱包，显得很蹊跷。推测是出于某种情况没有带在身上，或是被凶手拿走了。"

中年刑警汇报完毕，重新坐下。

管理官又点了一名刑警。这人很眼熟，是刚才在D小区集会场所对管理员五条做问询的机搜队员。

他汇报了五条描述的尸体发现情况，以及同时进行的其他问询结果。

初次问询调查往往能得到凶手的目击情报，但这次好像没有。D小区入住率低，又都是老年人，很少有人关注外面的情况。加之案发好几天后才被发现，又不知道准确的案发时间，问询时也只能含糊地问一句："最近你有没有见到可疑人员？"

"两名被害者都不是小区居民。另外，目前尚未发现两名被害者及可疑人员的目击情报。"

"什么尚未发现啊？""到底有没有好好找？""你们才是在路上睡大觉吧。"

前排又一次怨声载道，想必是负责现场调查的搜查一课成员。

一轮汇报结束后，管理官宣布了明天开始的调查方向，接着进行了分班。绫乃这些辖区警署的调查人员都被分到了本厅各个班组里。

绫乃被分到了井上班，她很熟悉班长井上。此人在绫乃结婚前就隶属于本厅一课,是个资格很老的刑警。她还是新人时,曾受过他不少照顾,复职后也跟他一起查过案子。

"井上先生,好久不见。"

绫乃上去打了声招呼,井上马上露出了慈祥的笑容。

"是好久不见啦。我这有个年轻人,请奥贯女士一定要跟他组队。"

各班成员两两组队,这就是调查的最小单位。

井上朝下属喊了一声:"藤崎。"

"是。"一名刑警应了一声,朝他们走过来。那是个女性。

井上为她俩做了介绍。

"这是我们这儿的实力新人,藤崎小姐。这位是樱丘警署的奥贯女士,以前在一课待过,是你的远房前辈。"

"你好,我叫藤崎司。"

小年轻报上名号,朝他们行了个礼。她比绫乃和井上都高出一头。

她身高一米七几,可能接近一米八。五官中性,与超短发的发型很相称。年龄大概三十岁。

"我叫奥贯绫乃。"

她也行了个礼,然后回过神来。

藤崎司这个名字好像在哪儿听过,那张脸也似曾相识。她看向井上,对方露出了坏笑。

"你还记得吧?这就是藤崎班长的女儿。"

啊——她忍不住叫出声来。

藤崎文吾。绫乃还在一课时,他是一课的刑警班长。虽然绫乃不在他的班,两人并非上下级关系,但共同调查过几个案子。她记得藤崎班长确实有个女儿,名字叫小司。没想到她也当了警察，而且是刑警。

她忍不住仔细打量这个年轻人。

"以前我得到过你父亲不少关照……"记忆猛然复苏，"啊，我们应该见过一次，你还记得吗？"

司愣了一下，然后点点头。

"是的，好像是奥多摩警署吧？"

"没错，你那时还在上高中？"

"高一。"

"是嘛，原来那个小姑娘就是你啊。看来我也年纪大了。"绫乃苦笑着说。

曾经，这个年轻人专程跑到设在奥多摩警署的调查本部给父亲送过换洗衣物。当时绫乃正好在场，便代为收下了。

可能因为当时的小姑娘长大了，又剪短了头发，现在给人的印象更精神。怎么说呢？更帅气，不对，更英俊了。

"我只是个派不上什么用场的老阿姨，但你也别客气。"

本厅和辖区警署的调查人员组队时，原则上由更专长于案件调查的本厅刑警负责主导。

"怎么能这样说呢？是我该请您多指教才对。"

由于她比小司大了一整轮，被领队用敬语也是无可避免的事情。

"你父亲还好吗？"

她漫不经心地问了一句。按照年龄推算，藤崎应该已经退休了。

"不知道呢。我听说他在清洁公司找了新工作，后来一直没联系，应该还好吧。"

"清洁公司……警卫部门？"

藤崎在一课当到了班长，本厅应该会给他安排重新就业的岗位。通常都会在希望跟警察搞好关系的普通企业和金融机构的警卫部门找个空缺。

"不,就是普通清洁工作,在写字楼里拖地什么的。"

这就有点意外了。

那不像退休刑警再就业的工作。难道最近连这种工作都会安排了?

小司可能察觉到她有疑问,马上补充道:"哦,我父亲退休前就离职了,所以现在这份工作是他自己找的。"

"啊,离职了?"她忍不住反问道。

"是的,在我上大学的时候。其实那段时间他还跟母亲离婚了。后来我就没跟他在一起生活。"

"原来是这样啊。"

藤崎不仅离开了警察队伍,还离婚了吗……

他是别班班长,跟绫乃没有太多交集。原因自然无从得知。

你父亲为什么——她险些要问藤崎辞职和离婚的原因,但勉强忍住了。

一见面就问这个不太好。

这份工作的坏影响,可能就是让她能毫无顾忌地提出失礼的问题。

啊,就是那个案子——

她猛然醒悟。

他们当时正在调查的杀人案,那就是刚才她隐约记得使用了相同作案手法的案子。

那是大约十五年前发生在平成十五年圣诞节,并且在一年后得到解决的,俗称青梅案的灭口惨案。

那是绫乃在搜查一课最后参与的案子。

致 Blue

平成十五年十二月二十五日，深夜。

Blue 逃离了青梅案现场——千濑町的篠原家。

他没受过正常教育，自然不知道少年法的规定，也想不到自己其实是被保护的对象。

他背着唯一的行李书包，顺着多摩川河岸往下游逃走。

如上文所述，Blue 留有在雪中逃跑的记忆，但这天夜里，青梅地区没有降雪记录。尽管如此，当时气温还是降到了三度以下，不管下没下雪，Blue 一定都很冷。

他已经筋疲力尽，走起路来摇摇晃晃，可他还是坚持向前走，渐渐看到了灯光。那是距离篠原家直线距离三公里，青梅市民球馆旁边的电话亭。

Blue 就像扑火的飞蛾，跌跌撞撞地跑了进去。随后，他不知自己该何去何从，几乎是下意识地翻起了背包。

就在那时，他发现背包口袋深处夹着一个小小的护身符。

时间回到两年前，他在当时居住的东京公寓楼下，从一个女人手上得到了这东西。杏美。那是曾经一起生活在"户田河畔花园"一二〇一的女人。

Blue 小时候虽然和她很亲，可是后来她突然出现，让他忍不住感到困惑，并提高了警惕。收下护身符后，他也只是往背包里一塞，就没再关心过。不久之后，他们就离开东京搬到浜松，在接下来的生活里，他完全忘记了护身符的存在。

他记得杏美好像对他说过，遇到困难了就打开护身符。

Blue带着抓住最后一根稻草的心情，打开了护身符。里面放着一张折成小块的一万日元钞票，还有一枚百元硬币。

钱——他这时才意识到，自己身无分文。身上有点钱应该是好事，尽管他不知道现在这种情况，钱能有什么用。

为什么护身符里装着一万零一百日元？他觉得多出的零头有点奇怪，但无暇细想，且将那些钱塞进了口袋。

就在那时，他发现钞票一角写着一串090开头的十一位数字。那显然是电话号码。

哦，难怪护身符里还有零钱——

如此看来，他跑进电话亭，似乎是命运的安排。

Blue拨通了那个号码。

Blue，我在你眼中究竟是什么样子？

很遗憾，我几乎不记得Blue了。

我所知道的Blue的故事，大多来自两个人的陈述。

有人从Blue那里听来故事，又讲给了我听。我心中的Blue，就是靠道听途说编织起来的。

其中一个人，是长年收留Blue的女性，桦岛香织。

她曾经在涩谷的小巷里开过一家首饰店，后来又搞起了私贷和掮客事业，是个女企业家。有些人称其为"魔女"。

——我当然不会魔法。管我叫魔女的人，恐怕是患了认知失调的毛病。

人在面对认知的矛盾时，为了消除不适，会改变自己的行动，或是编造解释。狐狸吃不到葡萄就说葡萄酸，便是一种典型案例。

一定是很多男人不相信像我这种平凡的女人能爬得这么高，所以才给我起那种外号，让自己心里好受些。

我去找她时，桦岛香织笑着对我说。

她有一种独特的沙哑声线，仿佛能带动周围的空气与之共振。

平成结束后，又过了很长时间，她已经是踏入初老的年龄。小小的五官，与年龄相符的皱纹，的确跟声音不一样，显得非常平凡。她身上的灰白色调服装虽然合身，但也并不惹眼，乍一看就像随处可见的普通家庭主妇。

可是，她把杀了人的Blue藏匿了整整十五年，这是不可动摇的事实。

桦岛香织这样讲述她帮助Blue的过程：

——记得当时是凌晨两点左右，因此准确来说，是十二月二十六日。由于是公共电话的号码，当我听见话筒里传出"帮帮我"的声音时，霎时间以为是恶作剧，所以没有回答，准备直接挂断。可是紧接着，对方又喊了一声"杏美姐姐"。知道我名字的人不多，同时知道我手机号码的人，就只有一个了。

我想起两年前送出去的护身符，便问了一声："是Blue吗？"

在一万元钞票上写下电话号码塞进护身符里，只是一时心血来潮。当时我想，如果他真的打电话过来，我至少能当他的倾诉对象。

可是两年来杳无音信，我没想到他现在还会打电话来，我甚至忘了护身符的事情。

那孩子说话前言不搭后语，但我还是在话费用完之前打听出了大概地点，于是开车去接他。不久之后，我在那个电话亭里找到了冻得几乎不省人事的Blue，把他带回当时住的地方，给他吃了顿饭。

大概是第二天，报纸和电视开始报道青梅案。

我吓了一跳。

那孩子虽然没告诉我发生了什么，但我已经有所猜测。

我的确可以把他交给警察，那样恐怕最不麻烦。

可是我又想，这说不定是个机会。因为那孩子当时好像还是吃不下青椒。

"青椒？"

我听到突然出现的菜名，不明就里地反问了一句。

桦岛香织只是笑着点了点头。

——没错，我们一起住在荒川边上的公寓时，那孩子就吃不了青椒。不是因为过敏，只是单纯挑食。我暗自定了目标，一定要让他吃下去。可是那个目标到最后都没有实现。于是我当时就想，机会再次来临了。这次我一定要让他吃下青椒。所以，我决定收留那孩子。

后来花了好几年，他终于能吃青椒了。等到他长大，甚至喜欢上了青椒。

不过……我也骄傲不起来啊。毕竟最后变成了那个样子。

何况我也没发现，有人查到Blue在我这里了。

说完，桦岛香织并没有露出悲伤的表情，而是一脸寂寞的笑容。

桦岛香织应该没有说谎。可是，她也没有把所有事情都说出来。

我想，她应该想要一个家人。

我从未见过他们两人在一起的样子，也不知道他们的生活细节，因此无法断言。不过，一起生活了十五年，就算他们没有血缘关系，那也应该称作家人。既像姐弟，又像母子。

得知青梅案最终以嫌疑人死亡的形式送检后，桦岛香织离开涩谷，在横滨开了新公司。为了保险起见，她用自己从债务人那里买来的名义注册公司，并且很注意不让自己的名字出现在台面上。

另外，桦岛香织还给Blue报了通信讲座，让他接受了最基本的教育。Blue没有户籍，但也没有被通缉，只要有她的庇护，就能混入市井，以一个普通青年的身份过上社会生活。

平成中期到后期，对于经营私贷的桦岛香织来说，最大的变化就是法规的阶段性修订，灰色利息被彻底打为非法。如此一来，她再指定超过利息法上限的利息，就有可能被要求退款，因此私贷业务的油水也寡淡了许多。

于是，桦岛香织开展了新业务。

那就是给外国人和有特殊情况的人介绍工作和住处的中介生意。

正如桦岛香织当年开首饰店和搞私贷时一样，这一次，她再次发挥了抓住时势的才能。

平成后半期，漫长的经济不景气导致雇佣关系不稳定，这类需求应运而生。

Blue在长到能吃青椒的年龄后，也开始帮桦岛香织打理生意。

奥贯绫乃

调查第二天。

四名调查人员驾驶一辆轿车，行驶在黄昏的住宅区。

负责驾车的人是樱丘警署的梅田，副驾坐着班长井上。绫乃和小司坐在后排。

倒霉的是，整个樱丘警署最难搞，应该说她最讨厌的同事，竟跟井上组了一队。绫乃又是井上班的人，不得已只能与之共同行动。

"我说藤崎选手，听说你老爸也是一课的刑警？"

梅田看着前方，对小司搭讪道。

"是的。"

小司丝毫没有表现出讨厌那个奇怪称呼的样子，这样回答道。

"那可是出了名能干的班长。"

井上在旁边插嘴道。

"哦，原来是这样啊。"

梅田感慨了一句，接着嘿嘿笑了起来。绫乃顿时气不打一处来。

与绫乃的内心相反，窗外的夕阳把天空染成了一片紫色，美得令人窒息。

"听说你那能干的父亲辞职了,这又是咋回事啊?"

梅田毫不顾忌地张口就问了很敏感的事情。

狗男人!

绫乃当然也很好奇,只是觉得刚刚组队,实在不好意思问,而他却……

绫乃正生着闷气,小司却爽快地回答了。

"我也不知道啊,父亲什么都不说。不过我能加入警视厅,应该证明他们之间没闹什么矛盾吧。"

应该是的。如果因为犯错误而辞职,就算没有闹到明面上,警视厅也不会录用他的女儿。

"井上先生知道为什么吗?"

梅田一边转方向盘,一边把话题抛给井上。

"我也不知道。"

"是吗……"

车子驶入了两侧开满饭店和商店的道路。

麻辣烫、四川、上海的字样格外醒目。这里的中华料理店和中华杂货店特别多。招牌上还有很多日本普遍不使用,也不知如何发音的汉字。

"这一带也变了不少啊。"梅田惋惜地说。

"本来只是听说,看来这里真的变成中国城了。"井上望着窗外感叹道。

"以前我也在这儿受过不少照顾啊。藤崎选手,你知道这里以前是什么地方吗?"

绫乃敏锐地听出了梅田那种恶心的黏稠腔调。

"梅田先生,那是性骚扰。"她冷冷地警告。

"啊,我只是考考她作为警官的常识嘛。"

梅田一点都不尴尬，还嘿嘿笑了起来。接着，小司便淡淡地回答道："我知道啊，这里曾经是非法风俗店的巢穴，对吧？梅田先生说受过不少照顾，莫非是经常光顾这里？我记得您有妻子吧？而且，您身为警官，竟然在同行的地盘进行非法活动吗？"

"啊？呃，不是，我说的受照顾，那是单身的时候嘛。哈哈，嗯……那啥，城市被净化了，真不错。"

梅田十分狼狈，开始前言不搭后语。

挺能干啊。

她转过头，小司微微勾起嘴角，耸了耸肩。她的侧脸坚定而凌厉。看来这个年轻的小队长不仅英俊，还很可靠。

这里是警视厅的辖区之外——埼玉县。

车子驶入 JR 西川口站附近的小巷。

曾经，这一带是公然进行卖春的红灯区。正好在绫乃结婚离职那段时间，警方发起了"净化之战"，将所有繁华街区的色情店铺一举取缔。因此，西川口的红灯区全都关门停业了。

正如梅田所说，城市得到了净化。

当地本来想把这里改造成紧贴地域的商店街，但是在经济不景气的浪潮中，风俗店退出后的空铺面一直租不出去，使这里一度成为只能看见卷帘门的空巷。

但是，后来发生了谁也没想到的变化。

铺租越降越低后，中国人开始陆续入驻，开起了自己的店铺。一开始可能是部分眼尖的人发现了这个来往东京交通方便，租金又相对便宜的地方。以此为契机，中国人渐渐聚集到了西川口。

同一个国家的人在异国他乡会扎堆居住，这是全世界共通的现象。只要有了祖国语言和习惯通用的据点，哪怕是初来乍到之人，生活也会变得轻松许多。如此一来，居住在川口市的中国人就像滚雪球一样增加了。现在，位于该市西侧的芝园小区里，超过半数住户都是中国人，西川口车站周边也摇身一变成了中国城。

"不过话说回来，真的多了好多啊。"

梅田嘀咕道。他是太尴尬了要换个话题？还是自言自语？抑或抱怨？

"是啊，多了好多。"

井上接了一句，然后再也没人说话，聊天中断了。

多了很多的，应该是指中国人，或者说外国人。

的确多了很多。

平成元年时，居住在日本的外国人口不足一百万，现在已经逼近三百万。

平成的三十年，是日本出生率不断降低，外国人不断增多的三十年。

平成前半期，日本的门户主要对南美的日裔敞开。进入后半期，接收对象则扩大到以留学生和技能实习生的形式入境的中国人和东南亚人。就算没有劳动签证，他们也是事实上的劳动者。

绫乃小的时候，地处偏远地区的家乡好像从来没有过外国人。至少绫乃没看到过。然而不久之前，她回乡省亲，得知地方农户聘用了很多中国人，不由得大吃一惊。据说由于农户没有后继者，如果不依靠外国人，就无法维持农业。在东京，来自异国的便利店员也早已屡见不鲜。

农户和便利店。乡间和城市。两者象征的两种产业，都进入了没有外国人就无法正常运作的状态。只要少子高龄化的趋势不改变，今后外国人还会不断增加。

车子穿过西川口车站，一路向北行进。很快，他们就从川口市进入埼玉市。经过平成的大合并，浦和、大宫、与野、岩槻四市合并成了这座百万都市。他们要找的工厂，就在埼玉市东侧，旧岩槻市的岩槻区。

"西丘制果"。

陈旧的奶油色方形建筑上，挂着大大的招牌。

D小区被杀害的男性受害者正田大贵，曾经在这里打过零工。

目前连女性受害者的姓名都没有查清，不过关于已知身份的正田，这一天倒是查出了不少东西。

正田在原籍富山县富山市出生长大。其父是当地臭名昭著的小混混，在正田上初中时因犯下伤害罪遭到逮捕。因为这件事，他的父母离婚了。正田初、高中时代都加入了不良学生团伙，因为小偷小摸被警方批评教育过几次。

高中毕业后，他在当地的工务店找到了工作，但不到两年就辞职，后来换了好几份工作，二十岁时去了东京。

调查本部还没派人去富山县，只是打电话询问了一些人。正田的好几个当地朋友都说："他跟父亲很像，是个半吊子的不良少年。"

正田去东京的时间，是平成二十年。

那年九月，美国投行雷曼兄弟破产，由此引发的金融危机跨越国界，导致了全球性的经济不景气。这就是所谓雷曼事件。

在此之前，因为日本派遣业的规制有所缓和，国内非正式雇佣的比例已经有所增加。众多企业以业绩下滑为理由停止招聘，使得就业情况趋于不稳定。

这种时代背景可能并非全部的理由，总之，正田到东京之后，并没有进入企业成为正式职员的记录，似乎都是靠打零工和日薪派遣工作维生。

这个"西丘制果"就是他们查到的工作地点之一。平成二十六年夏天到平成二十八年元月，他在这里工作了大约一年半。三年零四个月前，他辞去了这里的工作，当时应该是二十八岁。

他们把车开进停车场，四人一起走进工厂。

入口摆放着展示柜，展示这里的生产样品。

那些包装很眼熟，是某大型连锁便利店的自有品牌烤点心。绫乃也时常买来吃。但她没听说过"西丘制果"这个企业，也不知道那种点心是在这里生产的。

井上说明来意后，经营者西丘从里屋走了出来。此人头发花白，看上去五十几岁，是继承了父亲公司的第二代经营者。

"社长，感谢您的配合。"

井上低头行礼。西丘也连忙低下头说："不不不，辛苦几位大老远赶过来了。"接着，他用夹杂着不安和好奇的表情，看向一行人。

"请问，正田君出什么事了？"

"是的，他有可能被卷进了一个案子。我们这次来，是想问问他之前在这里工作的情况。"

井上含糊地回答。

媒体今早已经报道了案子，但他们还没对外公开被害者的照片和身份资料。

目前，他们正通过富山县警察局安排正田的母亲到东京来。在亲属完成当面确认，或是通过DNA鉴定，证实确凿无误之前，警方要尽量压住正田大贵遇害的消息。

就像大多数企业经营者那样，西丘十分配合警方的工作。他不做多余的打听，立刻召集了当时跟正田一起工作过的员工，还表示如果有必要，他可以提供已离职人员的联系方式。但是，这座工厂有四成员工都是中国留学生，其中不少已经回国，很难取得联系。

"日本的年轻人啊，很多都是稍微提醒几句就生气辞职，正田君也是这样。相比之下，留学生虽然不是永远待在日本，但他们在这里的时候，好多孩子都特别认真地工作，帮了我不少忙。"

西丘这样说道。看来，这座工厂也是没了外国人就维持不下去的地方之一。而且也可以猜测，正田走得很不负责任。

井上／梅田小队借用了工厂的会客室，司／绫乃小队则请人在仓库角落摆上了桌椅，分头展开调查问询。

绫乃她们第一个接触的人，是名叫苏桐的中国留学生。他五年前来到日本，居住地果然是川口。目前在东京上大学，正田在厂里工作时，他还在上日语学校。不愧是在日本生活了五年的人，他日语很好，说话足够清楚。由于警方没时间调配翻译，绫乃两人都暗自松了口气。

负责提问的是小队长司。她首先询问了正田当年的情况，以及他给人留下的印象。苏的回答都是"啊，嗯，普普通通"。总有点不太干脆的感觉。

"你有什么不太好说的话吗？我们在这里问到的话，绝不会透露给社长和其他员工。请把你所知道的正田大贵先生的情况，全都告诉我们。"

司劝说道。她们就是为了这个，才专门找了两个封闭的场所展开工作。

苏想了想，似乎做出了决定，然后开口道："正田先生对中国人很不好。"

"具体怎么不好？"

"他会嘲笑日语不好的人，把检品失误推给我们，还总说我们要侵占日本……还有，休息时间，一些人在休息区睡觉，他还往他们额头上写'中'字。"

搞什么鬼，他还是小学生吗？绫乃不禁想。

"不过，他心情好的时候也会请我们喝饮料。而且也有其他人不喜欢中国人。"

苏可能比较善良，还帮他说了句好话。

正田对中国同事恶语相向或是找麻烦时，其他日本同事并没有出来阻止。尽管身在同一个工厂，日本人和中国人似乎不怎么交流。不过，中国员工早就注意到，有几个日本员工瞧不起他们，甚至讨厌他们。

"当时小文，啊，就是那个被写了'中'字的人，他很生气，跟正田先生吵起来了。社长了解情况后，把正田先生训了一顿，他就辞职了。"

这就是西丘刚才提到的辞职的原因。苏和正田没有私下来往，不知道他辞职后的情况。

第二个走进来的人，是一个三十几岁，姓杉中的日本员工。他也提到了正田对中国员工不好，跟文吵架后辞职的事情。

不过杉中还说，"我觉得不应该歧视外国人""我以前委婉地提醒过他"，这部分跟苏的说法有点出入，但她们没有追问。

"正田君都要结婚了，没想到会在那个节骨眼上辞职……"

问到正田辞职的事情时，杉中这样说道。这是苏没提到的情况。

"他说他要结婚了吗？"

小司的声音带着一丝惊讶。因为此前确认过户籍，正田没有婚史。

杉中点点头。

"嗯，是的。我也不太清楚，好像是让女朋友怀上了。正田君以前经常迟到，我觉得他是个挺随便的人，不过辞职之前那段时间，他的工作态度认真了很多，所以我觉得是有了家人之后，他也回心转意了。没想到，他后来竟辞职了，真的很可惜。"

关于正田的恋人，第三个走进来的久保田知道更详细的情况。

久保田现年二十七岁，没有正式工作，比正田晚来半年。"正田先生总是用前辈的态度对我，所以我不太喜欢他。"虽说如此，他们下班后也会喝喝小酒，休息日唱唱卡拉OK，走得还算比较近。

"正田先生的确有女朋友，是在Twice上认识的。"

Twice是一个社交软件。

以前，线上约会只能去论坛形式的约会网站。智能手机普及后，线上约会转而以社交网络和应用为主流。

Twice虽然没有推特和脸书那样主流，但用户主要集中在日本年轻一代，发表的文字和照片会出现在关注者的时间线上。还可以单独跟用户进行私聊交流。

久保田说，正田的恋人名叫"亚子"，不清楚是真名还是网名。两人在四年前，也就是平成二十七年元月相识，很快心意相通，开始交往。

"怎么说呢，他们很恩爱。每次提起女朋友，他的心情都特别好。然后，呃……他们没避孕……做了……结果怀了。"

久保田对着两名女性，说这话时有点尴尬。小司并不介意，继续询问。

"然后他就说要结婚？"

"嗯，倒是没说要结婚，只说了要负责任。"

"那也是平成二十七年的事情吧。大概什么时候？"

"他提起怀孕的事情，应该是夏天了。"

跟正田一同遇害的女性至少生过一个孩子。她极有可能就是"亚子"。

"你见过那位亚子小姐吗？"

"一次都没见过。"

"那看过照片吗？"

"也没……啊，好像看过一次。不过不是照片，是大头贴。"

小司朝她使了个眼色。绫乃拿出今早调查本部分发的CG照片递给了她。她把照片拿给久保田看。如果不说是CG，一般人会误以为那是真的照片。

"跟这个人长得像吗？"

久保田盯着照片看了一会儿，然后歪过头。

"好像有点像，又好像……我也不清楚。"

他只在三年多前看过一张小小的大头贴，也难怪会有这种反应。

久保田对正田恋人的了解只有这些。不过问话过程中，她们又掌握了有可能成为线索的新信息。

"我在Twice上跟正田先生互关了。"

久保田拿出手机，给她们看了正田的账号。

他给自己起的网名是"Daiking"。

尽管正田已经死亡，他的账号却没有注销，一直活在网络上。关注人数423，粉丝数73。资料栏里写着"宽松世代／永久派遣村／支持A政权／柏青渣／有暖炉P"。

"宽松世代"就是接受宽松教育的一代人。正田出生于昭和六十二年，属于最早那批。

"永久派遣村"应该来自正田去东京那年年末，几个NPO组织为当时急剧增加的居住不稳定的派遣劳动者，在日比谷公园搭建的"过年派遣村"。应该是指自己一直从事非正式雇佣的工作。

"支持Ａ政权"应该是字面意思，支持目前Ａ总理的政权。

"柏青渣"是柏青哥＋渣，指柏青哥爱好者。

唯独最后的"有暖炉Ｐ"意义不明。有人把使用雅马哈音声合成软件Vocaloid创作曲子发表在网上的人称作Ｐ（制作人，Producer），他可能在用暖炉Ｐ的网名从事作曲活动。

账号最新的发言是四月二日的"神ＴＭ麻烦ｗｗｗ"，至于到底什么东西这么麻烦，就不得而知了。

其后，绫乃她们又问了三个人，合计六人，然后跟询问了西丘等五人的井上小队共享信息。

每个员工，尤其是日本人与中国人之间，都存在着细微的描述差异，但是基本确认了正田辞职的原因，以及他疑似让恋人怀孕的事情。

遗憾的是，没有人见过正田的恋人亚子，也没有人知道正田辞职后去了什么地方。

"知道Twice账号已经算一大进步了，对吧？"

回程由小司开车，她用只有旁边的绫乃能听见的声音问了一句。这次他们换了座位，井上和梅田坐在后面。

社交软件是个人信息的宝库。只要详细调查正田的账号，应该能掌握一些线索。

"是啊。"

绫乃应了一声，与此同时，背后响起了鼾声。看来是梅田睡着了。

绫乃带着几分杀意看向后座,发现不仅是梅田,连井上也开始打瞌睡。

"两位都睡着了?"

"是的。"

"奥贯姐,你也睡吧。我完全没问题。"小司看着前方对她说。

这孩子真是太英俊了,我简直要迷上她了。

绫乃半是打趣,半是认真地想道。

范启莲

平成二十八年四月。

平成结束的三年前,范启莲踏上了日本的土地。那年春天,她二十六岁。

她下了飞机,走在成田国际机场到达大厅的通道上,注意到一块巨大的屏幕。画面上映出满是残垣断壁的城镇光景。

画面下方打出了"熊本地震""49人死亡""1人失踪""约36000人无家可归"的字幕,而阿莲只能看懂上面的数字。不过,离开越南前一天,她得知日本发生大地震的消息。这一定是那件事的新闻。听说日本的地震比越南多得多,几年前也发生过很大的地震,消息一直传到了越南。

家里的母亲很担心,劝她还是不要去日本了。可是,她现在不能改变主意。于是,她只能祈祷接下来要生活三年的岐阜县没有大地震。

二十一岁时,阿莲与同村的青梅竹马结婚,现在已经有了两个孩子,分别是两岁和四岁。尽管如此,她还是把丈夫和孩子留在家乡,只身来到日本。

为了赚钱。

这是一家人商量后的决定。

阿莲嫁的是村里最大户的荔枝农，但他们绝不是豪农或富翁。应该说，现在越南农户都赚不了几个钱。得益于政府在阿莲小时候开始推行的革新开放政策，越南经济的确有了很大发展。可是那些发展只影响到城市地区，众多农村地带则被抛在了后面。

　　这二十年来，村里通了电，可以看电视，生活水平的确有所提高，可是农村跟城市的经济差距越来越大，相比之下人们反而更贫困了。最愁人的是，随着经济成长，全国物价上升，现金收入却很难增加。不仅如此，他们本来就少的收入，又因为一件事情减少了一半。

　　B省种植的荔枝基本都是出口中国，现在因为两国政治关系恶化，中国突然停止了进口。于是，荔枝变得供过于求，导致价格暴跌。

　　本来只够养活孩子的生活变得更加艰苦，而且祸不单行，公公常年罹患的类风湿病突然恶化，亟须治疗。阿莲与丈夫希望供孩子接受高等教育，将来到公司上班。可是照这样下去，他们的目标肯定无法实现。

　　虽说经济有所成长，但越南的公共养老金和福利、教育等政策尚未完善，他们基本上只能靠自己打拼。

　　当阿莲整天为将来发愁时，是叔叔给她找来了去日本的活。准确来说，叔叔给她介绍了相熟的中介。这个叔叔就是以前常常买礼物回家的那个人。他现在六十岁了，依旧在河内蹬三轮。

　　那个中介在找想去日本赚钱的女人，因此劝阿莲出国赚钱，把家里的农活交给丈夫，这样更有效率。

　　要去日本，她首先得在河内的培训学校上半年学，学费和中介费合计两亿盾（约一百万日元）。但是，只要在日本工作三年，不仅能赚回两亿盾，还能给家里寄三亿盾以上的收入。另外，中介还给她说了几个例子，都是女儿出去赚钱，家里人过上富足生活的农户。

三亿盾是阿莲家年收入的十多倍。有了这笔钱，不仅能给公公看病，还能供孩子将来读书。

这太有吸引力了，但是阿莲一开始并不抱希望。因为他们怎么都挤不出二亿盾来，何况最小的孩子还没断奶。她无法扔下两个孩子，独自到国外去。

不过中介没有放弃，最终说服了阿莲。她可以找亲戚东拼西凑借一些钱，不够的部分还可以把地押出去。反正一定能还上，绝对不成问题。孩子可以交给婆婆照顾。如果考虑将来，更应该趁孩子还小，先把钱攒起来。

叔叔说，部分出国打工的中介是拿了钱就跑的骗子，但这个人可以信任。

中介的话很有说服力。阿莲慢慢开始想，的确应该为了家人出国打工赚钱。她跟丈夫、婆婆，还有娘家的父母商量过后，做出了决定。

包括上培训学校在内的三年半时间，她无法见到丈夫和孩子。虽然很舍不得，但这一切都是为了家人。不，可能并非一切都为了家人。阿莲心里还有一丝窃喜，自己终于能去憧憬已久的日本看看了。

那是亚洲最富有的国家之一。东京街头的繁华远远超过河内和胡志明，京都寺院有着沉静美丽的意境，那里还有堪称梦之国度的东京迪士尼。阿莲虽然连B省都没出过，但在电视上已经见识了日本的繁华。

阿莲挨个找亲戚借了钱，还把荔枝地抵押出去，总算凑齐了两亿盾，交给中介商。她在全寄宿制的培训学校学习了半年之后，终于踏上了日本的土地。

一个女人举着写有越南语"欢迎范启莲"的纸牌站在到达大厅，那就是负责日本中介的监理组织职员。她本人是入了日本国籍的越南人。

阿莲利用了外国人技能实习生制度在日本工作，她首先要被监理组织接纳，再派遣到实际工作的企业去。

外国人技能实习制度表面上是让发展中国家的人才在日本实习，掌握知识和技术后为祖国效力的制度，为此发行的签证也不是劳务签证。然而，通过这个制度到日本工作的外国人，无一例外和阿莲一样都是为了赚钱，大多数人还为此背负了债务。日本企业明知这点，还是会为了解决人手不足问题聘用他们。

她跟着职员乘上电车，前往岐阜县的监理组织办公室。途中，职员反复提醒她："要努力工作，同时也要不断学习日语。还有，一定要坚持遵守 5S。"

基本上，所有越南的技能实习生在进入培训学校前都没有接触过日语。而且若不是特别有天赋的人，短短半年时间很难掌握日语。顶多能学会平假名、片假名，还有一些简单的问候。阿莲也一样，所以她也认为，自己应该继续学习日语。

所谓 5S，就是整理、整顿、清扫、清洁、素养。越南很多劳动者都懒惰随便，而现代化的日本职场则特别注重这些。特别是第五个"素养"（指的是懂礼貌，守规则）最为重要，连培训学校也说，就算无法掌握日语，也一定要学会这个。

阿莲在办公室办完手续，职员再次提醒她："你一定要听老板的吩咐，工作要勤快，千万不能偷懒甚至旷工，否则我们马上把你送回越南去。"

技能实习生不能跳槽。按照原则，他们必须在同一个地方连续工作到三年期满。如果因为不喜欢自己被分配的工作岗位而逃离，就会被强制遣返。

培训学校每天都会组织他们用日语齐声朗诵："我绝对不逃跑。"

就算不说，阿莲也丝毫不打算逃跑。因为她为了来日本已经欠下一屁股债，要是被强制遣返，绝对一辈子都还不上。

阿莲被分配到了一家裁缝工厂，名叫"龟崎缝纫"。工厂位于岐阜县南侧略微靠东的可儿市郊外，周围都是农田。

裁缝工作是一开始就定下来的。阿莲小时候经常帮祖母和母亲做刺绣，但是在厂里，却是用缝纫机缝合布料。培训学校也教了基本的缝纫机使用方法。

"龟崎缝纫"的老板是个粗眉毛的大光头，年龄大概五十岁，名叫龟崎。厂里的日本人就只有龟崎社长，还有一个做财务的女临时工。工人全都是女性，而且是外国技能实习生。

厂里共有二十名工人，中国人和越南人各占一半。跟阿莲同时期的新人共有四人，其中三个是越南人，一个是中国人。

"各位远道而来，真是辛苦了。日本很富裕，这里的人也很善良，是个很好的国家。你们能在日本工作是一件很幸福的事情。对我来说，你们都像女儿一样，所以你们也把我当成父亲吧。可以管我叫'老爹'。大家要好好干哦。"

社长先用日语说了一遍，又用磕磕巴巴的越南话说了一遍。

"日本，好地方。你们，就像，女儿一样。把我，当，父亲。叫我，'老爹'。"

他把想说的都表达出来了。

接着，社长貌似又用中文重复了一遍。然后他让所有人一起喊他"老爹"。

大家不太会发音，纷纷喊成了"老嗲"。可是社长并不在意，还露出了灿烂的笑容。

社长说："没错没错，就是老嗲。大家都好可爱啊。"

这个社长虽然长得有点吓人，但一定是个好人——

阿莲这样想。

奥贯绫乃

调查第四日上午。

轿车沿着丸子桥穿过多摩川,从东京驶入神奈川,或者说,从大田区驶入了川崎市。

小司负责开车,绫乃坐在副驾驶。今天另外一队人没有共同行动,只有她们两人。

"我说啊。"

"嗯?"

"你为什么想当警察?"绫乃问出了一直想知道的问题。

"啊?"

"藤崎先生——你父亲不是闭口不谈辞职的原因,还跟你母亲离婚了吗?"

"哦,是啊……我小时候甚至不喜欢父亲当刑警。因为他整天不回家,我也不记得他给我过过生日或圣诞节。他跟我母亲离婚的原因好像是一年到头都把家里的事情扔给母亲。我当时不太清楚,后来才知道他们一直在商量离婚,等到我考上大学了,才真正办手续。"

"原来是这样啊。"

警察忽略家庭,这种事的确很常见。藤崎虽然是优秀的班长，但或许算不上称职的家人吧。

"不过我并不记恨父亲。"

"是吗？"

"嗯，可能因为从小关系就很淡薄吧。提出离婚的确很像母亲的性格，我反倒很感谢父亲如此干脆就放手了。"

真是太干脆了。

她觉得很好吗？

那孩子……我女儿长大后，会不会这样想呢？恐怕没多大希望。

"母亲听说我要当警察，当然是强烈反对，但我还是选择了自己的憧憬。"

"憧憬？你父亲吗？"

"啊，不是。我憧憬的是……跳跃。"

司的声音突然变小了。

"跳跃？"

"嗯，就是《跳跃大搜查线》……"

"啊，你说那个《跳跃》啊。哦，原来你是憧憬那个……"

《跳跃大搜查线》是平成最具代表性的刑侦电视剧之一。该剧平成九年开播，其后又推出了不少特别篇和电影，其影响已经波及真实的警界。平成一〇年代以后，众多立志成为警察的人都举出了这部电视剧作为理由。小司也是受到《跳跃》影响最深的那一代人。

"我特别喜欢那部电视剧。它的故事很有意思，青岛俊作和恩田堇不谈恋爱这点也特别好。"

青岛俊作和恩田堇是《跳跃》的男女主人公。如果是早期的偶像剧，两人最后肯定会谈恋爱，不过在《跳跃》这部剧集里，他们只保持了工作伙伴的关系。绫乃倒是觉得那样有点不太过瘾，不过看来小司很喜欢。

"原来是这样啊。"

"真不好意思，有点俗套了。"此时，绫乃突然回过神来。

"啊，莫非你给你父亲送换洗衣服，是因为对警察好奇？"

"是的。当时我刚看了电影第二部的DVD，很想知道真正的调查本部长什么样……"

青梅案发生的平成十五年，正好是《跳跃大搜查线》电影版第二部公映并获得空前好评的年份。他们对案子展开调查的平成十六年，那部电影的DVD也发售了。

她记得，当时藤崎听说女儿亲自来送换洗衣服，还表现出了很惊讶的样子。原来真相是这样啊。

她往旁边一看，只见小司的侧颜依旧线条凌厉，耳朵却有点发红。莫非她害羞了？

绫乃会心一笑。

她发现英俊的小队长还有如此新鲜的一面，心里有点得意。

"你父亲知道你当警察的事情吗？"

"嗯，我被录用后打电话告诉他了。"

"他说什么？"

"他很惊讶，还说'这份工作有很多不讲道理的地方'。"

"哦，不过那也是事实。"

"其实我也想知道父亲为什么辞职。可是现在发现，辞去这份工作的理由简直太多了。"司的声音里混着一点苦笑。

绫乃也有同感。她离职时曾经体会过无比畅快的解脱感，尽管后来又复职了。

"那个，我也可以问个问题吗？"

"请吧。"

"奥贯姐为什么要当警察?"

"我?我是被高中柔道部的前辈邀请过去的……还有,当时我很想去东京。"

正确来说,她很想离开父母家。

听小司的话,她并不记恨藤崎。藤崎或许忽视了家人,但应该没有做过会被女儿记恨的事情。在这一点上,绫乃和她父亲的关系可谓恶劣。

绫乃父亲在一个农田比楼房更多的乡下小镇当信用社分社长,母亲是家庭主妇。

父亲作为一家之主,他说的话就是家法,而且对孩子格外严格。可以说,绫乃的家庭就是典型的老式父权结构。

她从小就要看父亲的脸色做事,整天提心吊胆。

进入青春期,她亲眼看到父亲带着一个年轻女人走在市区路上。原来,父亲在外面有了情人,而且母亲好像还默认了这件事。

父亲自己行为肮脏,却总是高高在上地对她说教。母亲在父亲面前屁都不敢放一个,却动辄训斥绫乃。她对这两个人都无比厌恶,每天都想着尽快离开这个家。所以,她决心当警察后,也没有选择地方县警,而是敲开了东京警视厅的大门。

她并没有跟父母完全断绝联系,婚后还保持了一定交流。

不知不觉,她的父母也温和了许多,父亲甚至跟情人断了关系。绫乃自己也在东京有了一段不足为外人道的关系,再也无法单方面厌恶父母的行为。

对绫乃的女儿来说,他们应该是温柔慈祥的外公外婆。可是绫乃离婚时,父亲痛斥她"丢人现眼",母亲则哭着说:"都怪你,我再也见不到外孙女了。"就这样,她与父母的关系再次陷入僵局。就算偶尔回家,双方也几乎没有交流。

绫乃想,就算她喜欢上了一部以信用社为舞台的电视剧,恐怕也不会选择跟父亲一样的职业。另外,她也从来没想过理解父母。

那孩子一定也不想选择跟我一样的职业吧——

她忍不住想起了女儿。

"我把车停在那里吧。"

小司看着导航转动方向盘。以刚才的丸子桥为界,这条路在东京那边叫中原街道,在神奈川则叫纲岛街道。她们的车子开进路边的投币式停车场。

马路对面就是直冲天际的高层公寓楼群。

武藏小杉。这不是地图上的正式地名,而是以川崎市中原区小杉町为中心的这块区域的称呼。

以前,这里给人的印象就是紧邻工业地区,环境比较混乱的闹市区。后来经过大规模二次开发,这里成了具备住宅、商业、福利等城市功能的紧凑新兴城镇。其中心位于武藏小杉站,连接东急线与JR线,交通方便。另外,这里还有很多时髦的咖啡厅和餐厅,经常被女性杂志做成特辑。而且,但凡是首都圈宜居城镇排行,它都榜上有名。

突然,绫乃想到了多摩新城D小区那些墙面开裂的居民楼。新城也是迎合当时人们需求,汇集了城市功能的人造都市,但是在短短四十年之后,就衰退成了这样。这应该叫新陈代谢,还是世事无常?她也不太清楚。不知武藏小杉四十年后会是什么样子。

她们下了车,沿着人行道前进。

途中经过一个公园，门口竖着黄色牌子。

"禁止仇恨言论"。

这块牌子与城镇的氛围显得有些格格不入。

众所周知，川崎市也是排外主义团体经常活动的场所。这些团体主要针对外国人士发表仇恨和排斥演说，有时还会搞示威游行。绫乃看过一些活动视频，团体成员往往直呼"杀了他们""蟑螂臭虫"等仇恨言论，简直不堪入目。只要这种游行能够合法组织，辖区警署就必须随时戒备伤亡事件，结果反倒被反对游行的市民批判"警察在保护仇恨游行"，实在很可怜。

由于全日本相继发生类似的游行，有人说，即使是倾向排外主义的现政权也无法置之不理，于是在平成二十八年实施了仇恨言论消除法案。虽然这是没有实质惩罚的理念法案，但也起到了一定规范作用，游行开始降温。尽管如此，偶尔还是会有人站出来组织这些游行，而持反对态度的市民团体则展开相应的运动阻止其开展。这块牌子应该就是反对派竖立的东西。

"正田会不会参加过仇恨游行啊？"

绫乃只是自言自语，不过小司回应了她。

"不知道呢。关本先生说，他不是那种积极参加政治活动的人。"

关本是本厅网络调查队的成员。她们目前正在分析正田在社交软件"Twice"上的行动和发言。

分析内容显示，正田是"轻度网络右翼"。

从正田对"西丘制果"中国员工的言行也能看出，他具有一定的排外心理。在社交网络上，他也转发或点赞过一些煽动对外国人仇恨的言论。只不过，他转发的多数是被称为"梗"的搞笑段子，涉及政治的占比并不高。而且，正田本人从未发表过原创的政治性发言,也没有关注积极传播排外言论的账号(关本说那是"重度网络右翼")。

——他的政治观点可能没有强烈到主动表达的程度,只停留在看心情转发出现在自己首页上的发言这个阶段。

关本还说,一般在网络上积极发表政治观点的人,都是有一定收入的中老年男性。像正田这种比较年轻的非正式雇佣人员,往往不会主动发表观点,而是更积极分享。

"就是这里。"

她们在一楼开设了不动产中介的写字楼前停了下来。

这里更靠近东急原住吉站,已经几乎离开了武藏小杉区域。

不动产中介旁边就是写字楼入口,有块小小的招牌写着"7F 陌生人网咖"。

那是最顶楼的店铺,而且是最近少见的非连锁网咖。

正田在"Twice"上关注了这家店的公号,还转发过内容。那好像是店铺搞的折扣活动。换言之,正田可能经常光顾这家网咖。

目前,关本所属的网络调查队正在分析正田的账号,从中摘取可能存在的交友关系和行动模式,其他人则分头调查这些人和地方。

她们走进写字楼,穿过短短的走廊,乘坐内部的小电梯前往七楼。

走出电梯后,眼前是一扇大门,上半部分嵌了玻璃,挂着一块牌子:陌生人正在营业,请进。

两人走进去,里面是明显很廉价的冷色系装潢,满满当当地排列着书架和包房隔间。门口是一扇防盗门,左侧是饮料区,右侧是柜台。柜台里面坐着一个貌似穿着制服马甲的年轻男子。他身材过度瘦削,长发及背,束在脑后。

"欢迎光临。"男子细声细气地招呼道。

"你好,我们是警视厅的人。"小司出示了证件。

"啊,哦,嗯。"

"我想问几个问题,请问负责人在这里吗?"

"呃,请等一等。"

他走向身后的房间,喊了声"店长"。

不一会儿,一个扎着丸子头,看似四十几岁的女性走了出来。她化着最近流行的亮色系妆容,鲜红的嘴唇十分惹眼。

"怎么了?"

"那个,警察又来了。"

男人说了"又",莫非这里最近有警察来过?

"啊,你们好,有什么事吗?"

女人隔着柜台,轮流看了看绫乃和小司。

"我们是警视厅的人,请问您是这里的负责人吗?"

小司再次出示证件。

"对,我是店长……嗯?警视厅不是东京的吗?"

"没错。我们正在调查一起发生在东京的案件,想请您配合收集信息。"

"收集信息?"

"我想请您看看,这两个人是否到过店里。"

小司把两位被害者的照片放在柜台上。

只听店长惊呼一声。

"原来你们有那两个人的照片啊。哦,原来他们是东京的人。"

她露出恍然大悟的表情。

"您认识这两位吗?"

"什么认识不认识,这就是那两个失踪的人吧。"

"啊?"

这话题有点对不上。

店长可能也觉得她的态度很奇怪,露出了疑惑的表情。

"你们不是过来问遗弃的事情?"

"请等一等,什么遗弃?"

"啊?就是把孩子遗弃在这里的事情……"

绫乃和小司面面相觑。

"不好意思,能请您详细说说吗?"

"啊,嗯——"

店长说,这个月初,照片上的两个人带着两个小孩子,走进店里最大的"派对房",并且连续五天购买了"包日套餐"。

"我们这里是会员制,第一次来要办会员卡。这是他们办卡时出示的身份证明复印件。"

店长从文件夹里拿出一张 A4 纸,原来那是保险证的复印件。小司用调查专用的手机拍了照片,保险起见,还请店长复印了一份。

办卡的人是女性被害者,保险证上的姓名为"舟木亚子",住址是宫城县 L 市。地址末尾写着二〇三,应该是公寓或出租屋。出生日期为平成四年六月九日,算起来今年就是二十六岁。

正田管他的恋人叫"亚子",名字对上号了。

"这个已经失效了。"

小司指着保险证上方记载的有效期说。

有效期到平成二十六年九月三十日,已经过期快五年了。

"店里打工的没仔细看。我们这儿有很多情况特殊的客人,这种事并不罕见……"

店长说，店里有一定数量的客人都是从事日薪或派遣工作，每天在网咖睡觉的都市流浪者，或称"网咖难民"。

拖家带口的网咖难民虽然少见，但并非没有。只要他们不惹事，按时给钱，店里就不会过度干涉客人的事情，尽量让他们自由使用。

因为是预付费制度，只要在时限范围内，客人可以自由出入。两人虽然会把孩子留在店里单独出去，但每天都在零点之前回来，支付第二天的费用。店长一直以为他们在做什么日薪工作。

"可是正好一个礼拜前，他们跟往常一样中午出去，却再也没有回来。我问了那两个孩子一些问题。男孩跟女孩是一对兄妹，哥哥叫小翼，今年七岁，妹妹叫小渚，今年三岁。爸爸妈妈说是'出去工作'，但不知道去了哪里。我等了一整天，他们俩都没回来，就判断这是遗弃行为，然后报警了。"

川崎南警署接到报案，将孩子送进保护机构，并回收了留在包间内的私人物品。

"您知道孩子父亲，或者说那位男性的姓名吗？"

"小翼管他叫 Daiki 爸爸，所以男的应该叫 Daiki……"

Daiki——正田大贵，男方姓名也对上号了。

一周前正好是两人遇害的日子。而且前段时间的调查还发现，正田的恋人四年前的夏天怀孕了。假设孩子在第二年出生，正好跟三岁的小渚年龄相符。

中签了吗？

或许，这就是两人的真实身份。

芥康介

他走过二楼游戏室，看见那两个孩子——翼和渚，正围在桌旁画画。

芥康介走进房间，看了一眼他们的画。

"你们在画什么呢？"

"章鱼！"

小渚高兴地回答。

那是人气游戏《喷射战士》里登场的角色。小渚才三岁，她的蜡笔画只能勉强辨认出一个人形。但是，芥还是夸奖道："真棒。"

他又看向小翼的画。小男孩用了彩铅，一眼就能看出画的内容。

"小翼画的是马里奥吧？"

他画的也是游戏角色。

小翼表情没有变化，点了一下头。

虽然他今年七岁，比小渚大了四岁，但在同龄人当中，他的画也算非常精致。出于工作原因，芥经常看到小孩子的画，但很少有七岁的孩子能画到这个水平。这孩子可能有绘画天赋。

这里是"京浜儿童家庭中心"，属于川崎市三家儿童救助中心之一。这座三层楼房北望多摩川，不远处就是川崎赛马场，二楼和三楼都是临时保护区域。翼和渚都是被送到这里的孩子，芥则是负责他们两人的儿童福利员。

大约一周前，两个孩子被遗弃在市内的"陌生人网咖"，在此之前，他们过的也是类似流浪的生活。

大学毕业前，芥面对这种事可能会惊得无话可说。可是他已经在中心工作了六年，早已见怪不怪。只要从事这份工作，就会知道社会上有很多不健全的家庭，无法给孩子提供适宜的成长环境。

芥生在平成时期，基本上只见识过泡沫经济崩溃后经济不景气的日本。"宽松""佛系""草食化""戒车""戒娱"等等，他这一代人基本上都变得沉默老实且没有担当。他认为，就算这种说法真的正确，其根本原因不就是没钱吗？而且电视节目不时回顾泡沫时代的光辉灿烂，芥也觉得十分老套，仿佛在开玩笑。

总而言之，芥从小到大从未觉得自己家庭宽裕。他父母家位于川崎市西侧的宫前区某住宅区，父亲在一家小资材制造公司工作，母亲长年在超市当临时工。他有一个弟弟和一个妹妹，无法指望父母供他升学，就办了助学贷款上大学。刚走出社会就背负一百多万的债务，别说买车，他甚至顾不上参加联谊会这些娱乐活动。

虽说如此，他对生活也没有特别强烈的不满。他的家庭还算其乐融融，生日和圣诞节他都能收到礼物。上高中时，家里就给他买了手机，升上大学后还换了智能手机。优衣库和GU都能买到便宜好看的衣服，YouTube也有很多音乐和视频可以解闷。就算不开进口车兜风，不到国外旅行，他也能通过社交网络和免费社交游戏跟朋友保持宽松的关系，如此就足够快乐。

就算经济不景气，只要不饿肚子，有点小小的幸福，那就足够了——这就是他对人生的想法。

找工作时,为了追求稳定,他把目标对准了公务员。他从未接受过专门的儿童福利员教育,也不是一开始就申请在儿童救助中心工作。一切都是录用后服从分配。

芥本来考上了市里的公务员,后来被送去研修,然后分配到了当时新开设的"京浜儿童家庭中心"担任儿童福利员。儿童福利员不像医生和教师那样需要考取资格,一般都是自治体录用的大学毕业生经过研修后担任。

老实说,他一开始觉得自己抽中了下下签。

福利工作特别辛苦,这是公务员世界的常识。他对此做了一定心理准备,然而实际开始工作才发现,儿童救助中心的繁忙和工作的繁重,远远超出他的想象。

儿童救助中心是针对各种育儿困难提供援助的组织。平成十二年施行防止虐待儿童法案后,与虐待儿童有关的咨询和报案数量剧增,这几年一直在刷新最高纪录。与其说虐待数量增加了,倒不如说随着社会关注的提高,曾经被理解为教育的体罚和语言暴力都被定性成了虐待。

芥到任的时候,"京浜儿童家庭中心"的所有儿童福利员手中,时刻保持着超过一百个案子。

不过对芥来说,还有远超工作繁重的打击。原来,他一直认为理所当然的"不饿肚子,有点小小的幸福",对许多流离失所的儿童来说,都是难以想象的美好。

中心管辖川崎市东部,面朝港口的工业地带。虽然同是川崎市,这里跟芥的父母居住的本市西侧,以及满是高层公寓的武藏小杉地区都有些不同。四年前,也就是平成二十七年,在不远处的多摩川岸边,一名初一男生被三个男生施暴并遇害,他对这起案件记忆犹新。

中心援助的家庭中，许多孩子都在长身体的时候吃不饱饭，只能穿着尺寸不合的破烂衣服。他们的父母深陷贫困、家庭不和、疾病和残疾等困境，整日苦恼不已。很多家长还会借教育之名对孩子过度施加暴力，或是让孩子吸烟酗酒。在这种环境中长大的孩子，经常会在自己成为父母后重复这些行为，形成恶性循环。

这六年来，芥深深体会到两件事。一是自己真的很幸运，二是不能把家人视为绝对。

"你搞什么，混蛋！小心我弄死你！"

游戏室里传出怒吼。他过去一看，是他们临时接管的一个叫古屋的十二岁男孩揪住了另一个孩子。

附近的职员慌忙上前阻止。好在，争执并没有发展为打斗，古屋君松开了对方，还被职员教育了几句，跟对方说了"对不起"。

芥松了口气。

古屋君虽然还是个小学生，但已经表现出不良少年的倾向。他两次因为小偷小摸被警方批评教育，在学校还对看不顺眼的同学大打出手，令对方身负重伤。自从来到中心，他的情绪已经稳定了很多，所以才被批准到游戏室玩……不过他刚才很快就恢复平静，又老老实实道了歉，应该可以认为他们的教导有些成效吧。

曾经，儿童救助中心的临时接管很大意义上是把不良少年关起来。在部分比较老的设施内还能看见窗户上的铁栏杆，跟少管所差不多。

然而，只要分析这些儿童的成长经历，就会发现他们几乎无一例外，都遭受过家长和身边大人的虐待。比如那个古屋君，因为"恶作剧要接受惩罚",被他父亲扔到了隆冬的室外阳台上,只靠一张毯子待到天亮。要是运气不好,他可能就冻死了。做到这种程度,已经不能说是虐待,而是杀人未遂了。

考虑到这种实际情况,多数儿童救助中心都会把保护孩子生命放在第一位,不去刻意压制,而是在照护上多下功夫。这个中心也一样。可是,为了实现充分的保护和照顾,就需要更多预算和人手。因为缺乏这些,现场的负担正在日益增加。

这个保护中心一直处于满员状态,只能优先收容情况特别严重的儿童。芥负责的家庭中,也有好几个本来应该接过来的孩子,但实在是无能为力。

尽管如此,这个中心每年还是拯救了至少几十个孩子的生命。然而,用数字无法证明这点,也几乎没有人会感谢他们。被接管儿童的监护人甚至对他们恨之入骨。虐待儿童的人基本对他人有攻击性。芥不止一次被暴怒的监护人揪住领口,他的同事也有不少人曾经遭受过暴力对待。

古屋君的父亲每天都会投诉,要求他们"把儿子还给我"。古屋君本人的心情也十分复杂,表示"我很害怕爸爸,但是想回家"。然而,如果现在送他回去,可能会招致最严重的后果。尽管"送回去更省心,还能空出房间救助别的孩子",负责照顾古屋君的儿童福利员还是勉强顶住了诱惑,坚持把他留在这里。

就算之前避免了众多虐待致死事件,只要漏掉其中一件,就会招致社会舆论的抨击。这就是儿童救助中心的现状。

去年在东京目黑,今年在千叶野田,都发生了特别惨烈的虐待致死案。当这些案件曝光出来,他们中心也接到了不少谴责的电话。就算案件发生在与他们没有直接关系的自治体,也难免有人打电话过来控诉。应付这些事情也是他们的工作,并且不得不为此投入时间，使得本来就不足的人手更加紧缺，形成恶性循环。

这份工作必须时刻提心吊胆，牺牲自己的精神健康。很多人都离职了，芥也不止一次两次考虑过离开。然而他还是坚持到了今天。这应该不是出于责任感，而是罪恶感。

芥的家庭虽然不富裕，但远比这里的孩子幸福得多，他为此感到无比内疚。因为内疚，他就无法扔下这一切选择逃避。他跟年龄相仿的儿童福利员谈论过此事，发现很多人都有类似的感觉。

芥看了一眼旁边的小翼，只见他表情僵硬，面色有点苍白，可能被古屋君的吼声吓到了。

"我们回房去吧？"

小翼闻言，点了点头。"好吗？"他又问小渚，小女孩也点了点头。

"那我们走吧。"

芥带着两人离开了游戏室。

这几天，芥一直向小翼和小渚询问情况，同时配合川崎南警署的调查，了解了可能是孩子母亲的舟木亚子的身份，还有孩子们被遗弃在网咖的事情经过。

只有三岁的小渚只会说自己的姓名和生日，问别的都回答不上来。小翼虽然话很少，但基本能回答问题。

两人的母亲名叫舟木亚子，来自宫城县L市，居民卡也还登记在那里。警方调查证实，居民卡上登记的出租屋早在八年前——也就是平成二十三年三月十一日便不复存在，被东日本大地震引起的海啸冲垮了。L市作为受灾程度比较严重的地区，在当时经常被提起。

受灾后，亚子在市内的简易住宅生活了一段时间，于同年十月产下长子小翼。查看户籍发现，亚子没有婚史，小翼出生证的父亲一栏空缺。看来是不被承认的婚外生子。

震灾三年后的平成二十六年十二月，亚子离开简易住宅，去了东京。小翼当时还不懂事，对自己在受灾地区的生活几乎没有记忆。

来到东京后，亚子和小翼居住在墨田区的出租屋，开始了母子两人的生活。小翼对那段时间的生活有点记忆，还说出租屋附近的路上可以看见天空树。

另外，移居东京后不久，母亲亚子就有了恋人。那个恋人名叫"Daiki"，小翼不知道字怎么写，也不知道对方的全名。有一次，亚子把那个人介绍给他，说是"妈妈喜欢的人"。过了一段时间，亚子的肚子开始变大，很快又生下了小渚。那是三年前，平成二十八年二月十七日。小渚是剖腹产生下的孩子。

小渚出生前，Daiki告诉他："我要给你当爸爸了。"开始与母子俩一起生活。小翼也从那时起对他改口叫"Daiki爸爸"。

但是，亚子并没有加入Daiki的户籍，而小渚也没有出现在亚子的户籍记录上。假设小女孩真的是亚子的孩子，那她就是没有提交出生证明的无户籍儿童。

孩子没有户籍的情况一般是离婚前后产子。日本民法规定，女性离婚后一定时期内产下的孩子默认为前夫的孩子（以前规定是三百日以内，平成二十八年修订为一百日以内）。就算实际是别人的孩子，只要提交出生证，其前夫也会成为户籍上的父亲。如果前夫配合，可以通过否认嫡出的手续分离户籍，但离婚时若存在严重矛盾或家暴情况,事情就会变得十分棘手。因此,母亲往往会故意不提交出生证明,使孩子没有户籍。然而,亚子并没有婚史,与这种情况不相符。

生下小渚两年后,也就是去年夏天,亚子突然离开了墨田区的出租屋。小翼也不清楚具体情况。从那以后,他们过了一段流离失所的生活,一直在东京近郊的酒店和网咖栖身。

他们曾经在家庭餐厅和快餐店这些没有睡眠空间的地方枯坐到天亮,冬天天气变冷,他们还会为了不被冻死,整个晚上在外面走路。

此时小翼已经六岁,过了四月便达到入学年龄,但是他没有上学。他的学籍登记在母亲居民卡上的L市小学,但是校方不知道小翼身在何处。换言之,他成了去向不明的儿童。

近乎流浪的生活持续了半年多,到上个月,也就是三月中旬,才总算结束。

那天,小翼他们四个人坐在家庭餐厅过夜,一个年轻男人走过来向他们搭话。小翼记不清家庭餐厅的具体地点,只记得男人自称春山。

自称春山的人跟亚子和Daiki说了些什么,第二天,一家人就被他领到了某个住宅区的房子里落脚。那里好像是个合租房,里面有好几个房间,除了小翼他们,还住着五六个人。小翼说,超过一半住户"可能是外国人"。

受到电视节目的影响,可能很多人觉得合租是年轻人的时髦生活方式,但实际上,也有不少针对低收入人群的廉价住房。就像很久以前的旅馆那样,浴室、厕所、厨房公用,由此降低建筑成本,只靠低廉的房租也能保证高收益,因此也成了一种投资形式。

小翼不太清楚春山是谁、用什么条件让他们住进合租房。总之，他们终于在一个地方落了脚。

可是不到一个月，他们又不得不离开那个合租房。这次为何离开，小翼也不知道。就这样，从这个月初开始，一家人再次流离失所，"陌生人"也成了他们过夜的地方。

接着，亚子和 Daiki 就失踪了，扔下小翼和小渚，一个入学未报到儿童，和一个无户籍儿童。

虽不知那两人为何失踪，但不得不说，这绝对不是孩子成长的良好环境。小渚之所以没有户籍，很可能只是孩子的父母懒得去提交出生证明。

两个孩子被遗弃，或许可以说是不幸中的万幸。就算中心已经人满为患，也会优先接管警方送过来的孩子。

如果一直被父母带着四处流浪，这两个孩子……尤其是哥哥小翼，很可能会遇到最糟糕的情况。

把小翼和小渚送回房间，芥返回一楼办公室，看见副所长三岛美沙子正在座位上接电话。她也是一名儿童福利员，已经在儿童救助中心工作了三十多年，是一路摸爬滚打上来的领导。

芥看到她，心中莫名一惊。

她的脸色很奇怪。毕竟美沙子久经沙场，总能保持满脸笑容，一般小事很难让她动摇。

"是，我知道了。好的，这边会处理。好的，再见。"

美沙子放下电话，长叹一声。

"怎么了？"芥问道。

"哦，是芥君啊，你来得正好。我正想着找你呢。"

"找我吗?"

"是关于翼君和小渚的事情。两个疑似他们监护人的人物……"

"找到了吗?"

芥忍不住抢过了话头。美沙子闻言,眉毛皱成八字,露出了为难的表情。

"嗯,找是找到了。那个,你听说过多摩新城的杀人案吗?"

那是他前天早晨上班前,在电视的信息节目上看到的案子。多摩新城某小区发现了一男一女两具身份不明的他杀尸体……

"啊,难道——"

"没错。那个案子的被害者就是舟木亚子小姐和Daiki先生。"

芥无言以对。

虽说卷入麻烦事件的可能性并非为零,但这种情况大多是毫无责任感的父母放弃育儿责任,消失得无影无踪。川崎南警署的负责人也跟他持同样的见解。

没想到,他们竟然被杀了——

"然后警察那边,哦,不是川崎南警署,而是正在调查杀人案的警视厅的刑警,想过来找孩子们问话。"

"是吗?"

"但我们啥都没准备,对不对?问话是没问题,可是那两位已经过世的消息……"

"是啊,突然告诉孩子可能不太好。"

父母的死可能给孩子造成严重打击。

就算不能一直隐瞒,也要跟儿童心理健康员沟通后,做好充分准备再告诉孩子。

"先不说那个。虽然不确定是否有关系，不过那件事最好也告诉警察吧。"

"是啊。"

他们正在商量如何应对即将上门的刑警，内线电话突然响了。美沙子接了电话，是前台打来的，说刑警已经来了。

毕竟不能把警察赶走，美沙子只好让前台把人领进来。

没过多久，两位女刑警走进办公室。其中一位很年轻，可能跟芥差不多大。她个子很高，留着超短发。另一个人四十岁左右，中等身材，留着长到脖子的短发。两人都身穿长裤西装。年轻个子高的人叫藤崎，年龄比较大的叫奥贯。

他听说是刑警，还以为是男性，继而想到警察多数面相凶狠，恐怕会吓到孩子。现在看是两位女性，芥顿时松了口气。

他把二人请到了办公室里面的会客室，准备跟美沙子一道，先同二人谈谈。

她们重新说明此次的来意，表示为了调查多摩新城的案子，特意过来想找两个孩子问话。说话的人一直是年轻的藤崎。

芥从刑警口中得知，原来 Daiki 的真名是正田大贵。

他把小翼他们提供的信息都说了出来，两名刑警表示"很有参考价值"，认真做了记录。她们对一家四人形同流浪的生活，以及在合租房短暂居住过一段时间的事情尤为感兴趣，问了很多细节问题。不过，小翼的叙述本来就含糊，很多事情都记不清楚，所以其中很多问题，芥都只能回答"不知道"。

"对了，还有一件事，我们觉得应该告诉警方。"

等到交谈告一段落，芥换了个话题。

"是什么呢？"

"我们认为，那两个孩子当中，至少小翼经常遭受暴力对待。"

"啊?"一直默默记录的奥贯抬起头来。

"你是说,他受到了虐待吗?"藤崎确认道。

"是的。说到虐待,让孩子过流浪生活本身就是十足的虐待。但是除此之外,翼君身上还有多处瘀伤,我们甚至发现了烟头烫伤的痕迹。"

这是他们接管孩子后,做身体检查时发现的事情。

芥继续道:"翼君虽然是个小孩子,但是表情不太丰富,目光总是很空虚,仿佛对不上焦。我们管这叫'frozen watchfulness'——冷却的警戒,是指经常遭受大人暴力对待、时刻处在紧张状态的儿童表情缺失、无法流露感情的表现。翼君应该符合这个症状。"

"那他的妹妹小渚呢?"藤崎问道。

"小渚身上没有被暴力对待的痕迹。虽然不能说百分之百确定,不过从她本人的状态来看,似乎没有像翼君那样受到虐待。"

"施展暴力的人是母亲,还是父亲——我是说母亲的恋人正田?"奥贯探出身子询问道。

"应该是双方。翼君丝毫不提及暴力虐待的事情,所以我们也不清楚。"

小翼对Daiki,也就是正田来说,只是恋人带来的孩子,与他没有血缘关系。一般在失去正常功能的家庭中,最先受到虐待的都是其中一方带来的孩子。

孩子闭口不提虐待的事实,可以考虑有两个原因。一是为了保护父母,二是害怕告诉别人会导致自己受到更可怕的虐待。一般情况下,两种感情会在心中复杂纠结,很难说清具体属于哪一种。

"请问，行政和其他地区的儿童救助中心以前是否掌握了翼君受到虐待的事实？"藤崎问。

"我们查了，孩子没有接受过公共援助。应该是他们自己拒绝了。"

芥话音刚落，旁边的美沙子就补充道："一般来说，这中间存在一种排斥与吸引的关系。越是生活无以为继的人，或是即将陷入那种困境的人，就越容易排斥社会援助，从而故意远离，反而被吸引到犯罪和暴力的道路上。我们这里接管的不少孩子，其父母都具有这种倾向。有的人不愿被人指手画脚，有的人不太愿意依靠别人，有的则有更阴暗的理由。就算我们主动伸出援手，也会被他们躲开。那种人一般头脑比较不冷静，喜欢用简单快捷的方法满足自己的一时欲望，特别容易对近在咫尺且比自己弱小的存在爆发情绪。不是所有人都能无条件成为好父母，有的人就是无法好好爱自己的孩子。"

可能因为话题比较特殊，奥贯警官一直板着脸倾听。

"那么，如果可能的话，我们想直接对孩子们问一些问题。"藤崎提出。

中心自然想积极配合调查，然而他们认为今天还不能对孩子说出两人已经死亡的事实。

芥看了一眼美沙子，微微点头。接着，他重新转向两位女刑警，开口道："好的。两位可以跟孩子见面，只是——"

他提出自己也要在场，并且希望刑警不要把亚子他们的死讯告诉孩子。

奥贯绫乃

调查第四天下午。

绫乃和小司决定前往"京浜儿童家庭中心",查看被遗弃在"陌生人网咖"的两个孩子。他们已经知道小翼和小渚被送到那里暂时接管。她们先听副所长三岛美沙子和负责两个孩子的儿童福利员芥康介说明了情况,然后准备跟孩子见面。

她们被领到中心二楼一间比会议室略小的房间,稍事等待后,芥就带着孩子走了进来。

芥、小翼、小渚坐在六人座的长桌一侧,绫乃和小司坐到了另一侧。

小翼正好坐在绫乃对面。他头发一直留到肩膀,身材纤细,五官也充满了稚气,乍一看像个女孩子。他面容呆滞,目光仿佛没有焦点,并不直视她们,而是微微低着头,看向桌面。

这种表情就是芥刚才提到的"冷却的警戒"吗?绫乃感到难以言喻的不安。

与此同时,他旁边的小渚却有着孩子气的丰富表情,好奇地看着第一次见面的绫乃和小司。

"我们正在找你们的爸爸妈妈。"小司开口道。可能因为对方是孩子,她的声音和表情都比平时柔和许多。

中心要求她们暂时不要透露孩子父母已经遇害的消息，绫乃和小司决定假装正在寻找那两个人。她们这次来，也不是为了通知孩子父母的死讯。

"你们先看看这两张照片好吗？"

小司拿出调查本部制作的CG照片，摆在桌面上。

"啊，妈妈！爸爸！"

没等警官开口，小渚的表情就亮了起来，大声喊道。

小翼只是默不作声地看着照片。

"翼君，怎么样，这是你的妈妈和大贵爸爸吗？"芥在旁边问道。

"……嗯。"小翼看着照片，小声回答。

看来，在D小区遇害的一男一女，就是正田大贵及其恋人，女方也是这对兄妹的母亲舟木亚子。

看过照片，小司又根据芥他们介绍的情况，按顺序对孩子们提了几个问题。

年纪小的小渚几乎回答不上任何深入的提问，一直都是小翼在回答，但他也只是个七岁的孩子。面对陌生的大人，他可能心怀戒备，不愿意多说话，只会面无表情地用单音节词回答最基本的"是"或"不是"。

看他这副模样，绫乃愈发坐立不安。

小渚可能厌倦了谈话，中途就拿起芥带来的涂鸦笔涂抹起来，其间只给出了一次反应。

是在他们谈到这个月初住进合租房的时候。

渚突然抬起头，满脸笑容地说："Switch！好好玩！"

原来，介绍他们住进合租房的春山经常带任天堂Switch过去跟孩子们玩。一聊到游戏，小翼的表情似乎也柔和了几分。

春山每天都去合租房打扫，补充一些用品，可能跟管理人差不多。

由于一家人在案发几天前还居住在合租房内，她们很想问出具体地点，但小翼记得不太清楚。

啊，好像——

问询时，绫乃猛然意识道。

她终于发现自己坐立不安的原因了。

小翼的目光，还有表情，都跟她女儿很像。

意识到这点后，她的心跳开始加速。

她总是对女儿发怒，甚至殴打。不知不觉，女儿在绫乃面前就藏起了表情，也无法好好说话。女儿跟丈夫、幼儿园老师和小朋友都能正常说话，面对每天与她相处时间最长的母亲绫乃，却会犯口吃的毛病。于是，她更不喜欢女儿了……

那种黑色的情绪——"泥沼"从内心深处喷涌而出。

那孩子的眼神也带有"冷却的警戒"。是我让她变成了那个样子。

小司在旁边询问小翼的声音，变得越来越遥远。

刚才副所长三岛美沙子的话，却在耳边响起。

——有的人就是无法好好爱自己的孩子。

她说的就是我。

育儿出现问题时，她没有找任何人商量。她一心以为自己跟理想的对象走进理想的婚姻，并且一心想建立理想的家庭。所以，她不愿意承认自己遇到了问题。她不想向他人求助。在她开始对孩子施展暴力后，又对此心怀内疚，更无法对他人言说。

没错，你也一样——

"泥沼"告诉她。

发出声音的东西,是泥沼底部蠢动的蜘蛛。

记得是女儿四岁的时候,经丈夫提议,一家三口到六本木新城参观了森美术馆和展望台。那时,他们看到了森大厦门前的巨型蜘蛛雕像。

"好壮观啊。"丈夫发表了单纯的感叹,绫乃却在一边战栗不已。那个巨型蜘蛛怀抱蛛卵,用纤细得几乎要折断的腿顽强站立的姿态,让她无法忘怀。

为了不让自己发出声音,她用力咬紧了后槽牙——一直没空去治疗的后槽牙。

瞬间,剧痛穿透脑髓,绫乃忍不住闷哼一声,皱起了眉。

"你怎么了?"小司中断提问,担心地问道。

芥和小渚也都看着她。小翼虽然没有抬起眼,但好像也在关注她。

"啊,不好意思,蛀牙有点痛。你们一定要好好刷牙哦。"

绫乃挤出苦笑,对孩子们说。小渚乖巧地应了一声"好——"。

此时,小翼却看着小司开口了。

"那个……"

"怎么了?"小司反问。

"妈妈和大贵爸爸什么时候回来?"小翼低头不看小司,闷闷地说。

"我们会加油,尽快找到他们。"小司给了个含糊的回答。

小翼面无表情,没有反应。谁也不知道他心里是什么感觉。

绫乃一边控制表情,一边拼命咬紧牙关抗拒"泥沼",使剧痛延绵不绝。

范启莲

平成二十八年九月。

距阿莲来到日本，已经过去了五个月。

整日坐在缝纫机前，时间特别难熬。不过，季节流转的脚步却很快。

奥运会在里约热内卢举办，日本最有人气的偶像团体SMAP宣布解散，刚推出就流行全球的宝可梦GO高居话题榜首。而这样的盛夏转眼就过去，进入残暑的季节。技能实习生在"龟崎缝纫"的工作基本只有两样——把两块布对齐缝合，以及将缝好的衣物分类打包，装进纸箱。

每天早晨八点半开工，工人们各自坐在摆满缝纫机台的木造工厂里开始缝纫。中午休息三十分钟，接着又要一直做到下午六点。六点到七点是晚餐时间，如果任务没完成，吃完晚饭还要加班，否则就去打包。每天下班时间不一样，早则九点，有时也会熬到十一点过后。

虽然做的事情都是简单的轻量劳动，但必须精确到位，因此需要集中注意力。这么一天下来，人会变得筋疲力尽，脑子里好像有个小缝纫机，一直嗡嗡响个不停。

工作结束后，阿莲会回到预制板拼凑的宿舍。这里没有单人房，每个房间摆着三张架子床，六个人一起生活。越南人和中国人分开住，淋浴室也分开使用。由于语言不通，两国人在宿舍里几乎没有交流。

每天有三顿饭，早上是面包，中午和晚上是公司统一买的盒饭。

另外，为了防止逃跑，住进宿舍时，工人统一把护照交给社长保管，三年后回国时再发。

每周只有星期日休息，工厂还鼓励工人休息日也待在宿舍里。如果要外出，必须在下午六点前回来。外出时还要写申请书，注明自己要去什么地方，而且一定要戴上印有公司名称的黄色帽子。

这样的生活远离东京，远离京都，也远离迪士尼，完全不是阿莲憧憬的日本生活。但是，她并没有失望。

她早已做好了心理准备。

在河内上过半年的培训学校采取了严格的军事化管理。她们每天被教官训斥，从早到晚努力学习日语、问候、打扫和缝纫。培训学校的宿舍既没有空调也没有电视，但是这边的宿舍有。她觉得，这样就足够了。每天的盒饭味道也不错。

因为工厂包吃包住，她可以把绝大部分工资汇给家里，连高兴都来不及。

不过，一旦习惯了工作和生活，不如意的想法也随之而来。

首先，中国人好像比越南人受宠。

实习生有个"班长"，每隔几天就会被社长叫过去，向他汇报工作和宿舍生活的各种细节。

根据这个"班长"汇报的内容，有些人的工作分配和宿舍用品有时会得到改善。实习生中，越南人和中国人大约各占一半，严格来说，越南人反倒更多些。可是，"班长"肯定都是中国人。也因为这样，宿舍房间的日常用品都是中国人那边更好。在工作上，阿莲也感觉中国人能分到更轻松的活。

"班长其实就是社长最喜欢的工人。中国人更接近日本人，所以社长偏爱她们。"

跟阿莲同住一个房间，已经干到第三年、准备回国的前辈邱姐对她说。

"你啊，说不定能当上第一个越南人班长。到时候可要好好照顾我们啊。"

邱姐在这里待了三年，中间换过两次班长，每次选的都是"像日本人"的工人。邱姐还说，阿莲来自与中国接壤的越南北部，皮肤又白，五官又柔和，属于"像日本人"那一类。

且不说阿莲能否当上班长，反正她无法接受越南人和中国人的待遇有差别。

更不如意的，是工资的事情。

每天从早干到晚，阿莲的月薪约有九万日元，换算成时薪就是三百日元，远远达不到岐阜县的最低工资标准。可是，阿莲对此一无所知。她只知道一日元约等于二百盾，九万日元就是一千八百万盾，相当于阿莲家半年多的收入。刚开始她还惊叹，自己竟能拿这么多工资，决定来日本真是太对了。

可是这九万日元里，要扣掉四万日元的伙食费和住宿费，手头只剩下五万日元。尽管如此，这对阿莲来说也是一大笔钱。然而，她第二个月拿到数额差不多的工资时，进行了冷静的计算，发现数字根本没有中介说的那么多。

每月到手五万，三年就只有一百八十万。假设全部汇到家里，还完债只剩下八十万，也就是一亿六千万盾。考虑到利息，最后剩下的还会更少。中介当初明明说能赚到三亿盾……

她对邱姐说了这件事，对方露出了苦笑。

"你被中介骗了。不瞒你说，我也被骗了。那帮人就知道吹牛，不过现在抱怨也没用。这不是挺好嘛，反正也比在越南做兼职赚得多。"

那倒是真的。

邱姐劝告她："天上不会掉馅饼。你只要工作一段时间，心里肯定会有不满。不过斤斤计较是没教养的表现。之前有个叫阿英的，又不是班长，却吵着要社长加工资，改善宿舍，整天抱怨不休。结果社长一生气，就把她赶回越南了。你不想变成那样吧？"

阿莲只能点头。她不能欠着一屁股债回越南。

"那就忘掉这些不如意，努力干活。"

邱姐说得很对。

虽然算下来不如当初那么多，但总归是能往家里汇一大笔钱。既然如此，那就认命，努力工作吧。

阿莲重新下定决心，开始加倍努力。

然后，有一天——

下午工作结束，进入晚餐休息时间，社长走进工厂。今晚要开会，大家都以为他是来叫班长的。

阿莲进厂之前，班长就是一个姓杨的中国人。见到社长过来，她马上迎了上去。

但是，社长抬手拦住她，然后说："今天开始换班长。"

小杨的脸色立刻阴沉下来。所有人默不作声，周围顿时陷入一片寂静，只能听见外面的知了叫声。

阿莲没听清社长说什么，心里正疑惑，就听见邱姐小声对她说:"要换班长了。"

社长缓缓走过来,在阿莲跟前停下了脚步。

"阿莲,今天开始,由你当班长。明白了吗?"社长一字一顿地说。

她当然听懂了自己被选为班长这句话。

周围响起一片骚动,中国人那边则传来了哀叹。

"好棒!太好了,阿莲,你当上班长了!"

邱姐高举双手,仿佛恨不得高呼万岁。

我当班长了——

由于事情太突然,她有点震惊。不过邱姐和周围的越南人都特别高兴,阿莲的心情也不坏。

"明白了吗?"社长重复道。

"啊,明、明白了。"

阿莲慌忙点了好几下头。

"好,阿莲真可爱。"

社长伸手过来,摸了摸她的头。

那就是噩梦的开始。

奥贯绫乃

调查第六天上午。

她们在仙台站租了一辆车，已经开出去三十分钟。

"按照地址，应该就是这里。"

小司看了一眼导航，把车停在路边。

绫乃下车看了看，小司也关闭引擎，走出车门。

这里什么都没有。

当然，地球上不存在"什么都没有"的空间，因此这个表述不算正确。这里有路，有空地，有斑驳丛生的杂草，还有等间距排列的电线杆。远处有建筑物的影子，头顶有一片天空，大风呼呼地吹，小飞虫四处飞舞，杂草间有空罐和塑料瓶，还有坏掉的自行车等非法遗弃的垃圾。

可是，这里曾经有过的生活迹象，已经不复存在。

这里是宫城县L市沿岸地区。

当地人管这一带叫"海滨"。舟木亚子的居民卡上登记的住址应该就在这里。以前，这里是个充满活力的港口城市，到八年前的三月十一日为止。

东日本大地震中，被海啸侵袭的地区和躲过一劫的地区可谓有着天地之别。一河相隔的对岸是毫无异状的普通住宅区，而另一侧则是城区被毁后瓦砾散落的荒野。这些光景已经在当时的报道中出现过。

如今，八年已经过去。十五公里外的仙台似乎已经恢复东北地区最大城市的日常生活，而这个沿岸小镇，还远远谈不上复兴和再生。就算绫乃是个外地人，也能轻易看出来。

"对了，你那天在干什么？"

绫乃看着这片荒凉的景色，问了小司一句。关东以北的人大都对那一天记忆犹新。

"我当时在大学。"

小司看了她一眼，回答道。

"哦，你还在上学啊。"

"是的，不过已经大四了，只是在等毕业。因为四月要进入警察学校，为了加强体能，我经常去大学的健体中心。"

"哦，原来大学还有那种设施啊。"

绫乃是高中学历，不了解大学生活。

高中毕业就来到东京，还加入了警视厅，这是绫乃人生中的一大决断。其实当地大学通过柔道部的推荐给了她特招名额，父母也希望她能升学，但绫乃更想出去工作。如果当时选择了大学，她的人生会变成什么样呢——这是她时常思索的问题。

"地震发生时，我正在跑步。不是在操场，而是在大学周围一个人跑。当时突然有种很奇怪的感觉，接着地面就开始一波接一波地摇晃，把我吓坏了。我真的第一次经历那种事情。那里是住宅区，附近碰巧有个放学回家的小学女生，那个瞬间，她惊叫一声，然后哭了起来。我赶紧跑过去，想着墙根和建筑物附近太危险，就把女生抱起来，拽到了路中间，一直等到摇晃结束。其实我也有点慌张，心想要是这时候一辆车冲过来可怎么办，就一直很紧张地四处张望,还不停对小女生说:'别害怕,没关系的。'我觉得吧,那句话其实是对我自己说的。"

——别害怕,没关系的。

巧的是,那天绫乃也抱着一个小女生——她的女儿,说了同样的话。

"原来有过这种事啊。"

"奥贯姐那天在干什么?"

"我……在买菜。你知道我离过婚吧?"

"嗯,井上班长告诉我的。他只说你离婚后就复职了。"

"对,还是回到老地方了。发生地震时,我还是家庭主妇,正在离家不远的超市买菜。当时货架上的商品哗啦啦地往下掉,整个店里的人都慌了神——"

如果再说下去,"泥沼"肯定会出现。她很清楚。不,或许已经出现了。

"总之特别混乱。好了,我们走吧。"

她在不痛不痒的地方结束话题,催促小司返回车中。

"好。"

小司丝毫没有怀疑,很快坐上了驾驶席。绫乃暗自咬紧牙关,用牙龈的疼痛分散注意力,同时坐上了副驾驶位。

那天,那一刻——平成二十三年三月十一日下午两点四十六分。绫乃的确在超市买菜,还把年仅五岁的女儿独自留在了家里。

女儿刚从幼儿园回来,绫乃给她拿了饼干和橙汁,她却把橙汁打翻了。女儿面色铁青,试图道歉,却只能磕磕巴巴地说"对、对不、对不、对不……"连完整的话都说不出来——相比打翻橙汁,这件事让绫乃更烦躁。因为她刚才还对幼儿园的老师和同学高高兴兴地说:"大家再见。"

这孩子怎么唯独在我面前这么唯唯诺诺。为什么唯独在我面前不能好好说话——

心中涌出了憎恨。她来不及选择其他感情。

为什么，这么不正常。

她把女儿大骂一顿，还打了女儿的手。女儿无声地哭了起来，脸上带着"冷却的警戒"。

绫乃想擦掉打翻的果汁，却发现厨房纸用完了。于是，她扔下一句"你一个人看家"，就走了出去。

摇晃结束后，绫乃匆忙往家赶。当时她满脑子都在想，万一女儿出事了，那可怎么办。

起居室那个大餐柜没有做防震加工。如果它倒下来，砸到女儿——

她久违地全速奔跑起来。

最后回到家，女儿平安无事，餐柜也没有倒下。

女儿躲在餐桌下，抱着双腿默默哭泣。脸上依旧没有表情。

绫乃万分惊愕。不是因为女儿的样子，而是因为自己的心。

她很失望。

失望于女儿的平安无事。

她那么担心地跑回来，心里却有个想法。

如果出了什么事，万一那孩子死了，她就解脱了——

绫乃抱紧女儿，反复对她说"没关系的"。她拼尽全力，宛如祈祷。

可是她很清楚，这绝非没有关系。

她竟希望女儿死掉。在应该选择爱的时刻，她没能选择。我无法爱这个孩子。不仅如此，有一天可能会杀了这孩子——

那一刻，绫乃决定放开家人。

她们驱车前往远处的建筑物,靠近后发现是一个楼房崭新的住宅区。

毕竟不能让沿岸地区一直保持完全被破坏的状态。市里准备在这个"海滨"重建住宅区。尽管现在还数量稀少,但也能看见一些新盖的独栋小楼和公营的复兴小区。

那个小区也是其中之一。亚子有个从小玩到大的朋友住在那里,她们准备过去打听情况。

佐藤纱理奈

你们开车过来是不是吓了一跳？一大片荒野上只有这个孤零零的小区，别的啥都没有。没有商店，没有取款机，干啥都得开车到城里去。我反正觉得太离谱了。

啊，是的，嗯，我是佐藤纱理奈。对，今年二十六。工作是……美发师。在长町的"阳光·阳光"工作。

我去年搬到了这个小区。老实说，这里还不如临时住宅方便。因为临时住宅在城里，附近就有便利店……不过爷爷奶奶坚持要住"海滨"，说这里的风跟别处不一样，特别舒服。我倒是觉得挺冻人的。

不过老人过一天少一天，加上我在临时住宅也跟二老在一起，现在扔下他们俩实在说不过去。只要我不在，爷爷奶奶就要吵架。加上我也不是对"海滨"没感情，就住下来了。

不过有好多人说，政府花掉老百姓交的税，又在这里盖房子实在太蠢了。你们别往外说啊，其实我也有点同感。虽说遇到海啸了可以去楼顶避难，但问题不是那个啊。地震过后，有些人离开仙台，搬到外面去住了，你现在重新盖一个镇子，别人也不想回来呀。想往回走的都是老头老太太。要不是爷爷他们，我也不会回来。

还有很多人根本不信任市政府。我跟你说，有的人闹得可厉害了。海啸袭击"海滨"时，市里不是没有安排好防灾无线电的应对吗？因为这个死了好多人，也惹怒了好多人，还在打官司呢。啊，没错没错，这事上过新闻。还有人跑到我们家来，问要不要一起当原告。他们说，要是市里好好应对，我爸爸妈妈可能还活着。不过我拒绝了。因为我父母是逃难时连人带车被冲走的，好像跟市里的工作没什么关系。而且我也不想被卷进纠纷里。

啊，真抱歉，你们要问阿舟的事情对吧？是的，因为她姓舟木，我叫她阿舟，是绰号。唉，我也吓了一跳，毕竟她以前是我朋友啊。

那个，她真的被杀……了吗？

我不想说死人的坏话，但是我告诉你，阿舟的性格很不好。我跟她小学、初中、高中都是同学，她啊，一直都是不良少女。当然，我也没脸说别人就是了。阿舟从小就抽烟喝酒，那都是被父母带坏了。现在她父母也死了。

是的，没错。阿舟一家住在"海滨"的出租屋，家里有奶奶、妈妈，还有个姐姐，四个女人一起生活。她奶奶开了家小酒馆，妈妈和姐姐都在店里帮忙。

阿舟她爸早就死了，记得应该是我们上小学六年级的时候。她爸是渔民，酒瘾特别大，酒品还特别差，一喝醉就痛打阿舟和她妈妈。他还打过奶奶，打骨折了呢。

她爸是因为工作中的事故死的，不过大家都说，肯定是喝醉酒把自己整死了。不过大家也说，这样舟木家的女人就解脱了。结果没过多久，她妈妈就开始情绪不稳定，也对孩子和奶奶大打出手。真搞不懂。阿舟她妈好像特别喜欢她爸。

阿舟也遗传了她妈那种奇怪的坚强和一根筋，一直很喜欢一个叫青柳的前辈。啊，那位前辈比我们大两岁，高中毕业后就在码头干活。大概是高二下学期吧，阿舟开始跟那人交往，到高三快毕业的时候怀孕了。

因为例假一直不来，阿舟心里怀疑，就检查了一下，结果是阳性。然后她就去医院做检查，还是我陪着去的。仙台的妇产科医院。

就是那天，三月十一日去的。地震发生时，阿舟已经做完检查，我们俩正在车站附近的家庭餐厅商量以后怎么办。当时阿舟说，她虽然喜欢青柳前辈，但是暂时想象不了结婚带孩子的生活，想把孩子打掉。说实话，我也觉得阿舟不适合当母亲。就在我们商量筹钱的时候，突然晃起来了。

一开始我还以为就是有点大的地震，后来发现晃了好久都没停，接着整个店都猛地一颠，晃得更厉害了，同时周围一片漆黑，停电了。我们坐在地下的店铺，四周一扇窗户都没有，真是伸手不见五指，还有人哇哇大叫起来。我和阿舟可能都尖叫了，因为当时特别害怕。

然而我们站都站不起来，只能互相牵着手，缩在座位上等地震停下来。好不容易不晃了，店员就拿出手电筒带路，把我们领出去了。

那天外面好多人，满地都是碎玻璃，还突然下起了雪。我甚至觉得，整个世界都要毁灭了。

我们是坐电车去医院的，地震后没法回去，只好到指定为避难设施的小学去。天黑以后，避难所开始谈论海边发生海啸的传闻，还有人说L市沿岸被海啸整个掀翻了。那就是我住的地方啊。我想知道家人都怎么样了，但是手机完全打不通，又看不到电视，所以没法知道。

最后,我们在避难所待了大概一个星期。

后来有人答应开卡车把我们送回 L 市,这才总算回去了。然后发现,"海滨"真的被夷为平地……阿舟的家和家人,还有青柳前辈,全都被海啸冲没了。

我家和我爸妈也没了,只剩下爷爷奶奶。他们当时跑到一所中学避难,最后得救了。我们在避难所住了一段时间,接着市政府在靠内陆的地方建了预制板拼凑的临时住房,我们就搬到那里去了。我和爷爷奶奶,阿舟一个人,都入住了同一个地区的临时住房。

那时正好是阿舟能打胎的时期,可是阿舟不知中了什么邪,非要把孩子生下来,还说那是她跟死去的青柳前辈的唯一联系。

不过那段时间周围的人都特别积极。你想啊,我们死了这么多亲朋好友,这种时候出生的孩子,那不就像是希望之光吗?连电视上也总是鼓吹什么羁绊啊、牵挂之类的。我觉得吧,那算是灾后的一种整体气氛。所以我也觉得阿舟应该把孩子生下来,千万不能打掉。

后来到了十月,啊,是的,那一年——平成二十三年十月。阿舟生下了翼君。临时住宅的人给了她们母子俩不少照顾。我觉得吧,翼君真的是大家的希望。

正是因为有大家照护着,阿舟才能顺利生下孩子。可是她啊,特别讨厌周围的人对她指手画脚,比如不让她抽烟什么的。阿舟怀孕时,还有生了孩子之后,都有好多人劝她别抽烟。那是理所当然的呀,抽烟对孩子不好嘛。可是阿舟那个人,别人越说不行,她就越来劲。

也有人给阿舟捐产后的生活费用,可是那家伙不但一句谢谢都不说,还赖上了那些人,生完孩子好久都不去上班。她还经常把很小的翼君留在临时住宅，自己跑到外面去。临时住宅的生活设施都挺齐全，就是墙壁太薄，什么隐私都没有。孩子哭起来就会有人抱怨，阿舟可能也觉得压力很大。

后来啊，她就开始说"不该生下这个孩子""太失败了"。你说过不过分？那不是她跟前辈的唯一联系吗？而且翼君听到那种话，未免太可怜了吧。老实说，我觉得她这个妈当得很失败。

啊，暴力？你说虐待吗？不会，应该没有。阿舟这人虽然整天抱怨，做事又很随便，但从来没见她打过翼君，或者对他大吼大叫。

阿舟经常说："我爸我妈总打我，搞得我很伤心，所以我绝对不会打小翼。"虽然那家伙说的话很多都兑现不了，但是据我所知，没有发生过那种事情。

啊，是的，没错。阿舟是平成二十六年年末离开的。所以……是搬到临时住宅的第四年。啊，不是不是，压根儿不是普通离开，而是不声不响就跑了。

但是我早有预感。因为那家伙有一天突然改变态度，整天说什么"为了小翼我要努力"，找周围的人借了好多钱。虽然每个人也就借了几万，顶多十万，但加起来应该有一百多万了。

我也借了五万给她，而且压根儿没指望收回来。那时她说"过完年还给你"，我就预感她可能会在年内跑路……

嗯，后来果然让我料中了。她啥也没说，突然消失，还取关了社交网络好友，把我拉黑了。当时我有点吃惊，不过那还真是阿舟的风格。反正那家伙就跟打不死的小强一样，肯定还在什么地方活着。

啊，哦，是的。我知道有谁借了钱给阿舟，就是不知道具体金额。嗯，首先是……

两名女刑警从东京过来，问询持续了大约一小时。

刑警离开后，佐藤纱理奈独自坐在用于问询的小区集会室。

原来阿舟死了啊——

而且是被杀的。刚开始谈话时，警察就告知了这件事。

几天前发生在东京多摩新城的杀人案，那个新闻在宫城也被报道了。纱理奈平时不看新闻不读报，但是那个案子有点诡异，在网上也有不少人谈论，所以她有所耳闻。

原来，被杀的一男一女中，有一个是纱理奈从小就认识的阿舟——舟木亚子。

现在警方尚未公开被害者的身份信息，但听说明天或后天就要举办新闻发布会说这件事。

她按照警察的要求，写下了借钱给阿舟那几个人的名字。两位刑警接下来应该是要找他们谈话。她们会怀疑吗？纱理奈也借了钱给阿舟，警察还问了她案发当天的行动，以及最近是否去过东京。她们应该在查证不在场证明吧。

跟阿舟一起被杀的那个男的是谁？她孩子小翼在什么地方？刑警没有告诉她任何具体情况。

唯一可以肯定的是，她今后再也见不到阿舟了。

阿舟离开临时住宅时，纱理奈想，反正那家伙就那样，说不定没多久又跑回来了。可是，她再也不可能回来了。

纱理奈把iPhone的无线耳机塞进耳朵里，打开Apple Music。

她放了一首最近不怎么听的西野加奈的曲子。阿舟特别喜欢她，纱理奈也受到影响，经常听她的歌。应该说，跟纱理奈关系好的女同学都在听她。

话说回来，今年年初西野加奈宣布无限期停止活动时，她曾经想过阿舟在干什么——

　　谢谢你，
　　有你真好。

《Best Friend》。西野加奈第一次参加红白歌会时唱的曲子。当时纱理奈还在上高三，应该是大地震前的红白歌会。

纱理奈抬起手，凝神注视。

地震那天，她在停电的家庭餐厅紧紧握住了那只手，等待摇晃停止。

她从未经历过那种地震，而且待在一片黑暗中，拼命握住那只手。阿舟一定也同样拼命地握住了这只手。她们紧紧握着彼此的手，仿佛要确认，对方还在身边。

当时的感觉仿佛还留在手上，又好像已经消失不见。

那天，她们一直没有放开手。她们牵着手走过受灾的仙台街道，走向避难所。即使在避难所，她们睡下后也一直握着手。有彼此在身边，就是她们的救赎。

她什么时候松开了手？早上起床后，自然就松开了吗？她记不清了。

　　我们是 Best Friend，
　　喜欢你，好喜欢你。

纱理奈鼻子一酸，眼泪涌了出来。

"笨蛋。"她喃喃自语。

阿舟才不是什么"best friend"，不过是家离得近，才有了这种孽缘。地震那天她们也只是碰巧在一起。两人有过争吵，也在背后讲过彼此的坏话。阿舟真的很不上道，最后还拿着她的钱跑了。

她怎么可能会喜欢那种女人。

可是——

"阿舟，我好想你啊……"

她忍不住透露了心声。她不知道自己为何会因为那种人伤心成这样，可是，她真的好想阿舟。一想到再也无法相见，她就伤心欲绝。

纱理奈抬起双手掩住了脸。

奥贯绫乃

调查第六日下午。

结束对佐藤纱理奈的问询后，小司给调查本部打了电话。

亚子四处借钱后逃跑，这可以算是此行的收获。

钱是最普遍的犯罪动机。纱理奈说，每个人借给亚子的钱都不多。那的确不像是时隔四年专程找到东京去杀人的金额。可是，这里面可能还有不为人知的情况。为了保险起见，她们有必要理清亚子借钱的详细情况，逐一确认那些债主的不在场证据。

因此，她们要在这里待上好几天。

小司打电话时，绫乃靠在椅背上，思索着亚子的事情。

目前为止，警方查明的亚子及其孩子的经历如下：

四年多之前的平成二十六年十二月，亚子离开受灾地，带着小翼去了东京。

母子俩入住了墨田区的出租屋，其后通过社交软件"Twice"结识正田，并开始交往。

很快，亚子就怀上了第二个孩子小渚。小渚出生前，正田辞去了"西丘制果"的工作，住进亚子的家。小渚出生于平成二十八年二月，也就是三年前。可是亚子没有提交出生证明，导致小渚没有户籍。

又过了两年，到了平成三十年夏天。正田与亚子离开出租屋，过上了流浪生活。这年小翼达到上学年龄，但是没有去小学报到。

到了今年三月中旬，一家四口短暂居住过某处的合租房，可是没过一个月便再次离开。那就是这个月，平成三十年四月上旬。

几天后，他们又一次过上流浪生活，在"陌生人网咖"过夜。然后不知为何，亚子和正田两人在与他们毫无关系的多摩新城D小区遭到杀害……

网络调查小组称，正田在"Twice"上有一个互关好友叫"ACO"，那应该就是亚子。

"ACO"的账号开设时间是平成二十四年，但是没有平成二十六年以前的发言。可能亚子在离开临时住宅后，就把以前的发言全部删除了。

平成二十七年一月一日，她上传了自己和小翼的自拍，身后是人来人往的神宫桥，位于原宿站旁边。两人应该是去明治神宫参拜了。

"新年快乐！东京的新年太爆炸了！希望我和我的宝贝新年顺利。"

照片底下附带了这句话。

从其后的发言中可以看出，亚子通过弹子店的话题结识了"Daiking"，也就是正田，并且两人马上要见面。

又过了一段时间，亚子的发言开始减少，最后一次发言是平成二十七年十月二十日。亚子上传了一张小翼双手合十摆造型的照片，附带一句"五郎丸！"后来就再也没有动态。

此时，她应该已经怀上了小渚，但是并没有与之相关的发言。

她为何停止更新社交软件了？仅仅是厌倦了吗？

怀孕、地震、分娩、失踪、相识、再怀孕、流浪生活，还有虐待。

亚子曾经说过，她不会打小翼。她在社交软件上也说小翼是自己的"宝贝"。可是到头来，她很有可能虐待了自己的儿子。

——排斥与吸引。

她想起了"京浜儿童家庭中心"副所长三岛美沙子的话。

亚子对受灾地那些帮助自己的人，应该感觉到了排斥。没过多久，她借了一百万日元跑路。如此一来，排斥的力量应该更强了。

然后是吸引。亚子与家乡切断关系，来到东京，构筑了新的人际关系。

虽然情况和立场完全不同，绫乃还是想起自己到东京来的情景。

她，或者说我，究竟选择了什么，又无法选择什么——

范启莲

平成二十八年九月。

那天晚饭休息时间,社长来到工厂,任命阿莲为新的班长。
"那我们这就去开会吧。"
其他工人还在议论纷纷,社长却毫不理睬,转身要把阿莲带出工厂。
就在那时,上一任班长小杨走过来,对社长说:"老爹,这是为什么?你不喜欢我了吗?你更喜欢她了吗?"
她的日语比阿莲流利多了。
"嗯,就是这样。一直以来辛苦你啦。"
社长不耐烦地说完,小杨开始掉眼泪。
"老爹,你好过分。你太狡猾了。我喜欢老爹,求求你了。"
社长皱着眉,啧了一声。
"你这家伙真没素养。我以前不是给了你很多好处吗?不是很疼你吗?要是再啰唆,小心我把你送回国去。"
阿莲只听清了"素养"这个词,其他都不太明白。
小杨咬着嘴唇,跌坐在地,放声大哭。
社长看都不看她一眼,转身催促阿莲。
"好了,别管她,走吧。"

阿莲顺从地跟在后面,心里却有很不好的预感。她能理解小杨被夺取班长宝座的不甘,也听说中国人的性情比越南人更激烈。可是,因为这点小事,真的至于哭成那样吗?

没过多久,她发现社长把她领到了挨着工厂的家中。

那是一座很普通的日式二层建筑。开门进去,里面散发着一股尘土和生活的气味。屋里虽然不乱,但是墙角发黑,显然有些年头了。

社长把她领到一楼的起居室兼餐厅,这里大概有两个宿舍六人间那么大。餐桌上摆着饭菜,有炸肉饼、面包和沙拉。

"所谓开会,只不过是吃吃饭聊聊天而已。啊,已经有点凉了,你等一会儿,我去热热。"

社长拿起炸肉饼的盘子,走进与餐厅相连的厨房,用微波炉加热。

"好了,你先坐下吧。"

看到社长的手势,阿莲知道他要自己坐下,就有点紧张地坐在了餐桌旁。

墙上高高挂着日本国旗和写着"七生报国"的书法作品,还有一张跟社长差不多年龄的男人的照片。阿莲看不懂汉字的意思,也不知道照片上的男人是谁。

家里感觉不到其他人的动静。社长是一个人生活吗?

阿莲听到过社长已经离婚的传闻,但是不知真假。

"叮"微波炉响了一声,社长端着热好的炸肉饼走回来,放到阿莲面前。酱汁喷香扑鼻,阿莲感到唾液涌了出来。

"虽然只是家庭餐厅的外卖,不过很好吃哦。你先吃吧。哎,你,先,吃。"

社长叫她快吃。

"啊,是。我,开动了。"

阿莲顺从地吃起来。她夹起冒着热气的肉饼咬了一口,肉汁顿时迸出来。平时吃的盒饭里也有炸肉饼这道菜,但是她现在吃到的比那种好吃百倍。

"怎么样,很好吃吧?"

社长在厨房热好自己那一盘,走到阿莲对面落座。

呃,刚才他在问我好不好吃,对吧……

阿莲磕磕巴巴地回答了。

社长露出笑容,也吃起来。

接着,他用缓慢而清楚的日语问道:"阿莲,工作,习惯了吗?"

阿莲拼命开动脑筋,把日语转换成越南语,又把回答转换成日语说了出来。

"啊,是。还有,一点,辛古……辛苦。"

她花了好长时间,却只能靠贫乏的词汇给出简单的回答。不过社长还是高兴地眯起了眼,对她说:"是嘛,是嘛。"

然后,社长一边吃饭,一边问了她不少问题。比如"跟工友关系怎么样?""有没有什么困难?"阿莲想尽办法回答,但是日语能力不足,实在没法好好回应。

"阿莲要多学日语啊。"吃完饭,社长笑着说。

阿莲也很失落。她不禁想,自己这样真的能胜任班长的工作吗?而且,由于她吃饭时一直在用脑,中途已经顾不上品尝肉饼的美味了。

"好,我来教你吧。阿莲,学习,日语,好吗?"

社长说完,语速缓慢地念起了"a、i、u、e、o"。然后对阿莲说:"你念念看?"阿莲跟着重复了一遍"a、i、u、e、o"。接着是"ka、ki、ku、ke、ko"然后是"sa、shi、su、se、so"。

然后,他们又学习了"手""眼""鼻"等身体部位名称,"桌子""椅子""盘子"等餐厅里的物品,每次都是社长用日语说,阿莲跟着重复。

一开始,阿莲还有点困惑,不过见到社长愿意亲自教导,又感到很高兴。她决定,自己一定要好好学习日语。

"今天就学到这里吧。"

学完日语,餐厅墙上的时钟已经快指向九点的位置。平时这个时候,阿莲应该在做晚上的打包工作。

对了,小杨在开会的日子也没有参加晚上的工作。莫非她的日语也是社长教的吗?

"阿莲,我给你看个好东西,跟我来。"

社长站起来招招手,阿莲听话地跟了过去。

他们走进浴室。

"Wow"阿莲忍不住惊叹一声。

这里比宿舍的淋浴间大多了,墙上贴着好看的瓷砖,还有宿舍看不到的浴缸。那是个圆形的大浴缸,里面装了热水,冒出腾腾热气。

"在日本,大家泡澡,缓解疲劳。"社长说。

越南没有泡澡的习惯。几乎没有人会在家里装浴缸,大家都用水桶装水,或是用淋浴洗掉身上的脏东西。

阿莲被从未见过的大浴缸吸引,漫不经心地应着社长的话。

就在那时,她突然被社长从后面抱住了。

"一起,泡澡。"

社长说的都是只字片语,发音也很奇怪,但的确是越南话。接着,他把手伸向了阿莲的胸部。

阿莲忍不住大喊一声"不要",想把社长甩开。可是社长力气很大,用力按着阿莲的身体,一边揉捏她的胸部一边说:"听话!不然把你赶回去!"

他说的还是越南话。虽然磕磕绊绊,很难听懂,但阿莲还是明白了他的意思。

那可不行。

阿莲扭动着转过身子,只见社长两眼充血,脸上挂着淫荡的笑容。

那张脸说明了一切。

"要是敢反抗,我就把你送回越南去,明白了吗?"

社长这次用日语,一字一顿地对她说道。

阿莲知道,她没有拒绝他的选择。

"衣服,脱掉。"

社长松开阿莲,用越南话命令道。他可能并不会说越南话,只是在网上查了这种场合需要用到的词汇。换言之,他任命阿莲为班长,一开始就是为了干这个。

邱姐曾经说"班长就是社长喜欢的工人",原来一点没错。因为"班长"就是社长的情妇。

没想到他竟是这样的人……

社长说实习生就像他的女儿,还让她们管自己叫"老爹"。日本的家长会对女儿做这种事吗?

她突然想推开社长逃离这里。

可是,如果她真的这么做了,会怎么样?身在异国他乡,她无处可去,也不知道谁能帮助自己。要是去报警,警察会不会反而把她给抓起来?最后会不会强制遣返?家里还欠着钱,要是抵押的土地被收走,他们一家人就要流落街头,孩子的将来也没有着落。唯有这点，阿莲受不了。

她感到眼前一片漆黑。

"好……"

只能顺从。

阿莲咬紧嘴唇，解开了衬衫纽扣。

她是个有夫之妇，却被其他男人这样玩弄，心里十分不甘。泪水顺着脸庞滑落下来。社长见状，高兴地笑着说："真让人受不了啊。"

就这样，阿莲跟社长一起泡了澡。当然，事情不止于此，她还在浴室遭到了侵犯。不得不说，社长准备得十分周到，早就在浴室的置物架上放了避孕套。许久未有外物侵入，阿莲感到下体一阵疼痛。她忍不住痛呼一声，社长听了更是兴奋，发出了下流的笑声。泡完澡，她又被带到二楼卧室，再次遭受侵犯。

"听好了，我可没有强迫你，是你自己要来日本，自己主动跟我在一起的。我让你住进了有电视机和空调的好房间，让你赚到在老家绝对赚不到的大钱，还用了避孕套避免麻烦。你可别像其他国家的妓女一样，事后跑过来要求道歉赔偿。这是你的福报，你得感谢我。"

社长说的日本话，她几乎一句都没听懂。

她已经失去了抵抗的气力，只能任凭他胡来。

社长全程挂在嘴边的日本单词"好可爱"，还有他腋下的恶臭，都深深镌刻在了阿莲的记忆中。

深夜，阿莲回到宿舍，哭了一个晚上。她脑中不断闪过丈夫和孩子们的身影，心碎欲绝。

同屋的邱姐等人得知阿莲的遭遇，感到吃惊的同时也想通了。

翌日，阿莲忍受着双腿之间的钝痛，以及每次感觉到疼痛都会忆起的屈辱,逼迫自己继续工作。那天晚上,社长又一次把她叫去开会了。

跟昨天一样,社长跟她一起吃饭,教她学习日语,然后侵犯她。唯一的不同之处,就是她只被侵犯了一次。

后来,阿莲也被频繁叫去开会。

就这样,地狱般的生活开始了。

奥贯绫乃

调查第九日。

她们回到樱丘警署调查本部,发现井上和梅田坐在大会议室里吃泡面。应该是夜宵吧。时间已近午夜零点,日期马上就要变更了。

"哦,辛苦啦。"

井上打了声招呼。绫乃和小司齐声回应:"辛苦了。"

"这两天都这么晚,难为你们了。"井上慰问道。

到昨天为止,绫乃和小司在宫城待了三天,以欠款一事为中心,仔细调查了舟木亚子在当地的人际关系。

所有借钱给亚子的人基本上都有不在场证明。虽然有不少人对亚子心怀不满,但他们都跟佐藤纱理奈一样,一直生活在宫城,没有去过东京。目前详细确认工作尚未结束,正由地方警署继续推进,但凭感觉说,那些人应该跟案子没有关系。

两人昨天深夜回到东京,也顾不上休息,今天又在外面调查了一天。如果说不累,那肯定是假的。不过,大家都一样累。原则上说,调查本部成立后的三个星期,调查人员都不能休息。

"奥藤选手,有啥收获吗?"

梅田把绫乃和小司合起来称呼为奥藤,让筋疲力尽的绫乃更加烦躁。

"实在对不起，没有与案件有关的收获。"小司回答道。绫乃暗想，她压根儿不需要对那家伙态度这么好。

"也不能这么说，能涂掉一个部分也算收获了。"井上大度地说。

目前井上班的主要工作，是查清正田与亚子在案发之前的行动轨迹。

他们过着流浪生活，靠日薪工作维持生计。井上班需要调查的就是他们在这段时间里用于过夜的店铺，工作过的地方，还有一同工作的人，问明两人的情况和对话内容，以描绘他们的行动轨迹。按照井上的说法，这就像涂色游戏一样。

昨天，调查本部召开新闻发布会，公开了两名被害者的身份。今天一早，电视等媒体报道了这个消息，所以他们询问的人大都十分吃惊。

"快递公司那边查得怎么样？"绫乃问井上。

"哦，那个啊，我们把服务范围包括D小区的所有公司都查了一遍，压根儿没找到。"井上扭着脖子说。

绫乃她们在宫城调查时，东京这边有了一个重大突破。他们现在大致查清正田和亚子那天为何出现在D小区了。

查到这条线索的人，是负责分析正田"Twice"账号的网络调查小组。

他们从法院申请到调查令，要求"Twice"公司的日本法人开示正田账号的内容信息。如此一来，就能查看没有在网上公开的私聊信息。

正田与众多用户进行过私聊，其中疑似与案子直接相关的，就是他们遇害两天前与正田私聊的"Haruyama"这个账号。

首先,"Haruyama"主动向他发来了私聊消息。

"你好,我是春山。你们后来怎么样了?我这边有个不错的单发工作,如果方便的话,要过来做吗?只需要去空房收货,就能得到 20K。"

20K 是指两万日元。

"京浜儿童家庭中心"的小翼告诉她们,两人不久前住过的合租房就是一个叫春山的男人介绍的。那跟发起私聊的人可能是同一人。

正田的回答是:"做是想做,不过 ACO 说不想回那边去。"

春山回复:"不需要回来,报酬现场结清。怎么样?"

ACO 应该是指亚子。不想回去,是说不想回到合租房吗?

正田回复:"那我做。"

然后对话如下——

"时间是两天后,可以吗?"

"没问题。"

"需要收的货有点多,你能跟亚子小姐两个人过来吗?这边不想引人注目,最好别带孩子来。"

"好的。"

"东京都多摩市××××D 小区三号楼四〇二,时间是下午两点到四点。"

"OK。"

"钥匙放在电表上面。"

春山说的就是发现正田与亚子尸体的房间。他还发了一张照片,上面显示了藏钥匙的电表。

现在查明,两人之所以出现在那个地方,是因为接到了春山的工作委托。

从文字可以想象，工作的内容可能是协助诈骗。比如盗取他人的信用卡信息，在网上购买可以高价转手的奢侈品和游戏机等商品。

这类诈骗通常会留下发货记录，所以关键在于如何领取商品。对方用的手法应该是派第三方到空房收货隐藏主犯的痕迹。以D小区为代表，郊外住宅区近几年来空房急剧增加，很多地方的管理都不完善，因此很容易被不法分子利用。

正田和亚子前往D小区完成委托，但是因为一些矛盾，惨遭杀害——

这是调查本部统一的见解。

那么，把两人叫过去的春山又是什么人？

"Haruyama"的账号创建于发起私聊那天，明显是为了这次联系的一次性账号。

网络调查小组还要求公司开示了这个账号的信息，但上面并没有可供确认身份的东西。连网络住址的IP地址，也经过Tor的匿名技术隐藏了。

绫乃对此不太了解，不过网络调查小组的关本说，Tor有专门的浏览器，使用简单方便，几乎可以完全隐藏登录痕迹。

在饱受独裁和高压统治的国家和地区，人民为了自由交换信息，也会使用这种技术，可一旦被用于犯罪，就会使调查变得极为困难。平成二十四年案发，到第二年才逮捕凶手的电脑远程操作案中也用到了Tor技术，警方在调查初期逮捕了一个毫无关系的人，闹了大笑话。

随着IT技术的发展，曾经有组织的犯罪也逐渐转向个人化。

井上等人为了找到线索，正在调查案发当天下午两点到四点，是否有快递公司送货到D小区三号楼四〇二。

可是，他们一无所获。

"说不定这个委托本身就是假的呢？私聊中着重强调他们两人一起过来，那么嫌疑人很可能一开始就打算杀害他们。"井上说。

既然如此，没有快递送货也就不奇怪了。

"被害者与凶手的接头地点，就是那个合租房吗？"

"目前还很难说，因为我们几乎没有合租房的线索。"

井上叹了口气，抱起胳膊。

正田和亚子，以及两个孩子的行踪已经基本查清了，唯独他们在合租房度过的一个月时间还是空白。

"哼，肯定是一帮小混混内讧了呗？反正那两个人死了也活该，恶心死了。"

梅田恶狠狠地说。

虽然这种发言不值得鼓励，但谁也没出言劝告。

原来你这种管不住手的人也会这样想啊——

除了春山，正田还跟很多用户私信联系过，其中很多内容虽然与案件无关，但也不能忽视。

因为除了协助诈骗，他还参与过别的不法行径。

那就是买卖儿童色情照片。

最近的私聊发生在三月三十日，内容如下：

"我想买照片，请告诉我具体怎么做。"

网络调查小组表示，这些用户都是看到了正田使用的"Daiking"账号公开资料中标注的"有暖炉P"词条，才发来这种私信内容。

原来，"暖炉P"跟 Vocaloid 没有关系，而是某个领域使用的暗语。暖是指"男"，炉则是"洛丽塔"，P是指"Photo"，三者结合，就是男孩子的照片。"

正田在这条私信底下回复了用黑线挡住眼睛的小翼面部特写。"七岁，美少年，全裸二十张5K，捆绑10K，虐待20K。客订单独定价。定金，不退不换。"

对方回复："我买，虐待套餐，最好刺激一点。"正田回复了自己的银行账号。

第二天，正田可能收到了转账，给对方传过去二十张照片。全都是小翼被绳索捆绑，不堪入目的照片。因为私信中提到了虐待，其中五张还是背部被香烟灼烫的特写，令人无法直视。小翼全身都是瘀伤和烫伤，小小的身体承受了太多暴力。儿童救助中心的芥曾经提到的情况，可能就是这个。

照片里的小翼顶着那副"冷却的警戒"表情，眼中噙着泪水。

买照片的人回复："谢谢你。像个破娃娃的感觉真是太棒了。"就这样，私信结束。

在此之前，他还跟好几个用户做过同样的交易。好像是从去年夏天开始的。

这明显触犯了禁止儿童色情的法律。

然而，这只是在本次调查中碰巧查明的事实。

似乎有很多人用暗语宣传，再通过社交网络的私密聊天功能传播儿童色情照片。

正田利用小翼——那个管他叫爸爸的男孩，拍摄了大量色情照片，拿到网上贩卖。亚子可能也采取了默许的态度，甚至有可能协助他拍照。

令人反胃。

尽管贩卖者正田已经死亡，但是根据法律规定，购买者也会受到惩罚。这些信息已经分享给本厅的网络安全对策本部和生活安全部，目前他们正在查处从正田那里购买过照片的人。

这是当然。那些人竟然购买这种照片，必须付出代价。

"不过我还是会想，这到底是怎么回事啊。"井上叹息道。"对舟木亚子来说，小翼可是她在灾后最困难的时期生下的孩子。那男的对孩子做这种事，她为何还要坚持和他在一起？而且她自己也有可能参与了虐待。简直难以置信。"

井上本来是那种冷静追踪事实关系的实干派刑警，很少评论案件相关人员——而且是被害者的人格。由此可见，他对小翼受到的虐待感到极为愤慨。

梅田应声道："就是，这女人已经没有一点母性了。"

两个男人板着脸，对彼此点了点头。

绫乃坐在旁边，那些不经意的话语深深刺中了她一直想忘却的记忆。这个话题本来就让她坐立不安，梅田更是说了多余的话。她真不喜欢这个人。

——绫乃小姐，就算离婚了，你也是孩子的母亲啊。难道你一点母性都没有吗？

商量离婚的过程中，当她提出把抚养权交给丈夫，婆婆回了这样一句话。

她很溺爱那个孙女，自己儿子能得到抚养权，应该高兴才对。可是，她好像也无法接受绫乃就这样放手。那位婆婆像极了丈夫，都是温柔体面的人。她当时看绫乃的表情，就像看着一个不可理解的怪物。

对话中断，绫乃和小司开始把今天的调查内容总结成报告书。她想尽快结束工作，多争取一些睡眠时间。

可是，她中途实在无法忍耐，便站了起来。

"我上个洗手间。"

她面不改色地来到走廊上,然后拔腿跑进厕所。

躲在隔间里,她把在车上吃的晚饭全都吐了出来。未消化的饭团米粒和海苔在马桶里溅得到处都是。

跟井上他们说话时,那种黑色的感情——"泥沼"出现了。她感觉,那只蜘蛛仿佛在最深处凝视着她。

接着,她就感到阵阵恶心,仿佛体内真的涌出了泥沼。她一直咬紧牙关,试图用大牙的疼痛分散注意力,但是并不顺利。她还是没忍住呕吐。

她又咳嗽了好一会儿,被胃液灼伤的喉咙刺痛不已,消化物的气味熏得她愈发不舒服了。于是她冲了水,走出隔间。

她正要在洗手池漱口,突然感到眼底发酸。泪腺失去控制,眼泪滴落下来。她的身体仿佛不顾她的意志,拼命想释放什么东西。

搞什么啊——

绫乃擦掉眼泪,反复做了好几次深呼吸。

好不容易平静下来,她洗了手,走出厕所。

小司赫然出现在眼前。

"奥贯姐,你没事吧?"

她关心地看着绫乃。

如果问她是否有事,她觉得应该是有。的确有事。不过,小司为何在这里?

她好像不是来上厕所的。如果是担心她过来查看,那也说不通。因为她没在厕所里待多长时间。

"呃,你……为什么?"

绫乃忍不住问道。

"那个,我看你好像很难受。如果我多管闲事了,那请你原谅。"

说着，小司微微歪过了头。

难道我表现出来了——

绫乃暗自屏住呼吸。

"没什么，真的，你白担心了。不过还是谢谢你。"

她动用了所有意志力，逞强地说道。

范启莲

平成二十九年一月一日。

冰冷的风掠过沿路落满霜雪的农田,向这边吹来。还带着一丝干燥的土地气息。

阿莲缩着身子,走在铺装过的农道上。前面有个又大又气派的房子,门口装饰着门松,那里应该住着这片农田的主人。

就在她正好路过时,房子大门开了,几个年龄性别各异,貌似一家子的人走了出来。女人穿着漂亮的和服,男人或是穿着带有家纹的男式和服,或是穿着西装,都是正式装束。

其中有个穿紫色和服的老年女性,看见阿莲走过,就对她说了一句:"新年好。"

阿莲知道那是日本过年的问候语。

她露出含糊的微笑,朝老太太鞠了一躬,然后走开。

"哎,那莫非是个外国人?""是吗?""是那边缝纫工厂的人吧。""应该是。""她背上那是花纹吗?""不对啦,是脏了吧。"

背后传来说话声,但阿莲听不懂。

平成二十九年元旦。

阿莲已经在"龟崎缝纫"工作了九个月,第一次有连续休息的假期。昨天和今天,连休两天。

日本按照阳历的一月一日过年，刚才那家人一定是出门去神社参拜了。电视上播放的都是庆祝新年特别节目，日本各地还会举行新年倒数等庆祝活动。

越南也有正月，讲究上头炷香，会热烈庆祝新年。不过是按阴历，一般在阳历一月末到二月前后。一月一日的新年更像是个更换日历的日子。河内这种大城市会放放烟花，搞搞庆祝，但是在阿莲长大的农村，那只是个农闲期的普通日子，通常没有特别活动。

前方出现一座桥。

桥下是东西横贯可儿市的可儿川。岸边杂草尽数枯萎，河里的水反射着刺眼的阳光，目光所及之处一片冰冷肃杀。桥上很冷，仿佛连空气都冻结了。

阿莲拉起羽绒服的帽子，盖住耳朵。

她买这件衣服花了八千日元，是在日本买的最昂贵的东西。才刚买没多久，背后就染成了一片漆黑。她觉得太见不得人了，还想重新买一件。这会不会太奢侈了？

没办法呀，天太冷了。要是没有大衣，她可能会冻死。

阿莲对自己说。

她听说日本的冬天很冷，没想到会这么冷。这里的夏天跟越南一样闷热，冬天竟是她从未体验过的寒冷。不仅是阿莲，越南的实习生从十一月开始就经常生病。

唉，干脆死了更好——

她站在桥上，看着反射阳光的水面，想象自己赤身裸体地跳下去。可儿川很浅，淹不死人。不过这个时节跳下去，或许能冻死。

但她只是想想，毕竟她没有勇气去死，为了来日本欠下的巨款也尚未还清。要是她死了,会给越南的家人带去很大的麻烦,所以她不能这么做。

过了桥就看不到农田,周围成了布满独栋小楼和公寓楼的住宅区。路上行人越来越多,他们都跟阿莲往相同的方向走,或许目的地都一样。

走了一会儿,前方就出现一座奶油色的高楼。那是RASPA御嵩,这一带唯一的购物中心。那里全年无休,昨天还在搞岁末促销,今天就是新年特卖。

从"龟崎缝纫"的工厂走过去大约要四十分钟。最近每到休息日,阿莲都会申请外出,到那里去逛逛。

她刚进门,就听见貌似中国话的语言,不由得吃了一惊。

只见三个女人有说有笑地从她身边走了过去。这里见不到什么游客,应该是留学生,或是在别处工作的实习生。反正都是不认识的人。她松了口气。

她之所以休息日外出,是因为不想待在宿舍。

"淫荡""妓女"。

五天前,有人用马克笔在她新买的大衣背后涂上了这些字。这是中国人干的,虽然她看不懂,但那显然是很不好的字眼。她用洗涤剂拼命刷洗,好不容易让字变得无法辨认,却在衣服上留下了一片洗不掉的污渍。

这并不是她第一次被人针对。从她去年九月被选为班长那天起,就一直这样。

一开始,那些中国人只是看着她,指指点点地用中文议论。就算听不懂,阿莲也能感觉到她们的恶意。没过多久,她们开始在阿莲的东西上涂鸦,或是趁她不注意推上一把,绊上一脚。她还被人在饭菜里放垃圾,在厕所隔间里被泼水。

那帮人一直受到偏爱,所以看不惯阿莲当班长。

同屋的邱姐和其他越南人都这样说。想必事实也是如此。

如果要面对这些,她巴不得辞掉那个班长——可是她一说起这件事,大家就强烈反对。

——多亏了你当上班长,越南人的日子才好过一点。你可千万别辞掉啊。

自从阿莲当上班长,越南人的被褥全都换成了新的。不仅如此,淋浴间的香皂和洗发水也能及时得到补充,大家还能分到相对轻松的工作。以前中国人受到的优待,全都转向了越南人。

准备下个月回国的邱姐甚至对她说:"你再怎么也要忍到我回国为止啊。"不过阿莲很清楚,这个班长不是她想辞就能辞掉的。

大家都只想着自己。不仅邱姐叫她忍耐,厂里所有越南人都知道,阿莲到底付出了什么才让大家得到那些偏爱。

如果不能抵抗,至少要从中得到一些利益。所以,阿莲不断用生涩的日语要求社长改善越南人的生活和工作条件。

她的努力似乎有了一点效果,但阿莲丝毫感觉不到安慰。一想到自己为了这点东西任人鱼肉,她反倒觉得自己更可怜了。

原来的班长小杨还当面对她说:"别得意。到时候,你也,被抛弃。那个人,会厌倦,回来,找我。"

她说的是日语。阿莲勉强听懂了意思,不过小杨的声音和气势汹汹的眼神比话语更明显地传达了感情,那就是嫉妒。

尽管难以置信,但小杨作为一个女人,竟然嫉妒阿莲。

社长是个抓住女人弱点对其为所欲为的卑鄙小人。无论他嘴上说多少"真可爱",都只是为了表达自己的欲望。阿莲压根儿想象不到被那种男人侵犯究竟有什么好。

难道小杨喜欢那个人吗？从一开始就喜欢他吗？还是被侵犯的日子久了，逐渐产生了感情？

不管怎么说，阿莲都无法理解。

越南工友虽然都很同情她，但没有一个人希望她辞掉班长的职位。甚至有人羡慕地说："晚上可以不用工作，还能吃到好吃的饭菜，仔细想想那也不错啊。"

这里的一切都太不正常了，阿莲心想。

她在一个疯狂的地方惨遭玷污。

她很后悔来到日本，但为时已晚。

现在死不了，也逃不掉，只能继续忍耐。

她在熙熙攘攘的新年特卖会场中前进。先买一件新大衣吧。这次买黑色的，无须担心被人涂鸦。

她闲逛着走向服装店，突然听见有人喊了一声。

"不好意思，能打扰一下吗？"那是越南话。

阿莲抬起头，发现是两个男人。

两人个子都很高，一个皮肤黝黑，体格健壮，另一个则皮肤白皙，看起来比较柔弱。他们真是越南人吗？那个黑皮肤的男人比一般日本人的五官更深邃，所以阿莲才会这样想。

黑皮肤的男人用越南话问道："请问你是缝纫工厂的实习生吗？"

阿莲想起，自己戴着工厂规定外出时必须佩戴的帽子。

那人的越南话很流畅，发音却有点奇怪，感觉不像越南人。

反正她不想跟这两个人产生任何关联。

阿莲低下头，想径直离开。

偶尔会有政治团体或宗教团体劝说外国人加入他们,所以外出时遇到不认识的人搭话,也不要理睬——她在培训学校和监理组织的办公室都被再三叮嘱过。

"啊,等等,我们都是志愿者,在义务辅导技能实习生学习日语。"

黑皮肤的男人说完,白皮肤的男人塞给她一张传单。阿莲反应不及接了下来,顺势看了一眼。

接着,她惊呼一声,停下脚步。

传单上用越南话写着"日语辅导"。他们应该来自辅导越南技能实习生学习日语的组织。

阿莲早就知道日本有这样的团体,所以她惊讶的不是这个。

而是传单的背景。

传单上用淡淡的色彩印了一些貌似越南的风景照片。

其中一张照片既不是河内和胡志明这样的大城市,也不是旅游胜地。但是,阿莲很熟悉那个地方。

那是一个蔚蓝的湖泊,湖畔还长着大榕树。

"命运之湖"。

那是阿莲故乡的湖泊。她万万没想到,自己会在日本看到故乡的风景。

"怎么样,你有兴趣吗?"黑皮肤的男人用越南语问。

"不,那个,这是我的村子。"阿莲指着传单上的"命运之湖"说。

"啊?"对方好像也吃了一惊。

此时,白皮肤的男人问道:"怎么了?"

两人用日语交谈了一会儿,然后黑皮肤的男人给阿莲充当翻译。看来会讲越南话的只有这个人。

"好巧啊。这家伙以前有个朋友,上大学时去越南旅行,拍了这张照片。"

"我可能认识那个人。"

因为到访过那个村子的日本人只有一个。

阿莲说起叔叔带到村里来的日本青年,二人更是大吃一惊。

"这也是缘分,你就听我们说说嘛。我们请你喝咖啡。"

她本来打算直接走开,最后盛情难却,就跟两人走进购物中心里的咖啡厅。

他们请阿莲喝了咖啡。那是冬季限定款,顶上装饰着巧克力和生奶油的豪华咖啡。中杯要四百日元。

白皮肤的男人手上还有那个青年送给他的照片底片,所以这次做传单时把它加了进去,作为越南风景的一部分。

他不会讲越南话,所以只有黑皮肤的人跟阿莲说话。

"我们的目的是援助在日本工作的技能实习生。"

"是吗……"

这两个人都没有刻意的感觉。可是阿莲曾经受到叮嘱,一些邪恶的宗教和政治团体成员会装成好人接近,一旦跟他们扯上关系,就会无法挽回。而且,实习生本来就不能跟外部人员说话。

她是因为看到"命运之湖"的照片,觉得真有缘分,才忍不住跟他们聊了起来。阿莲觉得这可能不太好,坐着坐着就有点心慌意乱。

"我们的活动内容主要是辅导日语。因为是志愿者活动,当然不会收钱。你也知道,从越南来的实习生很多都不怎么会讲日语,对吧?"

黑皮肤的男人说。的确,越南实习生的日语多数没有中国实习生好。要是有免费学习日语的地方,那的确挺好。

可是阿莲正在做公司和监理组织明令禁止的事情,她现在只感到很害怕。

阿莲含糊地应了几声,想适时结束对话离开。

"怎么样,你有兴趣吗?"

阿莲对他摇了摇头。

"啊,那个,我不行。我每天要工作到晚上十点,每周也只有一天休息,外出还要获得批准。而且还有其他很多事情。"

"是吗,那就没办法了。不过真的很遗憾。"

黑皮肤的男人没怎么坚持,阿莲松了口气。

"那我先走了。"阿莲正要站起来,对方却抢先开了口。

"如果你工作时间那么长,工资一定很高吧?每月有没有三十万?"

他随口说出的数字让阿莲吃了一惊,忍不住否定。

"没有那么多。"

"啊,是吗。这里的时薪太低了,可能到不了三十。那么是二十五万左右?"

"怎么可能?"

"不会吧?那太奇怪了。就算按照岐阜县的最低工资标准,你工作这么长时间应该也有二十五万。"

"啊,真、真的吗?"

"应该是的。你现在能拿多少?"

"啊,那个,九万左右。"

"包括加班费?"

"是的,包括加班费。"

"哦?那就太奇怪了。"

黑皮肤的男人用日语解释了一番,白皮肤的男人也很吃惊。

"让我算算。"

黑皮肤的男人拿起一张餐巾纸在桌上摊开，又从口袋里取出了圆珠笔。

"你们早上几点上班？"

"呃，八、八点半。"

"刚才你说每天晚上做到十点左右，对吧。那中午和傍晚有休息时间吗？"

"有的。"

"大概多久？"

"那个，中午三十分钟，晚上——"

阿莲完全没想到对方在诱导自己，老老实实地报出了自己的劳动条件。

黑皮肤的男人在餐巾纸上做起了计算。

"假设你一天的劳动时间是十二个小时，每周休息一天，月薪九万日元，那时薪就只有三百左右了。可是，岐阜县规定的最低时薪是七百七十六日元。这是去年十月涨过一次的结果，但是之前也有七百五十四日元。准确来说，每周工作时间如果超过四十个小时，还要支付一点二五倍的加班费。无论怎么算，你也应该拿到二十四五万才对。"

阿莲瞪大眼睛，死死盯着餐巾纸。

她不擅长计算，但可以理解他的话。

二十四五万。扣去伙食费和住宿费，假设能到手二十万，那也是……四千万盾！如果每个月能拿这么多，家里欠的债不仅一下就能还清，还能轻松赚到越南中介说的三亿盾。

"可、可是，我真的只能拿九万。"

两个人又用日语短暂交谈了一会儿。

黑皮肤的男人表情严肃起来。

"阿莲小姐，这么说吧，你研修的企业太黑心了。那里给你的工资连法律规定最低薪酬的一半都不到。"

"啊，这……"

"看你这个样子，监理组织根本没对你说过最低薪酬的事情吧？"

阿莲点点头。这都是她第一次听说。

"那你的监理组织也是共犯。刚才你说休息日外出需要获得批准，其实他们还禁止你跟外部人员说话，对不对？并且威胁你，如果违反规定，就强制遣返回国。"

"啊，是的。"

"果然如此。这是为了防止你们从外部得到信息，发现他们在为非作歹。"

真的吗？阿莲不清楚。这些事情都是头一回听到，所以她无法辨断真假。可是，她来到日本后，确实发现情况跟中介说的完全不一样。

她感到心跳开始加速。

"既然你工作的地方做法如此恶劣，一定还存在不少过分的地方吧？比如对工人使用暴力。还有，你属于日本人喜欢的美女类型，是否有人对你实施过性骚扰或性侵犯？"

"啊，这、那个……"

是。

可是，她有点犹豫要不要说出口。

见她嘴唇发颤，一句话都说不出来，黑皮肤的男人换上了温柔的语气。

"如果你不想说，可以不说。反正我大致能想象出来。其实我们所谓免费辅导日语只是表面伪装，真正目的是寻找像你这样的实习生。"

啊，伪装……是骗人的？

黑皮肤的男人继续道：

"我们可以帮助你，让你离开现在的工作地点，并帮你介绍新的住处和工作。那个工作会比现在强很多，一定能还上家里欠的债，所以你大可放心。你要知道，这可能是仅有一次的机会。只要你相信我，绝对不会有坏事。如果你愿意，我们可以换个地方详谈。如果在这种地方聊太久，让别人看见了，你也不好过吧。

"请你仔细听。我们先离开这里，如果你想进一步详谈，就先在店里慢慢喝完咖啡，然后……在商场里逛个二十分钟，再从北边的出口走到外面去。保险起见，你要先确定周围没有同事和认识的人。最好先上一趟洗手间把帽子摘掉。出去以后，正前方有个大型运动用品店，我们就在商店停车场的那辆白色货车上等你。详细情况等到车上再说。那辆车上贴着蓝色的'Plan H'贴纸，应该一眼就能认出来。我们等你一小时。当然，不会强求你一定要过去，你自己决定要怎么办。"

黑皮肤的男人缓慢而不停顿地说完，就站了起来。

白皮肤的男人也一块儿站起来，还用日语说了什么。

另一个人点点头，看向阿莲补充道：

"这家伙说，今天的相遇一定是蓝湖的引导，所以如果你愿意过去，他会很高兴。"

两人拿起自己的托盘，转身离开了。

阿莲留在原地，呆滞地坐了一会儿。她发现难得的冬季限定咖啡还一口没沾，于是拿起马克杯。虽然咖啡已经凉了，但还是甜甜的，很好喝。

那两个人的话是真的吗？她没有理由相信。而且他们说帮助，具体要怎么帮助？阿莲的护照在社长那里。如果监理组织也是同谋，那他们随时能把她遣返回国。

可是，如果能逃离这地狱般的日子——

他们请她喝了那么美味的咖啡，阿莲也没有理由怀疑。

"命运之湖"的引导——最后这句话促使她展开了行动。

不可否认，这只是她一厢情愿做出的判断。

可是，等到喝完咖啡时，阿莲的心意已决。

她走到运动用品店的停车场，果然看见了贴着蓝色"Plan H"的白色货车。那两个人坐在里面，见到阿莲就招了招手。

"真高兴你能来，请让我重新做个自我介绍。"

黑皮肤的男人叫马科斯，白皮肤的男人自称 Blue。

致 Blue

日裔巴西人三泽·马科斯是对我讲述 Blue 的事的另一名证人。

——我当然很惊讶,因为没想到会再次见到他。

Blue 消失十年后,平成二十五年夏天,马科斯与他重逢了。

马科斯当时已经二十八岁,一直找不到稳定的工作,也发挥不了自己的语言天赋,过着游手好闲的日子。

一切的起因,是雷曼事件。

平成二十年发生的世界性金融危机,给浜松的外包工厂也造成了严重的打击。由于大企业纷纷选择自保,中小企业受到的打击可谓更严重。他工作了很多年的"十一技研"解聘了所有日裔员工,马科斯就这样丢掉了工作。可以说,马科斯也遇到了当初泡沫经济崩溃时,他父亲曾经遇到过的困境。由于连年通货紧缩,日本制造业的基础不断被侵蚀,因此他受到的影响甚至比父亲更严重。

——Blue 失踪后,那里再次变成不值得爱的地方。当时我就是随波逐流地活着,每天赚点小钱,吃饭、拉屎、睡觉。然后……就是经常喝点小酒,在 YouTube 上看偶像明星的视频。

我还是喜欢偶像，也看了不少，却没有余力和精力去看现场表演和收集周边产品。因为我没钱啊。我甚至不想思考自己为什么活着，每天都过得浑浑噩噩。

然后有一天，Blue突然出现，对我说："跟我走吧。"

跟Blue一起离开那里是我曾经深藏在心底的梦想。如果我这种人说白马王子出现在眼前，你会笑话我吗？

Blue之所以出现在马科斯面前，是因为他的才能。

他那时已经开始帮桦岛香织打理事业，便找到曾经的好友，问他要不要一起工作。

那时，桦岛香织正在寻找会说外语的人才。Blue想起马科斯，便提议去找他。Blue全力推荐他，说他精通日语和葡萄牙语，肯定也能很快学会其他语言，能为公司派上用场，最关键的是他值得信赖。

桦岛香织关掉了涩谷的事务所，到横滨成立了"Plan H"公司，做私贷生意的同时，也搞起中介服务。后来，她开始从各个企业挖走外国技能实习生，给他们介绍别的工作。

外国技能实习生制度是个扭曲的制度，反映了日本人"想要劳动力，但不愿意接受外国人定居"的真实心态。政府不给这些人发放正式的劳务签证，限定实习生的留日时间，不让他们自由选择职业，并且在安排工作后不允许其转职。

于是，越来越多的企业利用这种限制，只给实习生开出达不到最低薪酬标准的工资，还违反劳动法，强制他们长时间加班。实习生都来自发展中国家，被阻断了信息来源，甚至不懂得自己有权力保护自己，往往只能忍气吞声接受压榨。此外，由于要经过监理组织的中介，又会产生一道压榨，导致企业不得不增加额外的成本。

其实有很多企业不依靠这种制度，用更优厚的条件直接聘用外国人。另外，陪客业和工业废物处理等行业虽然人手不足，却受到制度限制，无法招聘技能实习生。

这就是桦岛香织看中的领域。

他们会前往技能实习生集中的地区，披上问卷调查和语言学习的伪装接近实习生。若是在谈话过程中发现实习生的工作生活环境很差，就会以"给你介绍更好的工作和住处"为诱饵劝其逃跑，然后介绍给希望雇佣外国人的企业。

因为这不是搞慈善，所以他们会收取介绍费。即便如此，实习生也能在更好的环境工作，得到更多薪水。企业能够得到他们需要的劳动力，桦岛香织也能赚到钱。

——只有把实习生当成奴隶的黑心企业会蒙受损失，所以这是个双赢的生意。你不觉得，这应该算是助人为乐吗？

虽然桦岛香织这样说，但这种行为很难被称为合法。不过，需求的确存在。平成末年，日本各地发生了大量技能实习生逃跑的事件，背后就有她这样的中介在起推动作用。

马科斯从浜松来到横滨，住进桦岛香织和 Blue 生活的公寓。一开始，马科斯不太习惯跟陌生女性同住，但他们很快就接纳了彼此。

——香织姐其实也是个重度追星党，跟我一拍即合。她是帮助了 Blue 的人，怎么会相处不来呢？不过我们倒也没有那种黏黏糊糊的感觉,只能算关系还可以。那边的工作很辛苦,但是也很有意思。休息日我们会三个人一起出去玩,还经常一起打游戏。Blue特别喜欢打游戏。啊,我们还一起在公寓阳台上看过烟花。总之过得特别开心。

马科斯满是怀念地说起了这些。
对这一时期,桦岛香织也这样说:

——我们三个人自然而然地住在一起。Blue和马科斯都是可以推心置腹的好室友。在我看来,他们就像突然冒出来的弟弟一样。那两个人都能帮我干活,而且干得不错。那段时间的生活真的还可以。印象最深刻的……对了,是三个人一起看烟花。

桦岛香织本人也把他们当成弟弟,所以,他们应该算一家人。尽管只是临时拼凑的一家人。
Blue得到桦岛香织和三泽·马科斯这两个家人,并与他们度过了平成最后的几年。
马科斯觉得"特别开心",桦岛香织认为"真的还可以"的生活,在Blue眼中,一定也是安稳而快乐的日子。
但是,那种生活其实已经在无声地走向歧途。

奥贯绫乃

调查第十一天。

那个女人脸上散发着"战斗的感觉"。她用精致的妆容顽强抵抗着年龄和疲劳这两个大敌。

之所以能看出来,是因为她藏得不够好。只要稍微注意一下皮肤状态、眼角和头发,就会发现这些地方都隐隐流露着真实的年龄与疲态。有的人注意到这些,会故意扮年轻,或是涂抹厚重的妆容。但是这个人的战果显著,成功让自己看起来美丽大方。

而我呢——

绫乃想象着自己在她眼中的形象,不禁有点坐立不安。

调查本部成立后,可能因为过度疲劳,绫乃每次照镜子,都觉得自己老了一些。她当然早就接受了自己是"阿姨"的现实,但无法正视一天天走向"大妈"的变化。话虽如此,她却没有做什么抵抗。现在她连BB霜都不涂,只用一点化妆水对付过去。

这位散发着"战斗感觉"的女性名叫犀川实加,出生于昭和五十年,今年过完生日就四十四岁了。她跟绫乃同年,不过两人都是第二次婴儿潮的世代,所以有很多同龄人。

她离过一次婚,有个女儿,这点也跟绫乃一样。不过,实加没有让出抚养权,一个人抚养着女儿——就像许多母亲那样。

"五年前的平成二十六年,我一离婚就搬到了这里。是不动产中介介绍的。选择这里是因为不需要支付礼金和押金,房租在这一段也算比较便宜。原本住的地方已经被丈夫——啊,被前夫擅自解约了,所以我当时很需要一个能跟孩子立刻入住的地方……"

东京都墨田区东墨田。这里位于天空树东边,直到最近还聚集着许多旧工厂和集体住宅,保留着昭和时期的市井气氛。但是,天空树项目确定之后,这里开始二次开发,旧楼和商铺全都消失,现在成了安静的住宅区。

矗立在这个城区一角的"白金御园"是一座无须礼金押金,也就是所谓"双零"的西式公寓。它的外表虽然好看,却是预制板组装,跟"白金"完全沾不上边。除了"双零",这里还不需要担保人,入住非常简单。可是,只要房租晚交一天,就会被要求支付法定上限的利息,要是晚交一个月,管理公司就会过来换锁,强行赶人。

这种住房主要以非正式雇佣的年轻一代、单亲妈妈、单身高龄人士和外国人为顾客群体,这二十年来数量迅速增加。

做这种生意说不上多有良心,倒更像是乘人之危。

实加长叹了一声。

"我很想搬家,但是没有钱,孩子也开始上学了,让她转学实在太可怜——"

虽然实加说起话来磕磕巴巴,但她好像挺喜欢说话,没有问到的事情也能说得有来有去。

离婚的原因是丈夫出轨。

绫乃一边听着实加不知不觉变成抱怨的说辞,一边频频看向她背后充当书架的层柜。柜子下方摆着童书,上方则应该是实加看的成人书籍。

那里其实没几本书，绫乃却看到了四本自己也有的作品。《女性的品格》《让人生心动不已的整理魔法》《O型人的说明书》《在现有的环境中绽放》。这些都是最近十年的畅销书籍，所以会有重叠也不奇怪，只是她们的同步率太高了，这让绫乃更是坐立难安。

说到一半，实加突然想起了什么，皱着眉说了句类似辩解的话。

"啊，那个，我不是不爱自己的孩子，只是要一个人面对这一切，真的很辛苦。孩子上小学后，我总算轻松了一些，但是又被选为家长委员会的干部。虽然这份工作的确很有价值……"

负责提问的小司连连应声，趁她的话告一段落的瞬间，提出了回归主旨的问题。

"那么，舟木小姐就是在犀川小姐之后入住这个地方的，对吧？"

她们查到，平成二十六年年末，舟木亚子离开受灾地的临时房屋，带着儿子小翼来到东京，住进"白金御园"一楼一〇五号房。

井上班今天也分头行动，对曾经接触过亚子和正田的人展开调查。

"是的。啊，严格来说，我不清楚她是什么时候搬来的，只是在门口看见，寻思又有人搬进来了。"

"大约是什么时候呢？"

"嗯，最开始碰见应该是……一月左右吧，没错……平成二十七年的一月。"

实加看着斜上方，仿佛在搜索记忆。

"啊，对了，那天我孩子得了流感，不能送她上托儿所，所以我只能请假在家照顾她。毕竟不能把孩子一个人留在家里嘛。可是家里只有我一个人赚钱，真的很头痛。"

实加说，丈夫离婚后拒绝支付抚养费。

她有一份派遣工作，在一家公司当后勤，而且利用每周三天的夜间延长托儿服务，在小酒馆打陪酒的零工。两边都是算时薪的工作，只要有突发情况需要请假，收入就会相应减少。

"那天我趁孩子睡熟了，赶紧到便利店去买东西，正好碰到舟木小姐带着翼君走过去。于是我就想，这里又住进一家人，还带着跟我家差不多大的孩子。"

"你们没有很快开始聊天，渐渐熟悉，对吧？"

"其实后来也不是很熟……不过是的，应该有一年多没说上话。顶多是见到的时候互相点头打招呼而已。舟木小姐经常穿一身运动服，有点不良分子的感觉。我有点害怕那种人。"

"白金御园"一共两层，每层各五户。里面住的大多是单身人士和外国人，彼此之间几乎没有联系。

实加和亚子也当了一段时间不知道彼此姓名的邻居。不过实加认为，亚子应该跟自己一样，都是单身母亲。

"不过那个人后来肚子突然变大了，我很吃惊。接着，就能看见她跟男人在一起。"

"那名男性就是舟木小姐的恋人正田先生，是吧？你是从平成二十八年前后开始见到他的吗？"

"是的。当时我还想，这两人会不会结婚呢？"

平成二十八年二月，亚子生下了正田的孩子小渚。此前不久，正田辞去"西丘制果"的工作，住进了亚子的出租屋——这些都跟之前获得的信息一致。

"舟木小姐生下小渚之后,你才开始跟她有交流,是吗?"

"是的,那时应该已经四月了。一个星期天,我正坐在一群妈妈带孩子玩的公园里,看见她走过来了。因为我们都知道彼此,就打了声招呼说:'啊,你好。'然后树林小姐,哦,就是其中一个孩子妈妈,她走到婴儿车旁边对舟木小姐说:'刚生的吗?好可爱呀。'接着,我们一边看孩子玩,一边有了点对话。"

实加那天才知道亚子和两个孩子的姓名,以及长子小翼与自己女儿同年,亚子带着小翼从宫城县受灾地来到东京,目前正与小渚的父亲正田同居,但是没有入籍的事情。

以此为契机,亚子会不时出现在公园,跟周围的妈妈聊天。

"其实舟木小姐没有提交小女儿小渚的出生证明,这你知道吗?"

其他班已经查清,亚子在龟户的妇产医院生下了小渚。她之前没有在那家医院定期产检,属于"天降产妇"。由于胎儿臀位,很难顺产,便采取了剖腹产的方法。手术痕迹应该就是那时形成的。妇产医院填好了出生证明交给亚子,但她没有提交给政府。

"啊,真的吗?我不知道。哦,不过也对啊。舟木小姐开始到公园来,过了一段时间,有人问她:'三个月的产检怎么样?'舟木小姐当时一副听不懂的样子,应该是没去做过产检。我们问她区政府没给你发通知吗?她说没有。我觉得很奇怪,就再往下问,发现她搬家时没有把居民卡迁过来。我们听了都很吃惊。因为这样下去,不仅做不了产检,连翼君上小学都很麻烦,就劝她赶紧迁过来。最后舟木小姐就说:'下次去弄。'我也不清楚,好像没有居民卡,就无法提交出生证明吧?"

当然没有那回事。不过去提交出生证明时,工作人员肯定会要求迁移居民卡。恐怕亚子不想这么做,所以才没去。

她害怕借钱给她的那些人找上门来，因此没有向政府提交任何资料。

"除了居民卡这件事，舟木小姐一看就是那种邋遢随便的人。她才二十四五岁，在那群妈妈里面属于特别年轻的，但就算再年轻也不能那样啊——大家都这样说。"

那些妈妈所谓"不能那样"，就是实加觉得有点像"不良分子"的装束。除此之外，还有总让孩子穿着松垮肮脏的衣服，在家完全不做饭，只给孩子吃方便食品和面包，以及一直不入正田的户籍等等。

"而且她还夸耀自己以前在酒馆当陪酒女，朝讨厌的客人脸上泼酒然后辞职的事情。我觉得也不太好。"

实加听到的故事是：亚子来到东京后，马上在锦系町找到了带托儿所的酒馆工作，可是才干了四个月，就跟客人闹矛盾辞职了。

"据说是因为那个客人一边对她动手动脚，一边教育她'你也是个母亲，为了孩子要好好干'，她听了就'特别窝火，于是豁出去了'。其实我也干陪酒的工作，心里很清楚，客人基本上都这样啊。可能我们工作的地方客户层次不一样吧，但我也经常被客人说教。比如'为什么要离婚''在这种店里工作，孩子不会感到羞耻吗'，这些特别过分的也很常见。当然，性骚扰也不会少。不过客人到店里花钱就是为了开心，我们的工作就是默默忍耐，巧妙安排，让客人玩得开心啊。那个人是一点忍耐力都没有，而且她的性格也如实体现在了日常生活中，搞得其他人跟她在一起都很有压力。趁她不在的时候，妈妈们都会议论：'那个人当母亲没问题吧？''要是我孩子将来变成舟木小姐那样，就真是噩梦成真了。'"

"大家会感到压力?"小司反问。

小司还没结婚,所以可能不了解。在一群母亲组成的小团体中,只要存在一个邋遢的母亲,就会给其他人造成压力。

实加的战斗方式肯定不只是化妆。她跟女儿生活的这个房间虽然简陋,但打扫得干干净净。尽管在做晚上陪酒的兼职,她的生活也一丝不苟,早晚都会尽量亲手制作饭菜。甚至在生活与工作的间隙,接受了家长委员会的工作。

对这个人来说,亚子恐怕是难以忽视的压力。

实加点点头。

"是的,大家都很烦躁,包括我在内。而且那段时间还发生了一件让我们特别反感的事情。"

"什么时候,发生了什么事?"

"应该是前年吧,平成二十九年的夏天。我孩子和翼君再过一年都要上小学了。记得那时我跟妈妈们讨论要买什么样的书包,可是舟木小姐好像不太想谈论孩子上小学的话题,显得心不在焉。当时孩子们都在沙池里玩——"

小翼玩过沙子,没有洗手就走向躺在婴儿车里的小渚,亚子顿时暴怒。

——臭小子,滚开!小渚沾到细菌了怎么办!

亚子不仅怒骂,还当着所有母亲的面打了小翼的头。小翼哭了她也不安慰,而是命令他去洗手,然后带到婴儿车前,要求小翼对不到一岁、可能都听不懂别人说话的小渚说"对不起"。

就是这件事招致了实加和其他母亲的"反感"。

其中一位母亲实在看不下去,就对亚子说:"你这样有点过分了。"亚子闻言气愤地说:"这就是我家的教育。"然后带着孩子离开了公园。

"那件事之后，大家都说别再跟舟木小姐来往了，下次她来公园也不要理她了。不过，有的孩子已经跟翼君玩得很好，有的孩子很喜欢可爱的婴儿小渚……那些孩子的母亲就对孩子说：'舟木阿姨他们来自核电站事故的受灾地，如果跟翼君和小渚玩，会被感染辐射哦。'"

绫乃讽刺地想，你对这种行为就没有反感吗？实加应该没有察觉她的想法，但还是慌忙补充道："啊，我是觉得那有点歧视，其实也很过分。然后呢……有一天，舟木小姐可能发现自己被孤立了，也可能听到别人议论，就走到公园来，对妈妈们说了一句：'你们这帮人够可以的。'然后就离开了。从那以后，她就再也没有踏足那个公园。"

"那是什么时候的事情？"

"应该是……前年冬天，临近年尾的时候。"

实加跟她住在同一座出租房里，偶尔也会碰到，但彼此都不说话，连点头打招呼都不会。不过，她女儿跟小翼同年，一想到两个孩子可能会上同一所学校，她就感到心情沉重。

然而到了去年春天，她没有在小学的开学典礼上见到亚子和小翼。学校名册上也没有两人的名字。因为正好在同一时期，她没在出租房周边看到过亚子和小翼，便猜测母子俩可能搬走了。

可是，到了夏天。

西日本发生了前所未有的暴雨灾害，其后，日本周边又出现了持续不断的高气压，使得平成三十年的夏天打破了往年的酷暑纪录。在那样一个日子里，实加听见楼下传来骂声和哭声，一听就知道是亚子和小翼。同时还有一个男人的骂声，应该是亚子的恋人正田。

"我吓了一跳,寻思他们原来没搬走啊。可是老实说,我一点都不想掺和。但是第二天,我又听见了声音……于是开始担心,是不是发生了什么严重的事情。"

发生在公园的事情,小翼好像没有入学的事情,还有突然传来的哭声。这些足够让实加怀疑那个家里发生了虐待。

事实上,那个时期应该已经存在虐待的现象。正田去年七月开始通过社交软件"Twice"贩卖小翼的色情照片,而且在第一批照片上已经能看到小翼身上的瘀伤。

实加联系了区政府,表示身边可能有人在虐待儿童。

区政府马上委托民生委员家访,但是一直见不到人。好不容易见到了,他们却拒绝对话,表示"无话可说""别对我们的家事指手画脚"。

区政府认为需要对此事做出响应,包括进一步确认虐待事实,便派出了生活课的职员再次家访。亚子再次坚持拒绝对话,最后正田还走出来威吓道:"跟你们有啥关系!"

区政府职员没有退缩,暗示他可以联系警察强行进入,慢慢说服了他们。最后,亚子和正田妥协,约定改天带孩子到儿童救助中心面谈。

然而,他们没有履行约定。因为那家人失踪了。

这件事发生在去年九月。根据小翼的证词,他们后来过了大约半年的流浪生活,直到今年三月才住进某处的合租房。

"有时我也会想,舟木小姐这次的遭遇,会不会也是因为那时我打了电话……"

实加有点内疚地看着她们。

"应该不是的。"小司可能说出了她想听的话,只见实加松了口气,低声喃喃道:"是啊,应该是那些人自作自受。"

自作自受——那四个字久久萦绕在绫乃耳边。

当天夜里。

绫乃躺在自己家的床上，敲了一下放在枕边充电的手机屏幕。

小司家离调查本部有点远，所以睡在警署的休息室里。而绫乃的住处离警署不到五百米，所以只要无须通宵加班，她就能回家睡觉。

她睡觉时总会用小音量播放音乐，最近很少播放某张专辑或某些曲子，而是听Spotify上的歌单。

她应该是半年前开始使用Spotify。当时警署的年轻女文员向她推荐，最开始还能免费试用，于是她就下载了应用。用过一次之后，绫乃发现这个应用很方便，就让它成了自己生活的一部分，并且买了付费会员，现在每个月都要支付九百八十日元。

那上面网罗了平成初年，也就是绫乃青春期的流行歌曲，还能看到全世界人发布在上面的歌单。另外，它还能根据用户听歌的偏好自动选曲，生成歌单。

刚开始用它时，绫乃有种发现新世界的感觉，还忍不住感叹：现在的年轻人就是这样发现新曲的吗？

在绫乃眼中，音乐是通过杂志、电视或者租碟店邂逅的东西。她虽然也会买CD，但多数都是租来听，高中以前听的是磁带，长大以后也会拷贝到MD里听。现在她甚至遗忘了MD这种东西，不过她当上警察那年，的确用冬季奖金买了带MD的小型音响。当时她听了不少音乐。

可是不知从何时起，绫乃不再主动去听音乐，待在家里和走在路上，也不再因为没有音乐而感觉少了点什么。究竟从什么时候开始这样了？结婚后？还是深陷在育儿的烦恼中，顾不上想别的事情那段时间？她感觉，音乐远离自己的速度，跟CD租碟店和MD退出人们视野的速度一样快。

在同事碰巧向她推荐Spotify之前，绫乃已经彻底失去了发现新曲的热情。

温柔的女声在安静的钢琴曲中响起。

> 孤独的难眠之夜，
> 放凉了滚烫的牛奶，自斟自饮。

这是应用替她挑选的陌生曲子。虽然不知道歌手和曲名，但听起来很舒服。她很喜欢这个声音和旋律。虽然不是很懂AI和大数据这种技术性的东西，不过应用程序总是会选到她喜欢的曲子，将其加入歌单。

绫乃闭上了眼睛。

她开始回想今天一天的事情。

绫乃和小司对犀川实加等曾经与亚子有过交流的母亲朋友，以及"白金御园"周边的住户展开了问询调查。

亚子来到东京后，生活在东墨田的三年又八个月的情况已经大致查清。

亚子辞去实加提到的陪酒工作后，又换了好几份兼职，持续时间最长的就是便利店工作。

反观正田，他离开"西丘制果"后，一直都在做一天一结的工地工作。

她们估算，两人的年收入加起来有二百多万，作为抚养两个孩子的家庭，这样的收入实在太少了。换言之，他们远远处在贫困线之下。根据实施家访的民生委员描述,光在门口就能看到他们家中满是垃圾,生活十分邋遢。

但是,也有很多人经常看到亚子和正田两人,有时还带着孩子,在东墨田一带亲密地散步或是购物。她们还在附近的便利店打听到,去年春天开始,亚子经常在深夜到店里买东西。实加提到那段时间没见到母子俩,以为他们搬家了。那可能是因为亚子不想碰到熟人,刻意避免白天外出。

阳光下的社会排斥她,不见天日的密室暴力吸引了她。

很难确定他们何时开始虐待小翼。至少在受灾地的临时住宅居住时,还不存在虐待现象。跟正田交往并为他生下一个孩子,这有可能是诱因之一,但没有足够的证据让人做出判断。

他们依旧没有任何有关合租房的线索,也找不到在"Twice"上把两人叫出去的春山。

调查的涂色板已经涂满了大半,这两处成了最后的空白。

我正在调查杀人案——

绫乃自言自语道。

舟木亚子和正田大贵是杀人案的被害者,凶手正逍遥法外。

我的工作是找到那个凶手,所以不需要思考与之毫无关系的事情——

不仅是现在,即使在调查中,她也一直这样告诫自己。

可是,脑子里还是不受控制地浮现出其他想法。

调查过程中,"泥沼"出现了很多次。她甚至感觉自己一直陷在泥沼中。

另外,她还经常发生记忆闪回。女儿会出现在眼前,顶着跟小翼一样空白的表情。有时,那甚至不再是记忆。女儿的幻影赤身裸体,全身布满可怕的瘀伤。女儿含着泪水,面无表情地完全静止。宛如那些照片。

不对，不对，不对。我没有对她施加这样的暴力，更不会脱光她的衣服拍照。完全不对。这不是我干的。我跟那女人不一样。我跟舟木亚子不一样——

无论重复多少次，她还是会把自己重叠到舟木亚子身上。

泥沼深处传来话语。那是蜘蛛的话语。

——你们都一样。因为你无法爱一个应该爱的人。因为你甚至希望女儿死去。你们都是母性残缺的不完整的人，而你只是碰巧比那个女人好一点而已。

话语就像蛛丝，缠上她的四肢，把绫乃拖入"泥沼"。

一直都是这种状态。

只要稍微松懈，她就会忍不住痛哭尖叫。每一天，绫乃都抱着这样的心情，参与到调查工作中。

是因为这样吗？

绫乃感到水滴滑过脸颊，她意识到自己哭了。

最近每天都会这样。她回到家中，躺到床上，一整天勉强控制的情绪就会决堤，让她泪流不止。

她独自躺在空旷的公寓房间里，缩进被窝，安静地听着音乐，不住哭泣。

一些温柔，要在伤害过后才发现。

唯有擦肩而过之后，才能互相理解。

第一次听到的陌生歌手的声音，是那么温柔。

今天也糊弄过去了吗——

绫乃已经注意到跟她组队的小司有时会担心地看着她，还好几次问她"你没事吧"。

就算她看不透绫乃的内心，应该也有所察觉。

从立场来说，小司是小队长。可是绫乃身为前辈，不希望小司看到如此不争气的自己。她希望自己能比小司更冷静。

不只是小司，她不想在任何人面前哭哭啼啼。

其实，她甚至很讨厌独自哭泣。

尽管如此，她还是停不下来。

人心无法像应用程序那样，准确地挑选感情。

绫乃不住地哭泣。

范启莲

平成二十九年一月十三日。

那天下午,下雪了。

岐阜县平原地区整个十二月都没下雪,所以那天是初雪。

当她们发现窗外飘落的不是雨点,而是白色粉末时,正在"龟崎缝纫"工厂里干活的好几个实习生都看得入了迷。

在这里工作不到一年的越南人和中国南方人,都是有生以来第一次看到雪。

当然,阿莲也是其中之一。

"好厉害。""这就是雪啊。""天上下冰了?"

有人兴奋地感叹,也有人扔下手上的活儿跑到窗边。

"也就第一次看比较稀罕。等到外面积雪了,我们还得出去扫雪,可辛苦了。"

工作第三年的邱姐苦笑着说。凡是工作了超过一年的人,好像都不太稀罕看雪。

不过,阿莲还是感到,今天这场雪是命运的预兆。

雪很快就停了,但是晚上社长叫她去开会时,天上又下起了雪。

她已经知道今天社长会叫她去开会,因为她告诉社长,自己昨天来月经了。

社长不仅不讨厌，反而更喜欢跟来月经的女人睡觉。好像是因为来月经时不用避孕，也不用担心女人怀孕。阿莲不知道这是不是正确的医学知识，只觉得本来身体就不舒服，还要任他凌辱，实在太痛苦了。

不过，她为此能够事先预见今天要开会，所以很庆幸。

她离开工厂去社长家时，注意到小杨在瞪着她。

别这样看着我。或许正如你以前所说，社长会回到你身边。虽然我不明白你为什么期待这个结果——

阿莲想着，对她露出微笑，小杨的表情反倒更扭曲了。她可能觉得阿莲在挑衅她。

没关系。无论小杨多恨她，她都不在乎了。

阿莲走向社长家。雪花零星落下，还积不起来，只是微微打湿了水泥地面。

她想起那两个人——Blue和马科斯事先对她的指示。

阿莲接下来要完成两个任务。第一，打开社长家的大门。第二，在午夜零点工厂收工，周围安静下来之前，别让大门上锁，也别让任何人发现。

两件事都不难。

等候已久的社长把阿莲领进屋后，锁上大门，还挂上了门链。她没有马上行动，而是跟随社长走进餐厅。

每次开会的顺序都一样。先在餐厅一起吃饭，同时做些工作和生活上的汇报。当然，只限定在阿莲能用日语表达的范围。

然后，只要社长心情好，就会提出"我们学习日语吧"，接着社长开始指着东西说日语，阿莲跟着重复"学习"。不久前，社长指着墙上的照片说："A总理大臣。"阿莲后来在宿舍的电视上也看到了同一个人,才知道这个男的好像是日本现在的国家领导。社长似乎很尊重那个政治家。

有时候社长兴致上来了,就会一个人讲好久的话。其中多数是自我吹嘘,阿莲一大半都听不懂。不过只要装出惊讶的样子说"好厉害",社长听了就会特别高兴。

今天社长心情特别好,比平时多说了好多话,所以中途她有好几次机会说:"请让我上厕所。"

厕所就在进门不远处。阿莲真的上了厕所,并顺手打开了门锁。

回到餐厅时,她还是很紧张,不过社长一点都没有怀疑。就这样,第一个任务完成了。

他太相信我了——

她明知道眼前这个男人是只会拿无法抵抗的女人当玩物的卑鄙小人,心里还是充满了罪恶感。话虽如此,她也不打算放弃。

餐厅的交谈时间结束后,两人一起泡了澡。社长特别有精神的时候,会在浴室里先来一次。平时则只会互相清洗身体。

不管怎么说,过后都要在卧室来一次。快的话晚上十点多就能结束,慢的话可能会超过零点。如果换作平时,阿莲肯定会祈祷早早结束,但是今天,她必须尽量延长时间。为了完成第二个任务。

让她庆幸的是,社长在浴室里已经按捺不住。这样会更花时间,因此阿莲求之不得。

两人泡在浴缸里。平时阿莲只会一动不动地任凭社长上下其手,今天则主动轻抚了社长的皮肤和下体。

"哈哈,阿莲,你怎么了,今天特别可爱呀。"社长高兴地说。

虽然只是为了拖延时间，可是肌肤相亲的时候，她能感到内心深处隐隐渗出温暖的情意，让她疑惑不已。

这种火花一样的心情究竟是什么——

是罪恶感吗？还是被侵占了无数次之后产生的依恋？可她明明痛恨这个男人啊。莫非小杨把这种火花催化成了烈焰？

阿莲呆呆地思考着，还没得出满意的结论，浴室的交合已经结束。走出浴缸前，她仔细清洗了下体。社长说来月经的日子不用担心，可她一点都不想怀孕。

阿莲一边清洗，一边感到自己的确对社长抱有憎恶的情绪，稍微放心了一些。

接着，她又像平时那样，被赤身裸体地带到了卧室。此时，卧室的挂钟指着十点五十五分。今天的节奏很缓慢，非常好。

只要在浴室做过一次，社长就会说："先让我休息一下，恢复恢复。"然后抱着阿莲躺上一会儿。有时还会不小心睡过去。

不知是否因为入了冬，社长最近很能睡。果然，他很快就打起呼噜。

太好了。这样又能拖延一点时间。

社长的睡眠总是很浅，快的时候十分钟就醒了，再长也只会睡一个小时，然后起来抱阿莲。

今天最好——阿莲的期待成真了，社长比平时睡得久了一点。

然后，他醒了过来。"啊，睡得真香。哦，哈哈，你瞧，我这把年纪了，刚起床还很精神呢。"说完，他就抓住阿莲的手，带向自己双腿之间。

就在那时，卧室门霍然打开，两个头戴遮脸帽的男人冲了进来。是 Blue 和马科斯。

在床上看不到时钟，所以阿莲不知道现在几点了。此时已是零点三分。

"啊？？"

突如其来的入侵让社长惊得大喊一声。

阿莲甩开社长的手，连滚带爬地下了床。

下一个瞬间，两人已经把社长死死按住。他们的动作如同行云流水，瞬间就用毯子紧紧裹住社长的身体，然后捆上绳子，让他动弹不得。

"你、你们干什么！"

"阿莲小姐，快穿上衣服，在门口等我们。"

他们无视了社长的喊叫，其中一人对她说道。两人都没有转过身，不过她听到的是越南话，所以说话的人是马科斯。

阿莲没有回答，直接跑出卧室，到浴室更衣间穿上衣服。

太好了，赚到了——

虽然微不足道，但好歹少做了一次。她没有理睬心中若隐若现的寂寥。既然是若隐若现，那就当它不存在好了。

她在门口可能等了十分钟。其间好像还听到了社长的哀号。

不一会儿，两人走出来，依旧戴着遮脸帽。Blue手上拿着什么东西，是护照还有信封。

"卧室里有个保险柜，他把护照放里面了。还有，我们把你的合同和资料都拿出来了。"

马科斯说完，Blue伸出手。阿莲接下了护照。

这应该是他们威逼社长交出来的东西，可能还使用了暴力。不，说不定……

看着眼前这两个头戴遮脸帽、怎么看都像犯罪分子的人，她不由得想到了可怕的画面。

"那、那个，社长他……"

马科斯好像察觉了阿莲的担忧，勾起了露出的嘴角。

"没事。我们动作虽然有点粗鲁，但他没有受伤，而且捆得也不紧，应该能自己挣开。好了，此地不宜久留，我们走吧。"

在两人的催促下，阿莲离开了社长家。

冷风打在脸上，地面不知何时积起雪，在月光下发出朦胧的光芒。这是故乡绝对看不到的奇妙光景。

他们穿过静悄悄的工厂外围，白色货车就停在门前的大路上。马科斯坐上驾驶席，Blue坐上副驾，两人都脱掉了帽子。阿莲坐进后座。车里比外面暖和多了。

接着，马科斯发动引擎，货车轻轻震动着向前驶去。

黑暗中，工厂渐渐消失在远处。

"这次很顺利。那个社长连我们是谁都不知道，想找你也不知去哪儿找。"

马科斯看着前方说。

"工厂的人会怎么样？"

阿莲有点担心。

"应该不会怎么样。我猜社长会假装你逃走这件事从未发生过，明天照常管理公司。说不定还会吃一堑长一智，再也不对实习生出手。不过这也很难说。反正那都跟你没关系了，当然也跟我们无关。"

没关系……邱姐和其他越南老乡，小杨和其他中国人。她们的脸在脑中一闪而过。阿莲被欺负过，也喜欢不上里面的任何一个人。然而，大家都有各自的苦衷，都跟阿莲一样，为了来日本欠了一屁股债。

她想到只有自己一个人逃跑了，心里多少有些悸动，但那并没有发展成明确的情绪。

阿莲叹了口气，靠在椅背上。可能因为精神放松了，她开始昏昏欲睡。于是她没有抵抗，闭上了眼睛。

我今后会怎么样呢——

昏昏沉沉的脑子思索着。

Blue和马科斯是"Plan H"的人，干的好像是中介生意。

他们说会给自己准备新住处和新工作，但是阿莲只顾着担心能否顺利逃跑，几乎没有具体问过。

他们说，介绍的工作都是工厂劳动和陪客喝酒，不会做卖淫这种事。那是真的吗？现在已经逃出来了，只要他们把阿莲往入境管理处一送，她就会被强制遣返。所以，无论他们提出什么要求，阿莲都只能顺从。

尽管如此，阿莲还是没有感到害怕。她已经不想在乎了。如果被骗，那就被骗吧。

"到了。"

阿莲听到声音醒过来，发现车里已经亮了起来。她一觉睡到天亮，朦胧的日光透过窗户洒了进来。

车门打开，Blue在外面对她招手。阿莲下了车。

冬天早晨冰冷的空气刺痛了皮肤。

她站在一座蓝色平顶二层小楼前方，门口没有铭牌。

旁边的电线杆上挂着街区牌，上面写着"南林间"，但阿莲看不懂。

"这里是我们管理的住宅之一，里面住着好几个人。简单来说，就像合租房一样。不过每个人都有单独房间，家具也齐全，肯定比你以前住的宿舍舒服很多。里面多数是跟你一样，在我们的帮助下逃出来的实习生。不过也有一些比较困难的日本人。工作虽然不轻松,但是能赚钱。回国时间按照你当初的安排就好。"

马科斯说着,把阿莲领了进去。

阿莲走进大门,Blue 也跟了进来。

房子里有一股多人同住空间独特的混杂气味。

进门右手边就是起居室,阿莲忍不住停下了脚步。

马科斯发现她的反应,解释道:"哦,那是 Blue 挂上去的。因为啥都没有会显得有点煞风景。"

阿莲抬头看向 Blue。

Blue 笑着说:"我很喜欢这张照片,也很想到那里看看。"

他说的虽然是日语,但阿莲好像都听懂了。

起居室墙上,挂着一幅放大的"命运之湖"照片。

致 Blue

桦岛香织和三泽·马科斯都对与 Blue 一起生活的日子印象深刻,也都提到了一起看烟花的夜晚。

那天是平成二十九年七月十五日。

马科斯已经跟他们生活了四年,青梅案过去了十三年。

桦岛香织号称助人为乐的"Plan H"的生意,正蒸蒸日上。

Blue 和马科斯前往日本各地,帮助工作环境恶劣的外国技能实习生逃跑,让他们住进公司经营的合租房等住宅,并给他们介绍新工作。他们会从新工作的工资里扣除房租和中介费,不过实习生们依旧感恩戴德。

三个人在横滨的共同生活也持续平稳。

这天有横滨每年惯例的烟花大会,他们决定在阳台上边吃晚饭边欣赏烟花。

Blue 和马科斯结束工作后,在阳台上摆放了折叠桌椅,桦岛香织则负责准备晚餐。她用各种肉类和蔬菜亲手制作了芝士炸馅饼。

他们还在准备,烟花已经开始了。

三人用啤酒干杯,一边用炸馅饼下酒,一边观看五光十色的烟花。

看着看着,桦岛香织突然哼起了一首英文歌。

Hold me like a friend
Kiss me like a friend
Say we'll never end

马科斯认出了那首歌。

"啊,这是那个打上花火的曲子吧?听说要做成动画片来着?"

"对,这是《升起的烟花,从下面看,还是从侧面看?》的主题曲。我以前在老家啊,还是看了那个电视剧才决定离家出走的。"桦岛香织说。

《升起的烟花,从下面看,还是从侧面看?》是平成五年八月播放的电视剧。剧集刚开始播放就得到了极大反响,后来又制作了电影版。其后还被重制成动画电影。

"原来是这样啊。我一开始也是看的电视剧。当时我刚来日本,还在上小学低年级,所以看不太懂。不过印象最深刻的是男孩子跟女孩子偷偷跑到游泳池去,还有最后烟花升起那一幕。"

马科斯眯起了眼睛。一直若有所思的 Blue 也开了口。

"我好像也看过……"

"真的?你应该才四岁吧。"

"嗯,所以几乎不记得了。好像是妈妈在看……我忘了在哪里,可能是以前住的麻布的公寓,也可能是别的地方……啊,对了……"

Blue 低垂目光搜寻记忆,然后自言自语般喃喃道:

"我记得妈妈一边看电视,一边对我说:'你长大以后会喜欢什么样的女孩子呢?''就算有了喜欢的女孩子,你也要一直喜欢妈妈哦。'"

"是吗?那我们三个那时分别在不同的地方看了同样的东西

呢。真有意思。"

马科斯高兴地笑了。

"是啊。"桦岛香织微笑着,继续哼唱。

> Searching for the colors of the rainbow
> Melody never say good—bye
> I will be near you

二十四年前,他们三个分别在不同的地方看了同一部电视剧里的烟花。现在,又齐聚一堂,看着现实中的烟花。

Blue抬起头,拿起一个炸馅饼咬了一口。面衣底下露出绿色的食材,那是青椒做的。

小时候跟母亲一起生活时,Blue一直吃不下这种蔬菜,但是现在,它已经成了Blue最爱吃的东西之一。成长可能会带来口味的变化,但这主要依赖于桦岛香织变着花样给他做了各种青椒料理。

"谢谢你们。"

Blue凝视着夜空中绽放的烟花,对两个人说。

"谢谢你们没有讨厌我。"

"我没有理由讨厌你啊。"马科斯苦笑着说。

桦岛香织不再哼歌,耳语般说道:"应该说谢谢的人是我。Blue,多亏了你,我才触碰到自己想要的东西……"

不知Blue是否听到了她的话。就算听到了,他也没有询问深意,而是看着烟花说道:"真漂亮。好希望时间就此停止。"

那可能是他最深切的渴望。

这天,烟花结束后的深夜。

马科斯听见 Blue 缩在毯子里，低声喃喃自语——

"对不起，对不起，对不起，对不起，对不起，对不起——"

Blue 哭着不断道歉，马科斯却不敢上前搭话。

这种事已经不是第一次发生。不知从何时起，Blue 频繁做噩梦。与此同时，他在日常生活中又会突然露出心不在焉的表情，独自沉思的时间越来越多。

马科斯讲述道。

——我现在还在想，当时是不是能为他做点什么。

可是，我直到最后都没有把这份心意告诉 Blue。他可能也没有发现。

与 Blue 重逢后，我一直担心将来有一天又要分开，所以觉得应该把自己的心意告诉他。正好媒体也开始提到 LGBT 这种词。跟我小时候相比，越来越多人了解世上有这样的人群。就算没有那个，Blue 知道真相后，肯定也不会瞧不起我。

可是……唉，就算他不会瞧不起我，也不一定能接受我的心意。说白了，我好不容易能跟他在一起，不想因为被甩了让两个人的关系变尴尬。就算同是直男，这种关系也很常见吧？一起生活一起工作的好朋友，这样就刚刚好。

我一直觉得那种日子会一直持续下去，到最后香织姐变成老太太，我跟 Blue 一起照顾她……

但是，事情并没有变成我想象的那样。

不知道从什么时候开始，那家伙变得十分痛苦。可是，我和香织姐却什么都做不了。

无论怎么想，我都不知该如何把他从痛苦中拯救出来。所以，我只能陪在他身边。

我认为，那家伙突然离开浜松时，我经历了人生最大的悲痛。后来的重逢，则是我人生最大的快乐。

可是后来，我又经历了一次人生最大的悲痛。

奥贯绫乃

调查第十三天。

绫乃和小司来到了川崎。由于署里的车都被开走了,她们只能乘电车再转出租车。

两人在门口拦了出租车,是那种去年出现的,外形圆润的厢型车。深蓝色的车体上印了明年奥运会的标志,应该是丰田制造的"JPN TAXI"车型。

滑动式车门方便了乘客上下车,而且车厢内部宽敞,座椅正面装有可切换各国语言的触摸式人机交互界面,不通晓日语的外国人和视觉障碍人士都能使用。支付方式可选择现金、银行卡、数字货币,还有免费使用的电源插座和手机数据线,可谓无微不至。

"去'京浜儿童家庭中心'。"

小司报出目的地,貌似四十岁左右的司机马上用精神饱满的声音回答:"明白。本车将会安全迅速地将两位送到目的地。"

这种车型目前数量还不多,主要由待客、驾驶技术都很优秀的司机负责驾驶。从各种意义上说,它都比以前的轿车型出租车好很多,而且价格不变。如果能拦到这种车,总会有点捡到便宜的得意心情。

车辆开始行驶，没过一会儿，正对座椅的显示屏开始播放新闻。

"高远一也氏首次入阁。"字幕旁边出现了案发当天绫乃在南大泽看见的那个议员的脸。

前些天，一名内阁成员因丑闻引咎辞职，他就是顶替那个人入了阁。从时机来看，这也有可能是面向夏季全国选举博取人气的一环。

画面切换到他与招募他入阁的现任总理大臣A的会见场面。

"高远先生是新时代的中流砥柱，我对他抱有很大期待。"总理微笑着说。

A政权于平成二十四年末重新成为执政党，如今已经过去了六年零四个月，超过平成中期的K政权，成为平成维持时间最长的政权。考虑任期的话，还有可能成为战后最长，甚至日本宪政史上最长的政权。

A虽然是个毁誉参半的政治家，但无疑会成为最能代表平成的总理大臣。

新时代。

还有几天，四月就要结束，日本正式改元。

绫乃突然想到了什么，转头问小司。

"莫非你是平成出生的？"

小司苦笑着摇了摇头。

"很遗憾，我勉强算是昭和出生的。昭和六十三年。同年级一些生日晚的孩子就是平成出生的。上小学的时候，我不知为什么有点羡慕他们。"

"哦？"

这是改元前后那一代特有的心理。

今年四月出生的孩子，会不会也有点羡慕下个月出生的孩子呢？

此前，警方上层喊出"平成之内逮捕凶手"的口号，现在看来，可能无法实现了。

与亚子和正田有关的人几乎全部接受了身体组织取样，用于DNA鉴定。但是并未找到与凶手DNA一致的样本。

不过，案情的焦点已经基本确定。

这个案子的关键在于把亚子和正田叫到D小区的春山，以及他们这个月初搬离的合租房。

离开合租房之后到走进"陌生人网咖"之前的这段时间，一家四口都在通过步行和电车移动。如此一来，活动范围应该不大，可能在东京或神奈川的某个地方。就算稍微扩大范围，也出不了首都圈。

警方通过不动产中介与合租房的业界组织展开了地毯式调查，但是目前尚未发现涉案房屋。

调查本部猜测，那可能是针对特殊人群的非法合租房。

亚子和正田不仅生活邋遢，虐待儿童，在经济上也捉襟见肘。而且，他们不愿意求助福利机构，反倒有意逃避，从而被吸引到违法犯罪的世界。

——自作自受。

曾经跟亚子一起在公园带孩子的犀川实加说得没错。

因为，亚子本来是可以选择的。

她可以反抗吸引和排斥的力量，坚持过正常的生活。

可是，孩子呢？

被父母的愚蠢选择影响，遭受毒打，甚至被迫拍摄了色情照片的小翼呢？他明明没有做任何选择。

相比死去的两人，她觉得小翼更可怜。

现在，绫乃这些警察也不得不依赖这个可怜的孩子破案了。

时隔九天再次来到"京浜儿童家庭中心"，绫乃和小司被领到了跟上次一样的会客室。她们踩着预定时间上门，却在会客室又等了三十多分钟。

"真不好意思，应该快到了。"

副所长三岛美沙子与两人面对面坐在沙发上，看着时钟抱歉地说。

"没什么，请不必在意。毕竟是我们提出了过分的要求。"小司平静地回答。

掌握合租房信息的只有寄宿在这里的两个孩子。而且小渚年龄太小，很难作证，事实上她们只能靠小翼一个人。

绫乃两人问过话后，又有两组警察分别找过小翼，但都没有获得有用的信息。调查本部希望能够继续对小翼的问讯，但是此时，发生了很严重的问题。

前不久，由于警方对媒体公开了亚子和正田的身份，寄居在"京浜儿童家庭中心"的孩子们也得到了两人死亡的消息。小渚可能还不太理解死亡的概念，只是一脸呆滞，小翼则陷入慌乱，有段时间完全不开口说话。

中心考虑到孩子的心理负担，希望警方今后不要再对小翼进行问讯。

她们可以理解，也没有任何调查人员愿意对一个这么小的孩子紧紧相逼。可是案件调查的时间拖得越长，就越难真相大白。

后来小翼渐渐开口说话，经过双方协商，决定缩短问讯时间，并且由以前与孩子见过面的绫乃和小司两位女性刑警负责问讯。

可是人都到了，小翼却突然不愿意离开房间，儿童福利员芥正在劝说他。

"父母去世的消息对翼君的打击很大吧。"绫乃问道。

"是啊。那孩子好像很黏自己的父母……"

上次问讯时，小翼好像也问过："妈妈和大贵爸爸什么时候回来？"

"可是翼君曾经受过虐待。正如之前所说，他还被迫拍了很多可怕的照片。哪怕这样，他也很黏父母吗？"

警方查明的关于儿童色情照片的事，还有关于两个孩子生活环境的信息，都共享给了中心。

美沙子转动眼珠想了想，然后开口道："可以肯定的是，反复的虐待让翼君的心灵受到了严重伤害。他有时会突然尖叫大哭，我们怀疑是回忆起了以前被打的情景。而且，他在接受中心的心理咨询时也回答过：'我很害怕妈妈和大贵爸爸。''我讨厌他们。'另外，'冷却的警戒'也是孩子抗拒父母的一种征兆。只不过……"

美沙子叹了口气，皱起眉头。

"即便如此，孩子也不会失去对父母的爱。爱与恨虽然是完全相反的感情，但无法二者只择其一。人是可以对另一个人又爱又恨的。我们大人也会同时喜欢一个人的某些地方，又讨厌那个人的某些地方。这很正常。只是，幼年遭到虐待的孩子，他的爱恨波动会非常极端。翼君现在才七岁，可以说，他出生以后几乎每一刻都跟母亲亚子在一起。我认为，翼君可能会把亚子小姐当成自己——或者说世界的一部分。现在，他可能在经历自我的残缺和心灵撕裂的痛苦。"

绫乃咬紧了牙关。

泥沼如约而至，让她想到自己的女儿。

那孩子也是这样看我的吗——

我把那孩子的心灵撕裂了吗——

她不该问这种问题。如果不持续制造疼痛，她可能会陷入疯狂。

绫乃的脸色想必很不好。美沙子看着她，露出惶恐的表情。

"啊，真对不起。我很明白警方必须查清这个案子。如果不抓住伤害孩子父母的凶手，那两个孩子一定也不好受。所以，我们一定会尽量配合。"

"啊，没什么。太感谢了。"

绫乃咬着后槽牙，极力让表情缓和下来，然后这样回应道。接着，她让自己把注意力集中在案子上。

美沙子说得没错。抓住这起案子的真凶，对两个孩子的将来也有好处。

片刻沉默过后，美沙子又开口了。

"现在说这种事可能不太好……可是我认为，这起案子最终让两个孩子进入福利机构，其实也算一件好事。就像大部分结局悲惨的儿童虐待案一样，亚子小姐拒绝了行政援助，甚至逃离其登记地址，导致介入工作难上加难。"

在东墨田，民政委员一度试图引导行政介入，而且经调查发现，他们开始流浪生活后，也有很多人产生怀疑，甚至有的人上前询问，或是报警。

但是，亚子每次都逃脱了。就算自治体意识到这个问题，也会苦于人手不足，无法派专人去搜查介入。

"暴力会形成一条锁链。如果翼君就这样被亚子小姐抚养长大，他以后也有可能成为施暴之人。而且在他长大之前，很有可能会被虐待致死。"

暴力的连锁反应。那可能也是另一种形式的吸引与排斥。

她们从亚子的青梅竹马佐藤纱理奈口中得知，亚子遭到过来自父母的暴力。正田那边虽然无法确认，但他父亲有伤害罪的前科，因此正田受到虐待的可能性也不低。

那两个人，或许也摊上了无法选择的父母。

美沙子继续道："孩子的健康成长最需要无条件给予关爱的父母。那两个孩子，尤其是翼君的心灵可能很难治愈。而且，社会上还存在对儿童福利机构及其中儿童的根深蒂固的偏见，比如有人强烈反对在高级住宅区开设儿童救助中心。即便如此，相比被虐待致死，或是在那样的家庭中长大成人，由福利院抚养长大的孩子，肯定也有更好的人生。不，我们必须让他们拥有更好的人生。我认为，这是一个机会。"

绫乃听了美沙子的话，感到泪腺又要失控。

不行。

她用力咬紧牙关，眨眨眼睛防止眼泪滑落。

就在那时，外面传来敲门声，不等有人回应，会客室的门就打开了。

是芥。

只有他一个人。只见他一脸歉意，手上还拿着几张画。

"不好意思，我好说歹说，翼君今天还是不想见人。实在辛苦你们白跑一趟了，但也希望两位理解翼君的心情。"

绫乃和小司对视一眼。

小司摇了摇头，仿佛在说"那也没办法了"。

接着,芥把画纸放在了桌上。

"其实我昨天就请翼君画了一些画。警方想知道那个合租房的信息,没错吧?所以我就让翼君画了他记忆中的合租房外观,在那里见到的人,还有其他有印象的东西。虽然不能像照片那样真实还原,但他的绘画能力比一般同龄人发达很多……"

纸上有各种人物和建筑物的彩铅绘画,的确画得很好。虽然说不上写实,但一眼就知道画的是什么。人物特征也都把握得很清楚。比如春山,在画上就是一个身材高挑的青年。

"谢谢你,这些应该能派上用场。"小司说。

相比用语言询问,这些画透露的信息可能更多。

为了保险起见,绫乃用配发的手机拍摄了每一幅画的照片。

拍到一半,她突然停下了动作。

"怎么了?"小司问。

"不,等等。这个……是什么?"

有一张纸上画的既不是建筑物也不是人物,而是风景。

小司凑了过来。

"池子?"

不知是池塘还是湖泊,总之画面整体为蓝色,远景处貌似有树。右下角还用橙色数字标出了"12345"。

绫乃对这张画有奇怪的既视感。她觉得自己好像在哪看过。这是什么来着?

"哦,翼君说那是合租房墙上贴的照片,右下角是照片日期,但是他记不清了,所以随便写了几个数字上去。"

照片——

听他这么一说,绫乃想起来了。

青梅案。

十五年前，绫乃结婚离职前，在一课参与的最后一个案子，也是小司的父亲藤崎参与过的案子。

她再一看，瞬间想到了"时间静止在昭和的房间"，也就是青梅案凶手篠原夏希生活过的房间。当时里面就有这张照片。由于她一直闷在房间里不出来，不可能得到那张照片，所以到最后警方都没有查明照片的来源。

合租房有那张照片？这是怎么回事？

不知道。

虽然不知道，但这个案子的作案手段跟青梅案相似，真的是偶然吗？

绫乃屏住了呼吸。

她回忆起十五年前。

青梅案发生一年后，案件形式上得到了解决。很可能存在的共犯被刻意忽略，最后以篠原夏希单独犯罪、嫌疑人死亡的形式送检。

绫乃看向小司。

小司似乎对她的反应很是困惑。

当时曾有传闻，小司父亲领导的藤崎班找到了共犯的重要线索，正在进行秘密调查。

"你知道青梅案吗？"

小司一听，眨了眨眼睛。

"听说过一点。就是我给父亲送衣服时，他正在调查的案子吧？"

"你听父亲提起过那个案子吗？"

"没有，他在家里从来不提案子。"

正如大多数刑警那样，藤崎也不对家人提起调查的事情。

巧的是，这次的调查本部里就有一个当时跟随藤崎展开调查的人。

"我们把画拿给答题王看看吧。"

"答题王？"小司困惑地反问。

"就是冲田管理官。他喜欢问答游戏，知道很多乱七八糟的知识，所以一课的人以前这样叫他。"

冲田数晴。这位曾经是藤崎左右手的刑警，如今仕途顺遂，当上了本厅调查一课的管理官。这次成立的调查本部，就由他来担任统领全局的调查主任。

他可能知道点什么。

范启莲

平成三十一年三月。

阿莲已经在Blue和马科斯给她安排的合租房生活了两年零两个月。按照原来的计划，她在四月的最后一天就要回国。

这座合租房貌似由独栋住宅改造而成，一楼两个房间，二楼三个房间，合计五个房间，里面都住了人。房间约十平方米，基本只住一个人，也有跟朋友或兄弟同住的人。

阿莲被分到了二楼角落的房间。虽然建材粗陋廉价，不过收纳区域和电视等家电都齐全。最重要的是，她能独享这个房间。

这里的住户几乎都是逃跑出来的外国技能实习生，但也有日本人。看来"Plan H"公司也为情况特殊的日本人介绍工作和住处。

房子里不时空出房间，但Blue他们很快就会带新人住进来。

这座合租房貌似由Blue负责管理，他几乎每天都会过来补充生活用品，打扫清洁。

他们给阿莲介绍了两份工作。

一个是每周上四天班，到乘公交车需要十五分钟车程的废品工厂做大型垃圾分拣。垃圾里往往混有玻璃碎片和尖利物，一不小心就会受伤，而且劳动强度很大。

另一个是周末到外国人酒馆陪酒。因为要应付醉酒的客人，强度也很大。

不过两者的劳动时间都不长。工厂只需做到傍晚，酒馆则只有夜里上班。每周还能有一整天的休假。两份工作加起来的薪水，去掉合租房的房租和中介费，还能剩下二十多万。这是"龟崎缝纫"的四倍。

如果还想多赚点钱，也能去风俗店工作，但是阿莲拒绝了。她不想再背叛丈夫。

合租房所在的南林间地区外国人比较多，阿莲也很容易适应这里杂乱的感觉。而且，只要乘坐电车，不到一个小时就能到横滨和新宿，因此休息时能够尽情体验日本的都市生活。

她有时会吃点好吃的，买点喜欢的东西，剩下的钱也足够汇给家里。现在她甚至能跟家人通电话了。

合租房还有其他越南住户，特别是同住二楼的阿妙和阿收两姐妹，跟阿莲年龄相近，三人成了好朋友。她们是从长野县农户那里逃出来的。

两姐妹跟住在其他地方的越南逃跑实习生也有联系。一次，她们邀请阿莲到那些人工作的越南餐馆去，又结识了不少朋友。

她被困在"龟崎缝纫"，无法获得外部消息时压根儿不知道，这个国家原来生活着很多越南人，还形成了自己的社群。

逃跑之前，她被反复警告不准逃跑，否则要被遣返回国，不得不给心灵戴上枷锁。逃跑之后，她才发现了广阔的世界。

Blue说她可以在到期之后继续工作，越南人的社群也愿意给她介绍工作。

她觉得，处在这样的环境中，多待一段时间也可以，不过，阿莲还是很想念家人。她很想念丈夫，尤其想念孩子们。她真想紧紧抱住肯定已经长大了不少的两个孩子。

所以,她决定依照计划,下个月回国。

就在阿莲决定要尽情享受剩下的日子时,几天前空出的隔壁屋来了新住户。

那是一家四口日本人,其中两个是孩子。

奥贯绫乃

调查第十四天。

她们专门空出了樱丘警署的一个小会议室。

阳光透过百叶窗的缝隙洒进来。

绫乃与小司坐在桌子一侧,一个人坐在另一侧,聚精会神地看着小翼的画。

那个人就是本厅调查一课管理官,兼任多摩新城男女二人遇害案调查本部调查主任的冲田数晴。

他曾经的寸头已经留长,成了两边推平,头顶留发的造型。银边眼镜也换成了黑框眼镜。以前高大结实的体魄圆润了一些,因此也多了些威仪。绫乃在第一次调查会议上看到他时,心中感慨果然是地位造人。

冲田抬起头,看向绫乃。

"很像啊……"

"是的。我认为这跟青梅案那张来源不明的照片是同样的风景。翼君曾经住过的合租房,很有可能装饰着相同的照片。而且,这次案件的作案手段也与青梅案极其相似。您觉得这是巧合吗?"

冲田没有回答,重新看向画。

绫乃下定决心，追问道："管理官，青梅案最后被定性为家中次女篠原夏希独立作案，对吧？可是调查本部一度怀疑存在共犯，而且我还听到传闻，说藤崎班长找到了与共犯有关的重要线索。管理官，不，冲田先生，你觉得这个案子跟青梅案会不会有联系？"

冲田再次抬起头，这回看向了小司。

"藤崎，你听你父亲提起过青梅案吗？"

绫乃也问过这个。小司摇了摇头。

"没有。"

"是吗……嗯，也对。"

冲田轮流看了看绫乃和小司，然后长叹一声。

"其实我在意识到两个案子的作案手段相同时，心里就有过怀疑。不过，那种作案手段不算特殊，很难断言就是同一人所为。现在有了这张照片……奥贯，你说得没错，很难认为这是单纯的巧合。刚才你说那张照片'来源不明'，其实那个来源已经查清了，是某个人送给少年 Blue 的东西。"

"Blue？"

"没错，他就是青梅案的共犯。不，说不定是主犯。上头下令停职调查前，藤崎班花了大约半年时间追查这个 Blue。"

原来藤崎班追查共犯的传闻是真的。而且听冲田的语气，他们已经找到了确凿的证据，甚至把目标限定到具体的某个人。可是直到最后，调查还是被迫中止，案子被安上了没有共犯的结论。因为藤崎班没有找到 Blue 吗？

不，既然共犯身份已经确定，中止调查的决定就显得很奇怪。另外，如此重要的线索只被藤崎班掌握，这种情况也很蹊跷。

她心中浮现了几个疑问。

还没等她说出来，小司就开口了。

"你刚才说的少年，那个 Blue，究竟是什么人？"

"他是个不存在的人。"

那是什么意思？绫乃看向旁边，小司脸上也露出了困惑的表情。

冲田撇了撇嘴。

"抱歉，我并不是故意含糊其词。他确实是法律上不存在的人。因为 Blue 没有户籍。他是被认定为青梅案凶手的篠原夏希的儿子，同时是个无户籍儿童。"

"啊？"

绫乃忍不住叫了一声。

篠原夏希有孩子？可她不是一直蹲在家里那个"时间静止在昭和的房间"吗？

"藤崎，你还记得吗？那年六月底，我们正在调查那个案子时，你把你父亲的换洗衣物送到了奥多摩警署的调查本部，奥贯代为收下了。"

小司和绫乃对视一眼，点了点头。

"巧的是，那天正好有个电话打进来，向我们提供了案件线索——"

冲田开始讲述。

北见美保的证词。篠原夏希实际已经离家出走的事实。她成为高远仁的情人，生下了 Blue。高远自杀。"小甜心"事件。跟井口夕子的同居生活。与自称木村拓哉的海老塚卓也交往。海老塚在浜松的不正常死亡。还有，拍摄了蓝湖照片的三代川修的证词。

那就是一个离家出走的少女，以及少女生下的孩子，一步步走向杀害家人的经过。

"平成十五年十二月二十三日晚上,三代川把两人送到篠原家门口,然后因为害怕逃跑了。我们只查到这一步。

"共犯无疑就是夏希的孩子青,又称 Blue。可是他们最终没有查出 Blue 行凶后逃去了什么地方。当时他只有十四岁,过完一月的生日也才十五岁,无论怎么说都是个孩子。如果 Blue 一直流落街头,肯定会被儿童救助中心收容,但是他们没有查到相关信息。由于藤崎班人数有限,调查力有不逮。同时,案子也迎来结案时限。上头最终决定以嫌疑人死亡的形式送检。或许因为 Blue 极有可能继承了高远家的血脉,警察厅出身的议员插手了那个案子的调查。与此同时,新潟的地震又让警方人手严重不足。总而言之,案子被政治干涉了。"

冲田叹了口气。他最开始那句话,应该是讽刺或自嘲。

"Blue 是否就是把两人叫出去的春山?"

听了绫乃的问题,冲田摇摇头。

"我无法断言。不过,这张照片的底片应该在 Blue 手上。他没有户籍,当然也不存在本名。因此,完全有可能使用假名。"

"我父亲呢?管理官,我父亲辞职是因为那个案子吗?"

小司再问,冲田又摇了摇头。

"老实说,我也想知道。班长……藤崎先生肯定无法接受调查半途而废这件事。事实上,那是一个未解决的案子。因此,那也成了藤崎先生事业中第一个,也是最后一个未解决案件。我记得藤崎先生是调查结束三年多,平成二十年辞职的对吧?同一时期,他还离婚了。"

小司点点头。

"是的。我从大一升上大二的时候,父亲跟母亲正式离婚,又辞去了工作，还用退职金把我的学费全包了。"

"是吗？当时我正好被调配到辖区警署，没在本厅。藤崎先生辞职前给我打过电话。他说，正好离婚独居了，干脆借此机会辞掉工作。"

"不过，我至今都无法理解他为何因为离婚了就要辞掉工作。毕竟他是带了我很久的前辈，我不希望他辞职，就追问原因。结果他说：'我想自由地做一件事。'我又问：'莫非你要重新调查青梅案吗？'因为我实在想不到藤崎先生还有别的事情想做。可是他用一句'谁知道呢'就把我打发了。藤崎，你真的什么都不知道吗？"

冲田反问小司。

小司低着头想了一会儿，然后抬起头。

"……我告诉他自己当上警察时，父亲提醒我'这份工作有很多不讲道理的地方'。他说这句话时，心里想的可能是青梅案。"

"嗯，有可能。"

小司点了点头。

"我觉得管理官说得没错，父亲辞职后，应该调查过那个案子。"

"他说过什么吗？"

"不。"小司摇摇头，一脸严肃地说，"父亲从来不提工作的事情，也没告诉我为什么辞职。而且他本来就不怎么在家，我几乎对他毫无了解。不过，如果换成我……站在父亲的立场，手底下的案子被那样结案，一定也会想自己调查。并不是要抓住凶手，而是做一个了结。我想，他一定特别想找到 Blue。"

冲田露出微笑。

"是吗，你果然是藤崎先生的女儿啊。如果我是藤崎先生，肯定也会这么做。"

小司凝视着冲田。

"管理官，这件事可以由我联系父亲吗？"

致 Blue

平成最后的春天，平成三十一年三月中旬，Blue 发现了那四个人。

在一个不眠之夜，Blue 独自离开公寓，走向便利店。途中，他透过家庭餐厅的玻璃，看到店里坐着四个人。一对青年男女，还有两个貌似兄妹的孩子。他们身上的衣服都很邋遢，男孩子的运动衫上还破了个洞。

Blue 一眼就看出他们过着跟流浪差不多的生活。

带孩子的流浪者很少见，这还是他头一次亲眼看到。不过在此之前，Blue 就知道这种人的存在。而且，他在浜松杀死卓也后，也过了一段类似的生活。

中介公司"Plan H"不仅帮助外国技能实习生逃跑并介绍工作和住处，有时也会找日本人搭话。

Blue 想起，公司运营的南林间合租房前不久空出了一个房间。

虽然那个房间并不大，但两个大人和两个孩子也不是住不下。应该总比家庭餐厅的卡座强多了。而且对方是青年男女，也好介绍工作。

Blue 走进店内，找了个座位观察他们。

男女两人看起来都不怎么正经，但不像受了重伤无法工作，或是交流能力严重不足的样子。

再看桌上，大盘和饭盘各有两个。他们好像在四个人分享两份套餐。

一个大盘里的菜已经吃完了，只剩下一些搭配的蔬菜，很难看出主菜是什么。

那些剩下的东西，是青椒。

女人正在催促男孩子把它吃掉。

"快吃啊，你不是哥哥嘛。"

男孩子双目紧闭，用叉子叉起青椒送进嘴里。与此同时，他轻轻咳嗽起来。看来，他真的很讨厌青椒。尽管如此，他还是没有吐出来，蠕动着嘴开始咀嚼。

貌似妹妹的女孩子天真地说："哥哥加油！"为拼命与青椒格斗的男孩子打气。

青年男女也对他说话了。

"要乖乖吃完哦。"

"吐出来就教训你。"

这两个人看起来不像在为孩子加油，反倒更像调侃。男人一脸坏笑，还轻轻推了一下男孩的脑袋说："别吃成一副苦瓜脸啊。"

Blue下定决心，走向他们。

"我能打扰一下吗？"

遇到陌生男人上来搭话，他们显然吓了一跳，但还是听Blue说完了。当他说到介绍住处和工作时，两人都很有兴趣。

Blue很年轻，穿着牛仔裤和风衣。这种休闲装扮好像起到了积极作用。

他说自己叫"春山"。跟日本人打交道时，Blue经常用这个假名。过去母亲列举"理想的男人"时，就提过这个名字。虽然

Blue 完全不知道他是谁，只记住了那个名字。

他们很快就谈妥了。Blue 回到公寓，向桦岛香织汇报这件事。第二天，他跟马科斯开车把四人带到了南林间的合租房。

对于这件事，Blue 只告诉别人"正好看见"和"正好有房间空出来"。

奥贯绫乃

调查第十六天。

跟前天一样，还是在樱丘警署的小会议室。
可能因为今天天气不好，窗外没有阳光。
还有一点跟前天不同。
特意空出的屋子里不再只有三个人，而成了四个人。
除了绫乃、小司和冲田，小司的父亲藤崎文吾也来了。
"那个多摩新城的案子啊……"
藤崎比绫乃记忆中的身形瘦削了几分，头发也白了一半。他低声喃喃了一句，然后抬起头。

他已经是外部人员，虽然看到过案件的媒体报道，但也是头一回听说女儿参与调查这件事。他更加想不到此案跟青梅案有关系。

"藤崎先生，你辞掉工作后，一直在调查青梅案吗？"
冲田问了一句，藤崎点点头。
"嗯，我一直在找 Blue。其实我有一点线索。"
藤崎发现调查时与他们擦肩而过的女仆装人物存在疑点，因此意识到桦岛香织可能与 Blue 有接触，其后便开始慢慢寻找她的去处。

"那你找到了吗?"

冲田凑过去问道。虽然他仕途顺遂,但其实心中也对青梅案的半途而废感到不甘。

藤崎点了点头。

包括绫乃在内,所有人都屏住了呼吸。

"不过花了很长时间。我首先从桦岛香织的人际关系追查她的去向,可是她关掉涩谷的事务所后,马上像想重启一切似的人间蒸发了,谁也不知道她去了什么地方。我还找了一些老警察帮忙搜寻,还是没有线索——"

同时,藤崎还造访了香织的故乡——滋贺县大津,调查了她的父母。

在那里,他发现香织的父母嗜酒成性。香织十五岁离开家后,再也没有回来过。大约十一年前,她的父亲因肝硬化去世,香织甚至没有出席葬礼。其后,母亲得到滋贺县的NPO组织"阳光向上"的支持,靠领取生活保障金维持生活。

藤崎第一次到访滋贺县时,香织的父亲刚刚去世,母亲还在世。不过她对女儿的现状一无所知,没能给出有用的信息。老人家经常住院,但是香织从来没有看望过她。

后来,藤崎又去了几次滋贺县,每次都前去看望香织的母亲。她的健康状况逐年恶化,最终在五年前因为心脏疾病去世,没有给藤崎留下任何线索。

藤崎闻讯前往滋贺县,从安排葬礼的"阳光向上"工作人员口中听到了值得关注的事情。他们联系不上香织,她跟父亲去世时一样,没有出席葬礼。不过,一直给组织捐款的公司突然增加了捐款额度,使他们顺利完成了葬礼。藤崎又仔细询问,得知那家公司在神奈川县,名叫"Plan H",从十年前开始给这个

NPO捐款。而且，当时"阳光向上"刚开始援助香织的母亲。藤崎还听说，一个自称社长秘书的女人到滋贺县来参观过，还说他们公司正在援助多个NPO组织，将之作为社会贡献活动的一环。

这个时机太可疑了。

出于所谓"直觉"，藤崎决定查查这个"Plan H"公司。该公司做了正规登记，找起来并不困难。公司董事长是一名男性，名叫大山康三，办公室位于横滨伊势佐木町的写字楼。

"身份是可以借用的，所以保险起见，我决定暗中监视他们的办公室，并确认这三个人经常出入。时间是平成二十七年，距今四年前。"

说着，藤崎从上衣内袋里拿出一个信封，将里面的几张照片一一摆在桌上。

三个人从市区的写字楼里走出来。女人戴着墨镜，另外两个是年轻人。拍摄时用了长焦镜头，从这个角度能清楚分辨外貌。其中一名青年肤色较深，看起来像外国人。

"这不是——"冲田看到照片，一脸惊讶，"那个，在浜松跟Blue一起工作过的日裔……"

见冲田一时想不起姓名，藤崎开口帮了他。

"三泽·马科斯。"

冲田抬起头，瞪大了眼睛。

"他也在一起吗？"

"没错。'Plan H'的实际经营者是桦岛香织，只不过借用了大山的身份登记。他应该是找过桦岛香织借钱的人。三泽·马科斯和Blue好像都在那个公司工作。"

绫乃和小司跟不上他们的对话，只能呆呆地看着照片。藤崎似乎发现了，便指着照片说："这就是藏匿了 Blue 的桦岛香织。这个人叫三泽·马科斯，是 Blue 的老朋友。然后，这就是 Blue。"

他指的是两名青年中长得更像日本人的那个。不过，他好像没有日本国籍。此人面容温柔俊俏，又瘦又高，说是模特也会有人信。他跟小翼画的也有几分相似。

这人就是 Blue。

"我又观察了一段时间，还通过征信公司调查了'Plan H'的业务内容。他们在搞不太正经的中介，还经营地下合租房。"

地下合租房。又是一个共通之处。

"那天碰到的女仆原来是 Blue 吗？"冲田说。

"那个我没有查证，不过最后循着这条线索找到人了，所以应该是。"

"如果当时能逮捕他……"冲田长叹一声。

藤崎露出了苦笑。

"不过我只查到了他们在哪儿，什么都没做。"

"什么都没做？藤崎先生，你没有接触 Blue 或者桦岛香织吗？"

藤崎摇了摇头。

"没有。这三个人一起住在公司附近的公寓里。"

"一起住？"

"没错。至少四年前是这样。而且他们还经常下班后出去喝酒。我有一次跟着他们走进居酒屋，坐在了旁边的座位上。桦岛香织和三泽·马科斯见过我，但已经过去十年了，似乎都没发现。他们聊的都是很无聊的话题，比如上次看的电视节目，日本国足如何如何，反正都是一般人会聊的事情。马科斯最健谈，总是开玩笑逗Blue。你们看照片也能知道，Blue长得很英俊，笑起来也特别好看。我当时还感叹，自己一直追查的人笑起来竟有这样一副好看的面孔。桦岛香织属于倾听者，她不怎么说话，只是看着两人。他们三个看起来就像一家人。"

藤崎瞥了一眼小司。

"我们一家人反倒很少一块儿吃饭啊。"

小司面不改色，无声地点了点头。她说过自己并不记恨父亲，此时的表情也很难看出她对藤崎的态度。

藤崎叹了口气，移开目光看向虚空。

"他……Blue没有户籍，没有父母，却得到了跟他一起吃饭的同伴。怎么说呢？看到他那个样子，我突然放下了，就像终于得到了一直在寻觅的答案。这本来就是为了满足自己展开的行动，对我来说，那就是一种了结……"

绫乃定定地看着照片上的Blue。

这是个无法选择父母的孩子。他连证明自己身份的户籍都没有，却混入市井之中长大成人，还有了亲如家人的同伴。然后……

她几乎是下意识地开了口：

"这个Blue真的是凶手吗？他真的杀了那两个人吗？"

正田和亚子原本带着两个孩子在外流浪，因为住进"Plan H"运营的合租房，跟Blue接触。可是他们只在那里住了半个月左右就发生问题，最后四人离开了合租房。不久之后，Blue通过社交软件联系正田，用虚假的工作将其引到D小区后杀害——补充上漏掉的拼图碎片后，这条脉络自然而然地显现出来。

"我对你们这个案子不太了解。不过从你们的话来判断，应该是这样。如果我查到Blue的住处后及时接触他，说不定……

不,现在说这些也没用了。"

藤崎又从放照片的信封里拿出一张纸条。

上面写着几个地址。

"这是我查到的'Plan H'的办公室,还有桦岛香织他们的住处。"藤崎说到这里停下来,看了看其余三人,继续说道,"这是你们的案子,应该由你们亲手了结。"

范启莲

平成三十一年三月。

那天住进来四个人，是一男一女两个日本成年人，还有两个孩子。阿莲自然以为他们是一家人。

那家人住进合租房二楼，阿莲隔壁的房间。

这两年多来，她还是头一次看见有人带着孩子入住。比她早来的住户也说没见过。

阿莲也知道，日本人一家四口住这种合租房很不正常。再一看，那一家人穿的衣服都很邋遢，尤其是大男孩的运动衫肩部还破了个洞。以前那个日本青年（Blue 说那是修先生）到村里来，听了他的讲述，阿莲一度很羡慕日本的孩子，但这两个孩子的打扮还没有越南的小孩得体。

不仅是这家人，其他日本住户为什么住在这种地方，阿莲也无从知晓。

她在起居室碰到一家人，说了声"你好"。虽然她到现在还是只能说一些简单的日语，但已经比在"龟崎缝纫"那时好多了。

不管他们有什么特殊情况，那位母亲看起来跟阿莲同龄，也跟她一样有一男一女两个孩子。阿莲看到他们，不禁想起了留在故乡的孩子。她很想跟这家人搞好关系，甚至想帮男孩缝补衣服。阿莲很擅长缝补。

大男孩看到阿莲说话，惊奇地点了一下头。小女孩则咧嘴笑着，也说了一句"你好"。可是母亲却连忙抱过妹妹，毫不掩饰脸上的警惕，咕哝了一声"嗯"。至于父亲，他连招呼都不打，直接瞪了阿莲一眼。

这帮人怎么回事——

老实说，阿莲感觉很不好，甚至觉得两夫妻都不是什么好人，心里有点害怕。她实在不敢开口帮男孩缝衣服。

"Plan H"也给那对夫妻介绍了工作。丈夫是在施工现场工作，妻子好像是陪客喝酒，但具体不太清楚。妻子只需晚上出去工作几个小时，平时可以照顾两个孩子。

孩子们住进合租房后，Blue就经常带着游戏机过来，在起居室跟孩子一起玩。

大男孩总是玩得特别起劲，小女孩虽然年龄太小，还不懂玩游戏，但也会看着画面哈哈大笑。有时两兄妹还会争抢自己想玩的游戏和操纵杆，每次Blue都会阻止他们。大多数时候，两兄妹都能开开心心地一起玩。

孩子们开心玩耍的样子让人会心一笑。越南也有电视游戏，阿莲决定回国后也给孩子们买个游戏机。

一开始，阿莲以为Blue只是单纯地喜欢小孩子。正因为喜欢，他才会带游戏机过来。每次Blue都会眯起眼睛，在一旁看着孩子们玩耍。孩子们都把Blue当成"带游戏机给我们玩的大哥哥"，很亲近他。

可是，后来阿莲又想——

或许，他其实是担心那两个孩子。

有一次，阿莲看见Blue对打游戏的孩子说话。"爸爸妈妈对你们好吗?""他们会打你们,骂你们吗?""你有什么话想告诉大哥哥吗?"他用温柔缓和的语气问了好多问题,连阿莲都能听懂。

后来,是阿莲证实了 Blue 的担忧。

由于合租房是后期做的隔断,屋里有好几个地方墙壁很薄。比如阿莲和那家人之间的墙壁。

一家人入住大约一周后的某个晚上,隔壁传来了声音。

"这是为了加强你的素养。"

那是母亲的声音。

素养——那是阿莲最熟悉的日语单词。

"对不起,请原谅我。"她听见了孱弱的声音,显然是大男孩发出的。

"不行。对你这种坏孩子,口头说什么都没用。"

啪!一声脆响。

那孩子在挨打,好可怜……

阿莲心里虽然这样想,一开始也没当回事。越南的家长也经常体罚小孩。阿莲小时候经常被大人用棍子和手打屁股。

可是,打孩子的声音持续了好久,母亲的教训渐渐变成了辱骂。"你到底懂不懂!胡闹什么!混蛋!"

啊,这有点过分了吧……

阿莲心里刚冒出这个想法,那边又响起父亲的声音。

"一个男人哭什么哭!"

砰!一阵沉重的响声紧随其后。

"听到没有,听到了赶紧道歉!"

"对……不……起……"

男孩的声音在颤抖,还带着哭腔。响声暂时停止。

等阿莲回过神来,发现自己已经把耳朵贴在墙上,屏住了呼吸。

她只能听见隔壁房传出的响动,但是心里很清楚,那无疑是严重的暴力行为。那孩子才这么小……

她想到自己的孩子,不禁胸口发紧。

几天后,她再次听见骂声。又过了几天,事态重演。

看来,那对夫妻经常对孩子拳脚相加。

怎么办——

阿莲很想阻止他们,但也不想跟他们扯上关系。她马上就要回国了,在这个节骨眼上,她不想惹任何麻烦。

于是,她想装作看不见,装作听不见。

可是,到了她即将回国的四月的第一天——

日本公布了新年号,工厂里的日本员工也一直在议论。对日本人来说,改元好像意义重大。不过,阿莲本来就不熟悉日本的历法,再加上马上就要回越南,因此对这个话题没有兴趣。最让她放心不下的,其实是那天夜里隔壁传来的骂声和尖叫声。

"不要!"

男孩子的尖叫。

"不行。"

"求求你,快停下!"

男孩子在抗拒什么。

"少啰唆,给我闭嘴。不准挣扎。把小渚吵醒了怎么办?"

"我不要拍照片,不要滋滋。"

"不要也得拍。"

那段对话让她感觉到了前所未有的紧迫。

阿莲心意已决,走出房间。

她不想掺和这件事,但是心里一直有一种分不清是正义感还是好奇心的情绪,她想知道发生了什么。

阿莲来到走廊,走到隔壁屋门前,握住门把手。门没有锁。她小心翼翼地把门打开一条缝,感觉心跳越来越快,仿佛全身都变成了心脏。要是被发现,她就马上逃回自己房间。

她从门缝里看见了。

恰在此时,男孩子发出一阵尖利的哀号,屋里同时传出焦臭味。

房间里铺着三床貌似从不收拾的被褥,到处都是杂志和垃圾。而且,里面正在上演让人不敢想象的场景。男孩子浑身赤裸,被绳索捆绑。那个父亲正在往男孩背上按点燃的香烟,母亲则用手机拍摄那个场景。与此同时,女孩子沉沉地睡在被褥里。

"呀啊啊啊啊啊!"阿莲忍不住大喊一声,打开了门。

"你干什么!"

"你干什么!"

她忍不住喊出了越南话。男女两人朝她看过来,露出了惊愕的表情。

"你、你、你们,干、干什么!"

她努力用日语质问。

"你怎么回事!搞啥啊!"

"看什么看!"

两人怒骂着朝她走了过来。

阿莲很害怕,但是怒火战胜了恐惧。无论因为什么,都绝不能对孩子做这种事。

"孩、孩子,过分,不行!"她提高了音量。

"少啰唆!关你什么事!看什么看!"母亲回骂。

"开什么玩笑,你想干啥!"父亲握紧了拳头。

要被打了——

就在那时,背后传来了声音。

"怎、怎么了?"

住在一家人对面房间的越南姐妹阿妙和阿收也走了出来。她们战战兢兢地看向屋里,发现被捆住的男孩子,忍不住"啊!"地叫了起来。

接着,住在楼下的日本青年从她们背后的楼梯跑了上来。他平时几乎不说话,所以阿莲不太了解他的性格。

"怎么这么吵,到底……"

他也看向屋里,接着没了声音。

所有人都用谴责的目光看着那孩子的父亲和母亲。阿莲感觉自己等到了援军。

"你、你、你们住手!"阿莲说。

"少他妈啰唆。"母亲嘀咕道。

父亲喷了一声,猛地推了一把阿莲,还大吼道:"关你屁事啊!"阿莲站立不稳,跟跟跄跄地退到屋外。

房门轰然关闭,里面还传来了上锁的声音。

"等、等一下!"

阿莲扑向房门,但是房间里没有反应。

她转头看向援军,他们却尴尬地面面相觑。

日本青年微微颔首,回到楼下。阿妙和阿收面带难色,也回了房间。

大家都不想多管闲事。其实阿莲也一样。那天夜里,阿莲几乎没睡着。隔壁屋也没再传来奇怪的声音和响动。

既然已经被发现了,他们会有所收敛吧?阿莲这样祈祷着。

可是，她无法亲眼见证。

第二天，那一家人就不见了。

傍晚，阿莲下班回来，发现 Blue 来了，Blue 问她昨晚出了什么事。彼时他已经问过别的住户，大概知道了事情经过。

Blue 一直都是冷静温柔的人，但是那一刻他给人的感觉却截然不同。他虽然没有爆粗口，但阿莲明显感到了静默的怒火。

"对、对不起……"

阿莲以为 Blue 要责怪她挑起矛盾，但是，Blue 看着她慢慢地说："没关系。你看到孩子被那样对待，肯定无法保持沉默，对不对？我只是想知道，那两个人究竟做了什么。所以请你把知道的事情都告诉我。"

阿莲听清了他的话，也懂得话里的意思。

此时她才意识到，让 Blue 怒火中烧的，是那两个虐待孩子的大人。

阿莲努力回忆，如实说出了这一个多礼拜自己听到的声音和响动，还有昨晚亲眼看到的场景。

奥贯绫乃

平成三十一年四月三十日，平成最后一天。

这里是神奈川县大和市，小田急电铁江之岛线南林间车站往西大约一公里，从大路分支出来的住宅区小巷。

眼前是一座没有铭牌的蓝顶小楼，两辆警车分别停在它的斜前方和小巷拐角处，每辆车里都有四名调查人员待命。另有四人伪装成普通路人。这个住宅区一角，聚集了十二名刑警。

绫乃和小司坐在拐角处警车的驾驶席和副驾驶席上，同样在待命。

那座没有铭牌的房子，就是亚子一家这个月初离开的合租房。其外观也与小翼的画很相似。

而且，这座房子果然没有提交经营租赁的申请。

Blue 应该就在里面。

"平成还剩下十二个小时……"

梅田在后座喃喃自语。时间已近正午。

"把他请到局里，要是他立刻认罪，再赶时间申请逮捕令，应该能赶在平成把他逮捕。要是他拒不认罪，或是干脆保持沉默，那就麻烦了。"

梅田对旁边的井上说。

"都已经到了这一步,就没必要拘泥于平成了。反正都要过很久才起诉。明天抓也行,后天也不迟。而且现在还不能肯定那个 Blue 就是凶手。"

"连作案手段都一样,那不相当于肯定了吗?"

"也对。老实说,我倒是希望能定下来。"

绫乃凝视车窗,漫不经心地听着那两人的对话。然而,从这个方向看不到拐角另一头的房子。

管理官冲田首先下了缄口令,明确"绝对不能泄露消息",然后把 Blue 和青梅案的相关信息共享给了调查本部。

通过藤崎提供的地址,他们很快就找到了 Blue 的所在地。

跟四年前一样,他还在伊势佐木町的"Plan H"工作,并且跟桦岛香织和三泽·马科斯住在距离公司不远的公寓里。

车载无线对讲机发出一阵沙沙声,接着传出了声音。

"有人出来了。"

联络来自房子斜对面的警车。众人顿时紧张起来。

"不是抓捕目标,是个外国住户。"

他们长吐了一口气。

不一会儿,疑似从合租房出来的外国人经过绫乃她们坐的警车。那是个女人,看外貌应该来自越南,很可能是逃跑的技能实习生。

"Plan H"有好几座相似的合租房,出租给特殊背景的外国人,以及像正田和亚子那样处于流浪状态的日本人,并给他们介绍工作。而且,那些工作大多是在非法经营的废品处理公司等很难称得上合法的企业干活。另外,他们还有引导外国技能实习生逃跑的迹象。

"那女的拉着行李箱,会不会要回国了?就这么放过她吗?"

梅田看着窗外说。

"嗯,首要任务是逮住Blue,然后找到桦岛香织和三泽·马科斯。"

警方昨天就安排了调查人员跟踪Blue、三泽·马科斯和桦岛香织这三个人。今天准备将他们一网打尽。任务的重中之重是要抓住Blue。

Blue和马科斯好像在分头管理公司的合租房。今天一早,Blue就走进了这座房子。他们准备在他出来后行动。

"对藤崎选手来说,这是为父亲了结心愿的机会啊。"

梅田口无遮拦地说道。

小司冷静地回答:"有可能……不过我也是前几天才得知详情,没什么为父亲了结心愿的感觉。而且,我父亲心里好像已经为那件事画上了句号。总之,我只要做好自己的工作就行。"

"哎呀呀,真冷淡。"梅田轻飘飘地说。

小司的表情不太紧迫。毕竟她当上刑警不是为了追随父亲的脚步,只是父亲恰好从事过自己憧憬的工作罢了。

梅田可能觉得不过瘾,但绫乃很喜欢小司与她父亲的距离感,同时也很羡慕。

"有人出来了,这回是抓捕目标。"

无线对讲机再次响起。

来了——

"明白,立即行动。"

绫乃回答完,旁边的小司已经打开了车门。

"交给你们了。"井上在背后说。

"是。"绫乃和小司应了一声,走下车去。

按照安排,绫乃和小司首先上前表明身份,然后要求他到警署接受调查。

她们转过拐角,一个身材高挑的青年——Blue正好从大门走出来。绫乃感到心跳开始加快。

他应该完全没发现自己被跟踪了,因此对绫乃和小司毫无警惕。

绫乃能清楚看到他的长相。那是一张清爽端正的面庞。

Blue,你为什么——

前不久,绫乃听了冲田的描述后,心里一直在思考这个问题。

你为什么杀了那两个人——

假设Blue杀了亚子和正田,他的动机是什么?那两个人都是容易引发矛盾的性格,有可能在什么地方埋下了怨恨的种子,或是制造了矛盾——或许是金钱矛盾。

可是,绫乃觉得真正原因不是那个。

她很想知道。Blue说不定——

绫乃和小司朝Blue走去。

当距离仅剩三米时,Blue总算注意到了朝自己走来的两个人。

两人加快速度,缩短距离。

Blue疑惑地停下了脚步。

绫乃她们也停下脚步。小司开口道:"请问你是'Plan H'的春山先生吗?"

"没错,我是……那个,请问是哪位?"

Blue当然对她们没有印象,所以脸上浮现出警惕和困惑的表情。

你为什么杀了他们?为什么杀了舟木亚子?

绫乃强忍住立刻质问的冲动。

小司加重了语气。

"不对，其实你叫篠原青吧。"

"啊？"

Blue 瞪大了眼睛。

"我是警视厅的，想请你回去问一些问题。"小司说道。

"哦，这样啊……好的，我明白了。"

Blue 冷静地点点头。

小司用对讲机通知正在待命的调查人员："对象已同意随行。"

停在房子斜对面的警车开了门，调查人员走下来。

之前他们考虑到嫌疑人可能会反抗，现在对方如此顺从，反倒有些难以适应。虽然不想承认，但有那么一瞬间，他们的确放松了警惕。

"这边请。"小司引导他走向车辆。

就在那时，Blue 突然向右转弯，拔腿就跑。

"啊！"绫乃不知道究竟是自己还是别人发出了喊声。

"抓住他！"对讲机传来疑似井上的怒吼。

绫乃跑了出去。

"站住！"

Blue 逃往的小巷另一端已经有两名装扮成行人的调查人员蹲守。可是 Blue 已经用最快速度，以毫厘之差冲破了两人的防线。

两人转身就追。

没问题。他虽然很快，但也不是追不上的速度。而且出了巷子就是大路，没有特别复杂的地形。他们这边还有车，就算一时追不上，也不可能让他跑掉。

Blue。

她几天前刚刚得知这个人的存在,却觉得自己已经追查了很多年。

Blue。

他被迫跟随由不得他选择的母亲四处漂泊,连户籍都没有,一直行走在不为人知的社会阴暗面。

Blue。

绫乃对他的大部分人生一无所知。但是可以肯定,他的成长伴随着身心的伤害。

Blue。

别逃,回答我的问题——

为什么杀了他们?你是不是想救那两个孩子——

亚子和大贵的死让孩子们得救了。他们得以从父母这个最强的吸引和排斥的源头解放出来。

Blue。

Blue,你是不是想拯救那些无法选择父母的孩子?

绫乃拼命追逐着那个背影。

致 Blue

平成最后一天。

Blue 奋力逃走。

穿行在南林间住宅区的小巷里。

彼时他心里在想什么,如今已无法知晓。

或许,他在回忆。

回忆那一天。

将近十五年前的圣诞前夜。平成十五年十二月二十四日。

"Blue!"

那天傍晚,下午四时许。

母亲对回到家中的外祖母索要钱财,被拒绝后,转头喊了一声坐在起居室角落的双手抱膝的 Blue。

那就是后来被称为青梅案的凶杀案件开幕的信号。

Blue 站起来,右手握着菜刀。

如果不给钱,就杀了他们——母亲早已做出决定。

那一刻,支配 Blue 的是强烈的愤怒。

Blue 一直都像丢了魂,像旁观者一样看着自己的一举一动。但是彼时的愤怒,是真正属于他的东西。

Blue重新找到了灵魂。

最初的契机，是一幅画。

那是头一天晚上，初次走进这座房子时，他在玄关看到的画。

那是一幅一家四口的蜡笔画。画中有三个大人，一个孩子。背景被涂成绿色，具体地点不明，但是四个人手牵着手，脸上都有笑容。那幅画谈不上好坏，一看就知道是幼儿的涂鸦。可是，画中明显散发着浓浓的幸福。看到那幅画，Blue感到心中一阵悸动。

走进起居室，屋子里暖洋洋的，他的外公外婆，还有姨妈和优斗都坐在里面。

优斗跟外公一起坐在扶手椅上，曾经视Blue如同怪物的祖父抱着优斗，让他坐在了自己腿上。矮桌上还摆着吃完的泡芙盒子。

优斗穿着松松软软的小褂子，顶着红扑扑的脸蛋，好奇地看着他们。

Blue意识到，门口那幅画就是这孩子画的。

起居室角落里散落着一些买给优斗的绘本和玩具，窗边的墙上贴着一张纸。那是一封字迹拙劣的信，上面写着"圣诞老人：我想要Game Boy Advance SP。优斗"一定是大人告诉他，只要把信贴在墙上，圣诞老人就会看到。

那是母亲很久以前买给Blue的，但很快又被砸坏的游戏机的最新版。今年圣诞节，这个孩子应该能收到那个礼物。而且，这家人肯定不会一下就把游戏机砸坏。

眼前的光景可谓平凡，只要家中有小孩，这种情况并不少见。

可是，那里有Blue得不到的东西。

爱。

连这座房子里的空气,都好像充斥着那东西。

这家伙有好多爱——

那个想法,把他的灵魂拉回了肉体。

同时,他感到前所未有的强烈愤怒。心中油然升起破坏的冲动。母亲忙着和外祖父母争吵时,Blue拼命忍耐着将一切破坏殆尽的冲动。

一整晚他都在房间里凝视着照片,但是没有用。他的情绪一直亢奋,怒意沉淀成杀意。

一切都不再像他人的表演,Blue再也没有被母亲催促不得不行动的感觉。他有明确的自我意识,渴望捣毁这个充满爱和幸福的家庭。在他们庆祝圣诞节之前,在圣诞老人出现之前,将一切破坏殆尽。

所以,他甚至感激母亲近乎癫狂地命令他痛下杀手。

Blue把菜刀刺进了外祖母的侧腹。

外祖母倒抽一口气,接着张开嘴,仿佛不知道发生了什么。

Blue拔出菜刀,购物袋从外祖母手中滑落。"啊啊啊啊!"她尖叫着按住侧腹,跪倒在地。Blue看见外祖母干枯的指缝间流出了鲜血。

他又对准外祖母毫无防备的背部,刺了两刀。

外祖母瘫倒,身体不受控制地痉挛,血沫伴随着无声的悲鸣涌出嘴角。

"这、这啥啊。好、好恶心……"

母亲眼中含着泪水。

他无法理解母亲此时的心情。

"快,脖子。掐她脖子!"

母亲命令道。Blue正要用手去掐外祖母的脖子,突然想到自己有绳索。虽然事先没有设想过这种用法,不过他还是拿起绳索缠在祖母脖子上,用力绞紧。外祖母一开始还会发出闷哼,挣扎几下,过一会儿就不动弹了。

"太好了。"母亲拍拍胸口,擦掉眼泪,俯视着一动不动的外祖母。

"这下只能全都干掉了。"

又过了一个半小时,第二个牺牲者——外祖父回来了。

门口传来一声"我回来啦",Blue和母亲立刻藏在起居室门口。外祖父可能看到了门口的鞋子,一边走进起居室一边说:"夏希还没走吗?"紧接着,他看见了倒在血泊中的外祖母。那可能是他这辈子受到的最大冲击,也难怪他没有发现旁边的Blue和母亲。

"梓!"

外祖父跑向外祖母。Blue对准他的背部刺了下去。

外祖父与外祖母不同,Blue的第一刀没有夺去他的抵抗力,他奋起反击。"干什么!"他怒吼一声,推开了Blue。Blue失手,菜刀掉落,他又踉跄着撞倒了电视柜。电视机轰然落地。

"你要干什么!"

外祖父一把抓住Blue。Blue奋力挣扎,撞倒了茶箱,紧接着外祖父发出一声短促的惨叫。原来母亲拾起了菜刀,奋力刺向外祖父背部。一下,又一下。

外祖父依旧奋力抵抗,但是已经失去气力,轰然倒地。

"Blue,脖子!"

Blue马上拿起绳索,绞住了外祖父的脖子。

见外祖父倒地死去,母亲扯动嘴角说:"活该。"

她站在父母的尸体前,已经不再流泪。

第三个牺牲者是Blue的姨妈,外祖父死后一个小时,大约下午六点半,她带着最后一个牺牲者优斗回来了。

跟刚才一样,Blue躲在死角,一见到姨妈走进来,就扑过去刺伤她的腹部。他很快拔出菜刀,又刺了一下。姨妈当场坐倒在地,发出了格外刺耳的尖叫。

母亲翻找着从姨妈肩上滑落的挎包,取出长钱包,看见了里面的储蓄卡。

"你、你要干、干什么……救、救护车……"

姨妈跪在地上,浑身是血,恳求母亲。荧光灯照亮的面庞,已经变成惨白。

"姐,银行卡密码告诉我。要是告诉我,我就给你叫救护车。不告诉我,我就把你的孩子也杀了。"

姨妈说出了四位数字。

母亲满意地点点头,对Blue下令道:"干掉她。"

Blue绕到姨妈背后,用绳索勒死了她。

这是第三个人,加上卓也就成了第四个人,所以Blue已经找到了一点诀窍。绞杀一个人的时候,用绳子比双手方便,而且从后面勒紧绳子比从正面更有效率。

他正勒着姨妈,站在起居室门口的优斗哭了起来。"快停下!"优斗抱着Blue的腿,使劲拉拽。

但是Blue并没有松手。很快,姨妈就丧命了。

优斗喊着"妈妈",握紧拳头敲打Blue的腿和侧腹。

就在那时。

你还敢打我——

Blue感到了把脑子烧得一片空白的狂怒。

等他回过神来,已经朝着优斗的脖子伸出双手。

接着,他不再思考绞杀的效率,空手掐紧了纤细的脖子。仿佛要注入愤怒,注入他所有的一切。

都是你的错。

都怪你拥有一切。

都怪你住在这个温暖的家里。

都怪你在家人温柔的陪伴中成长。

都怪你可以向圣诞老人讨要圣诞礼物。

都怪你得到了那么多爱——

他奋力掐紧脖子,很快,优斗的身体就软了下来。

他无法分辨具体的死亡瞬间。等他发现时,那个年幼的生命已经走到尽头。

他感觉不到净化作用。爆发的杀意消失在了虚无之中。外祖父母、姨妈,还有优斗。眼前躺着四具尸体,怒气瞬间降温,取而代之的是血液化作铅水般的虚脱。

"哎呀,怎么都杀了。Blue,这可是你干的。"

远处传来母亲的声音。

她说得对。

这四个人都是 Blue 根据自己的意志杀害的。

好累——

Blue 坐倒在地。

母亲不知看到了什么,吃吃笑了起来。她也可能在哭。由于意识模糊,Blue 记不清了。

"尸体怎么办?算了,明天再想吧。"

母亲好像也累了。

她回到自己的房间。此前,Blue 一度失去了意识。他直接睡过去了。

Blue 在满是尸体的起居室,度过了圣诞夜。

第二天,十二月二十五日上午十一点多,他被晃醒了。

"起来,快起来啊。呵呵,哈哈哈哈。"

母亲在他面前哈哈大笑。

Blue 迷迷糊糊地想,自己是在做噩梦。

跟母亲回家,杀死了外祖父母、姨妈和表弟的噩梦。

下一个瞬间,他越过母亲的肩膀,看到满屋血腥,顿悟这不是噩梦。

"喂,你不是带了 CD 吗,把《世界上唯一的花》拿出来吧。"母亲笑着说。

CD……Blue 顺从地找到背包里的单曲 CD,递给母亲。那是最近特别畅销的 SMAP 的曲子,母亲特别喜欢。逃离浜松时,也是她让 Blue 带上的。

母亲拿着 CD 和起居室一角的播放器,走进浴室。她先在更衣间大声播放 CD,然后开始洗澡。

此时,母亲已经在房间里一口气吞掉了所有剩下的麻黄碱。准确来说,药瓶底部还粘着最后一颗,但不管怎么说,这都是她目前为止服用过的最大剂量。她已经完全处在用药过量的状态。

她为什么要这么做?是因为一睡醒,重新面对家人被残忍杀害的事实,精神终于崩溃了吗?还是单纯想得到更多的快乐?又或者,那是一种自杀行为?理由已经无从得知。

事实就是,母亲在非常危险的状态中进入浴缸,然后抽中了下下签。

母亲在浴缸中停止心跳时,Blue 毫不知情,坐在起居室呆呆凝视着那四具尸体。

《世界上唯一的花》不知重复了多少次。窗外的阳光变成橙红色时，Blue 总算发现母亲还没从浴室出来。

　　他去查看情况，发现母亲躺在早已变得冰冷的水中，仿佛睡着了一般没有气息。他喊了几声"妈妈"，但是得不到回应，把脸凑近母亲，也感觉不到她的呼吸。她的皮肤跟浴缸里的水一样冰冷，Blue 小心翼翼地把手心贴在她的胸前，触摸不到一丝心跳。

　　妈妈死了——

　　Blue 没有悲伤，也没有欣喜。他只觉得无法呼吸。

　　回到起居室，他明明已经在这里待了很久，但看到那四具尸体时，还是感到毛骨悚然。

> 　　是的，我们都是
> 　　世界上唯一的花

　　听着更衣间传来的歌声，Blue 想起了俯伏在地的优斗的脸。

　　昨晚第一次见面时，优斗好奇又天真地看着 Blue。他亲手杀死的少年，有一双纯洁的眸子。

> 　　每个人都拥有不同的种子
> 　　只要为了让花儿绽放
> 　　而拼尽全力就好

　　今后我会怎么样——

　　我会被抓住吗？要是被抓住了，会被判死刑吗？我也会像妈妈和优斗那样死掉吗？

　　他汗毛直竖。

他还是个孩子。彼时的 Blue 还是个十四岁的孩子。他对自己犯下的大罪茫然不自知，心中唯有恐惧。他害怕自己被捕，害怕接受惩罚，害怕被夺走性命。

不要，我不要——

难以忍受的恐惧骤然降临，Blue 逃走了。

奥贯绫乃

绫乃奋力摆动双腿,追赶在小巷中逃窜的Blue。

奔跑,奔跑,奔跑。

她刚刚觉得好像接近了那个背影一些,Blue就加速从巷子冲上了大路。接着,他又穿过人行道,跑到车道上。

啊——

下一个瞬间,尖利的刹车声,大型卡车的黑影,行人发出的惊叫。

绫乃等人跑到大路上,卡车已经斜着停在路边。相隔五米的前方,是Blue流血倒地的身影。

路上行人一阵哗然。

绫乃和其他调查人员纷纷跑向Blue。

他仰面躺在地上,头部受到重击,身体微微颤抖。虽然睁着眼睛,但是眼神没有焦点。头部流淌出大量鲜血。

糟糕。

"我叫救护车!"

一名调查人员慌忙拿出手机。

"振作点,振作点!"

绫乃跪在地上,一边注意不挪动他的头部,一边捂住伤口试图止血。

她从手心感到了血管的搏动,还有血液的温热。

她意识到Blue空虚的目光正在看着她。

"两个……孩子……"

"翼君和小渚吗?"

Blue似乎微微点了一下头。

"他们没事,都被儿童救助中心收容了!他们都得到了福利保护,小渚还能拿到户籍。两个孩子得救了!"

Blue好像微微勾起了嘴角。

"你果然是想救他们,对不对?"

"对不起……对不起……"

Blue没有回答绫乃,而是开始道歉。

"……优斗。"

那是青梅案遇害的男孩子的名字。

Blue茫然看向虚空,梦呓般呢喃道:"优斗,对不起。真的……对不起……对不……起……"

他反复道歉。对那个十五年前被自己杀害的少年反复道歉。

绫乃发现了。这个人不仅仅是想救那些孩子。

"别死!"她大喊道。

"你不是救了两个孩子吗?你不是杀了他们无可救药的父母,救了他们吗!那就活着去见证,活下来,看着那两个孩子长大!"

绫乃早已忘了身为警察的立场。

这个人杀的是我——

无法好好爱孩子的我。舍弃爱而选择了憎恨的我。只能伤害孩子的我。

他把我杀了。他替我了结了自己。

Blue 无法聚焦的双眼再次看向绫乃,他的意识已经开始模糊。

"别死!求求你,别死!"

"我……不……"Blue 的声音已经模糊不清。

"不准死!不准死!不准死!"

绫乃不断高喊,奋力压住出血部位。

致 Blue

他没有死。

平成最后一天,Blue 在逃跑中遭遇事故,但是捡回了一条命。

出院后,Blue 立刻被警方逮捕收监,但他依旧活了下来,活到了新时代。刑期结束后,他还与自己救助的孩子重逢了。

Blue 卸下了所有罪责,跟家人一般的同伴在一起,过上了安稳而充实的日子——

如果真相的数量跟人的主观意愿一样多,或许存在这样的真相。

——那怎么可能呢?

桦岛香织果断否定道。

——就算他活着,那孩子也不可能卸下所有罪责。

一开始……我刚刚收留他时,那孩子还没有感觉到自己的罪孽。他之所以向我求助,是因为若不依靠别人,他就无法生存。

可是不知从何时起,那孩子开始察觉自己犯下了无法偿还的罪孽,并为此痛苦不已。我说的就是青梅案。他最后悔的是当时被怒气冲昏头脑,杀死了年幼的优斗。他晚上开始频繁做噩梦,然后痛哭流涕。

没错，那一定是为了赎罪。所以Blue才会杀了你父母。我认为，他是想通过拯救无辜的孩子，偿还自己杀死无辜孩子的罪孽。可是啊，这种事可不像做数学题，不是救了两个无辜的孩子，就能偿还杀死一个孩子的罪孽那么简单。

那孩子是个笨蛋，又没上过学，所以才会为了偿还自己还不清的罪孽，又杀死了更多人。结果呢，他的罪孽还是无法偿还，最后就……我觉得啊，那孩子逃跑算是一种自杀，是为了亲手杀死自己。

就算他活下来，也不可能过上安稳而充实的生活。太可悲了。

桦岛香织淡淡地讲述道。

长大成人后，我对Blue几乎没有印象。我一点都记不起那个救了我和哥哥的人。

如果没有Blue，我只能被困在一盘散沙般的家庭和家人中，在没有户籍的状态下长大成人。至于哥哥，有可能活不下来。

Blue没有对任何人说起过杀死那两个人——我父母的理由。可是正如桦岛香织所说，他应该是为了解救我们两兄妹，为了赎罪。

桦岛香织直言了心中的悲伤。

没错，这是一件十分悲伤的事。

青梅案过后，桦岛香织收留了Blue，并抚养他长大，让他喜欢上了原本不吃的青椒。后来，Blue开始为桦岛香织工作，还请三泽·马科斯加入了他们，开始三个人的生活。即使没有血缘关系，他们也是Blue的家人。

平成后半的十五年，对Blue来说应该是一段平静的日子。

在那样的日子里，Blue依旧背负着一样东西。

罪孽。

在享受了无比宝贵的平凡日常之后，Blue终于意识到破坏这种日常意味着什么。他终于意识到，从无辜的孩子手中夺走的未来，有多么沉重。

或许，Blue每次感受到平静和安宁，都会感觉自己将优斗践踏在脚下。每次感觉到幸福，都会痛斥自己没有资格享受幸福。

他在那种痛苦中挣扎，不断寻找赎罪的方法，最后拯救了我们。

虽然无从确认，但我是这样想的。

可是，正如桦岛香织所说，赎罪不像做数学题那样简单。Blue依旧沉浸在痛苦中，迎来了平成最后一天。

Blue逃离的，一定不是追捕自己的刑警，而是自己的罪孽，还有生命。

太悲伤了。

所以我想尝试。尝试编织一个桦岛香织断然否定的、Blue得到救赎的真相。

奥贯绫乃

Blue 被紧急运送到相模原市的大学附属医院，并立刻进入重症监护室接受紧急手术。由于车祸引起了脑部出血，他的情况极其危险。

与此同时，Blue 的组织取样被送到本厅，交给科学调查研究室进行 DNA 鉴定。结果表明，Blue 的 DNA 与正田指甲里提取的组织样本 DNA 一致。如此一来，Blue 就成了多摩新城男女二人遇害案最大的嫌疑人。只要他不死，警方就会将其逮捕。

送院一个小时后，桦岛香织和三泽·马科斯在一课调查人员的陪同下赶到了医院。

那边正在实施抓捕时，听到事故的消息，便把两人一起带到了医院。

"Blue！"

两人站在重症监护室门外，近乎疯狂地呼唤着他的名字。绫乃离得有些远，看得不太真切，但她觉得那两个人都在流泪。

桦岛香织。十几岁来到东京，顽强活到了今天的女人。青梅案之后的十五年，横跨半个平成时代，一直保护着没有户籍的 Blue 的女人。她一定是个坚强的人，一定是个依靠自己的坚强，做了很多选择的人。

可是绫乃与她第一次见面，看到的却是面对亲近之人的生死彷徨焦急得手足无措的同龄女人。

香织和马科斯听完医生的情况说明，就被调查人员带走了。手术不知何时才能结束，所以警方要把他们先带到最近的警署去接受调查。可能事先已经说好了这个安排，两人都没有反抗，顺从地跟随警官离开了医院。

其他调查人员都被派去勘验事故现场和搜查"Plan H"办公室及其名下的合租房了。绫乃和小司则留在医院，等待手术结果。

她们被领到了重症监护室附近的小会议室。屋里摆着可容四人落座的桌子和办公椅，墙上挂着白板，旁边有个架子，陈列着用来解释治疗方案的小号内脏模型。

两人在里面坐了几个小时。太阳开始西斜，手术还未结束，于是她们又到医院附近的便利店买了盒饭。

"是为了孩子们吗？"吃完便当又过了一会儿，小司突然问道。

"嗯？"

"Blue杀死那两个人的理由。刚才奥贯姐说过吧，那是为了孩子。"

看来小司听到了Blue出事时她说的话。

"我觉得应该是。"

绫乃点点头。

不，可能不仅是为了这个。

Blue最后想说的话。

——我不该活着。

绫乃没有听清,但好像是这句话。

就在那时,房间门开了,主刀医生和一位年长的护士走进来。

绫乃和小司站起来迎接。

两人都带着沉痛的表情。

果然,医生开口道:"很抱歉,我们已经尽力了,但是没能把人救回来。"

两人深深低下了头。

"辛苦各位了。"小司对他们说。医生直起身子。

"死亡时间是晚上十一点三十四分。死亡证明写好后会给你们送过来。"

"谢谢你。请问,这里可以打电话吗?"

"这个房间可以。"护士回答。

"请稍等片刻。"

医生和护士对两人点点头,离开了房间。

小司站在原地,拿出派发的手机,拨通了调查本部的电话。

多摩新城男女二人遇害案,将会与青梅案一样,以嫌疑人死亡的形式结束。

绫乃感到膝盖发软,便坐在了椅子上。

Blue 死了——

那个人杀死了让孩子延续不幸的父母。

那个人杀死了丧失母性的母亲,杀死了我——

他死了,仿佛在逃离自己背负的罪孽。

一直沉淀在绫乃心中的"泥沼",飞快膨胀。

记忆被唤醒。

过去,在离家不远的树林里曾经有个浑浊的池塘。那就是"泥沼"。

绫乃家是传统的父权家庭，父母对绫乃十分严格。尤其在她年幼的时候。那甚至不能用单纯的严格来形容。绫乃虽然是女孩子，父亲还是会不客气地大打出手，并声称那是教育。她已经不记得每一次被打的原因，总之只要不如父母的心意，她就要挨打。她很清楚这点，因为绫乃也一直以教育为借口，对女儿大打出手。尽管次数不多，但父亲一旦到了气头上，就会拖着绫乃走进树林，逼迫她脱掉衣服，把她沉进那个浑浊的池塘——"泥沼"中，直到那东西没过头部。肮脏的死水让她感到恶心，水侵入鼻腔深处，黏膜阵阵刺痛，还有无法呼吸的痛苦……她觉得，自己真的会被杀死。每次绫乃被拖出池塘，母亲都会一边擦拭她的身体，一边对她说——

"这都是你不好。"

都是我不好。

年幼时被灌输的话语，成了绫乃人生最大的恐惧。

绫乃安静地做着深呼吸，试图用理性镇压感情。

旁边传来叹息声。

她转头一看，发现小司已经打完电话，坐了下来。两人并肩坐着，小司也转头对上了她的目光。

"那个、那个，奥贯姐。"

"怎么？"

"那个，呃……"

小司四处张望，组织了一会儿语言。

"我觉得，能跟奥贯姐组队，真是太好了。"

"啊？"

"我就想告诉你这个……"

"什么嘛……"

突如其来的话语动摇了镇压感情的理性。她在幽深浑浊的"泥沼"中遇见了蜘蛛。那是早在孕育孩子之前，就被判为"不好"的年幼的绫乃。

"泥沼"开始泛滥，化作眼泪决堤。她忍耐了那么久，可是仅凭意志，已经无法阻止。

不行。

绫乃哭了起来。

她慌忙掩住面孔。可是泪水停不下来，还止不住呜咽。

"那、那个……"

她低着头，看不见小司的模样，但是光凭声音就能听出小司的困惑。

"突然这、这样，真对不起。我、我实在忍不住……我是个很没用的人，没有资格被你说好。"

"怎么会呢？"

"就是会！"她忍不住语气强硬地否定道。

"呃……"

"就是会。因为我是个缺失母性的有缺陷的人。我是那种杀死孩子的母亲。"

我在说什么呢？她没有在说那种事啊——

——丢人现眼。

——都怪你，我再也见不到外孙女了。

——难道你一点母性都没有吗？

这些曾经砸到她头上的话语。

她是个连自己的孩子都无法好好爱护的人，跟亚子，还有Blue的母亲一样，都是有缺陷的，该死的人。

我就是那种人——

"不对。"

那句话伴随着柔软的触感。

她被抱在怀里。

隔着上衣,传来小司身体的热度。

"虽然我不知道具体情况,可是奥贯姐,你做了正确的选择,主动放开了,对不对?"

放开了?放开什么?家人吗?

没错。我主动放开了家人。但那一点都不正确——她涕泪横流,说不出话来。

"那你就不一样。奥贯姐一定做了最好的选择。你没有害死任何一个人,也没有过分伤害任何一个人。就像我父亲以前那样,奥贯姐也善意地放开了家人。"小司安静地说。

善意地放开——

我真的这样做了吗?

"可是……如、如果全世界都是像我这样的人……这个世界就要毁灭了。"绫乃抽泣着说。

这就是绫乃深藏心中的傻气的恐惧。

"我很难轻易说出我理解你这种话……我都已经三十岁了,还没跟别人交往过。因为我对任何人都产生不了恋爱的感情,无论男性还是女性。我可能一辈子都不会结婚,也不会做爱,更不会生小孩。所以,我也是有缺陷的人。如果全世界都是像我这样的人,人类肯定也会毁灭。"

对任何人都产生不了恋爱感情——绫乃不太能理解这句话。她突然这么说,绫乃甚至无法分辨真假。只是,那也不像为了安慰她而说出的谎言。

小司继续道:"可是,结果一定不会变成那样。因为世界上只有一个我，也只有一个奥贯姐。没有必要让某一个人背负世界的命运。而且，就算世界毁灭了，那又如何呢？我觉得，我们活着应该不是为了延续世界的存在。"

她的话深深打动了绫乃。她听见小司的声音在颤抖，莫非她也在哭吗？绫乃无法抬起头确认心中的疑问。

可是，世界怎么能毁灭呢？虽然我也不知道自己活着是为了什么——

脑中闪过反驳的话语，但她没能说出来。

绫乃一味哭泣着。

"我能认识奥贯姐，跟你组队工作，真是太好了。"小司再次说道。

泪水涌了出来。

就在此时，日期变更了。

平成，终于结束。

绫乃扑在比自己小了一轮的后辈胸口，哭着度过了那一刻。

尾声

致 Blue

曾经有个时代,名为平成。

它始于一九八九年一月八日,终于二〇一九年四月三十日,延续了三十年又四个月。它不像西历、干支和希吉拉历那样主流。想必,世界上绝大部分人并不知晓平成。

可是,对居住在东南亚这个小小岛国的人来说,它是个充满意义的时代。它是和平的时代、灾害的时代、割裂的时代,也是希望的时代。它所横跨的三十年,是连接过去与我们生活的这个时代的桥梁。

有一个人,生在平成开始的日子,死在平成结束的日子。

不,他没有死。

他活过了平成,并且过上了充实的生活。这种真实,将由我来编织。

——这里就是照片上的湖。你瞧,很漂亮吧?村里有了不少发展,唯独这个湖,还跟照片一模一样。只有在夏季早晨的很短一段时间里,才能看到这样蔚蓝的景色。你能来真是太好了,因为今年是最后的机会。明年,这个湖就要被填埋,用于搞开发了。

最新的翻译软件几乎可以实时翻译,把她的话转成了日语。

范启莲。她是曾经以外国技能实习生的身份到日本工作的女性。

今年夏天，我造访了越南B省的农村。为了看看Blue曾经喜欢的照片上的风景。我联系到了阿莲，并在她家留宿一夜。

她跟丈夫两人住在又大又气派的房子里。家里公婆已经去世，两个孩子都住在河内。儿子大学毕业后，在美国某企业的越南分公司找到了工作，现在已经结婚，而且有了孩子。女儿当上了医生，目前在医院工作，打算攒钱将来开自己的诊所。现在，越南女性也越来越积极参与到社会生活中了。

阿莲说，她之所以能盖起大房子，供孩子们上大学，都是托Blue的福。

——刚开始我被送进了很差的公司，是Blue他们带我逃了出来。所以，Blue也拯救了我。话说回来，当时的孩子已经这么大了，还专门跑到越南来，真是没想到啊。

被Blue杀害的舟木亚子与正田大贵，是我生物学上的父母。

在我年纪还小，没有得到户籍时，我就已经见过阿莲了。可是当时我还不懂事，因此没有记忆。

案件发生后，我和兄长翼在福利院生活了一段时间，后来我们兄妹一起被领养了。那年春天，兄长九岁，我五岁。我们总算找到了能够无条件爱护我们，只属于我们的大人。

我们心中的父母，不是生下我们的人，而是这对养父母。

我不仅不记得阿莲，也几乎不记得Blue，还有亲生父母。

我只有一点在合租房玩任天堂Switch的记忆。我记得，哥哥坐在我身边，周围还有几个大人。可能其中一人就是Blue。

但我不记得父母在不在身边。

对于虐待,我没有记忆,身体上也没有伤痕。即便如此,也很难确定是否真的没受过伤害。一想到在记忆之外的地方可能发生过可怕的行径,我就感到一阵恶心。只不过,现在已经无从查证了。

兄长受到的伤害远比我的具体和深重,但是多亏了疼爱我们的养父母,他长成了身心健康的大人,还充分发挥了绘画才能,从事着插画师的职业。

可是,兄长却痛恨Blue。

——他就是个杀人狂魔,我才不觉得自己被他拯救了。那家伙夺走了我的父母,谁求他杀人了?如果要救我们,应该也有别的方法。

妈妈和大贵爸爸的确对我做了很多很过分的事,我也觉得他们是最糟糕的父母。可是都怪那家伙把他们杀了,现在我们俩永远听不到他们道歉,也永远无法原谅他们了。

兄长说得对。

他杀了七个人,无疑是个杀人狂魔。而且正如兄长所说,如果要救我们,应该有更温和、更正常的方法。

兄长没有忘记自己遭到虐待的事实,也很感激我们的养父母,跟我一样把他们当成真正的父母爱戴。

但是,他无论如何都无法原谅Blue这个外人杀死了自己的亲父母。

或许是因为兄长对这些事有记忆,心里才会放不下。我不是兄长,不懂他的内心。但我知道,兄长也有属于他自己的真实。

——Blue 以前说过，想亲眼看看这个湖。我真希望他能来看看。等你回去了，一定要代我向他问好呀。

阿莲说。

"好。"我点点头。

平成最后一天，Blue 出车祸前，阿莲去了机场，因此不知道他已经死了。

我对她说，这次 Blue 也想一起来，无奈身体欠佳，只能放弃。

这是谎言吗？

关于我亲生父母被杀害的多摩新城男女二人遇害案，日本媒体已经公布了真凶身份——在逃跑过程中死亡的无户籍男性。不知道是不是与 Blue 有血缘关系的议员在背后管控消息，Blue 与青梅案的关系并没有被曝光。在改元的忙碌中，报纸和电视新闻都顾不上大肆报道这个消息。根据我的调查，这件事几乎没有传到国外去。

阿莲信了我的话，很想知道 Blue 的故事。

于是我告诉她了。

我根据桦岛香织和三泽·马科斯的讲述，为 Blue 编织了一个没有罪孽的过去，然后发挥想象力，创造一个从平成时代活下来的 Blue。

我讲述这些故事，是为了创造 Blue 过上充实生活的真相。

我告诉她，Blue 现在跟亲如家人的伙伴在一起，过着幸福快乐的生活。阿莲眼中涌出了泪水。

——那真是，太好了。

是啊，太好了。真的太好了。我也这样想。

讲完故事，我又一次久久注视湖面。

Blue 希望亲眼看到的湖面。

湖水很深，但是蓝得通透，连薄薄的雾气都染上了水的蓝。对岸有一棵影影绰绰的大榕树，与照片中略有一些不同。

这片只在清晨短暂出现的梦幻美景。光是坐在湖边怔怔地看着，就会忍不住屏息静气。

当地人管这个湖叫"命运之湖"。

命运。

Blue，我对你几乎没有记忆。

尽管如此，你也是我的命运。

因为有了你，我才能活在这个新时代。

我努力记住这片湖光与雾气相交的景色，然后闭上眼睛。

眨眼的瞬间，再次睁开眼睛的瞬间。我的想象力胜过了冷彻的现实。

Blue，你就在我身边。

你活着。活过了平成，带着充实的心灵，走进了下一个时代。

我们重逢，一起来到越南，就是为了亲眼看看这片湖景。

那就是属于我的真实。

Blue
© Aki Hamanaka, 2019
All rights reserved.
Original Japanese edition published by Kobunsha Co., Ltd.
Publishing rights for Simplified Chinese character arranged with Kobunsha Co., Ltd.
through KODANSHA LTD., Tokyo and KODANSHA BEIJING CULTURE LTD. Beijing, China.
Simplified Chinese edition copyright: 2025 New Star Press Co.,Ltd.
All rights reserved.

图书在版编目（CIP）数据

Blue／（日）叶真中显著；吕灵芝译 . ——北京：新星出版社，2021.7（2025.3 重印）
书名原文：Blue
ISBN 978-7-5133-4565-1

Ⅰ. ①B… Ⅱ. ①叶… ②吕… Ⅲ. ①长篇小说-日本-现代 Ⅳ. ① I313.45

中国版本图书馆 CIP 数据核字（2021）第 114420 号

Blue

[日] 叶真中显 著；吕灵芝 译

责任编辑：王 萌　　　　**策划编辑**：赵笑笑
特约编辑：刘 琦　　　　**责任校对**：刘 义
责任印制：李珊珊　　　　**装帧设计**：冷暖儿
封面绘制：KEN

出版发行：新星出版社
出 版 人：马汝军
社　　址：北京市西城区车公庄大街丙 3 号楼　　100044
网　　址：www.newstarpress.com
电　　话：010-88310888
传　　真：010-65270449
法律顾问：北京市岳成律师事务所

读者服务：010-88310811　　service@newstarpress.com
邮购地址：北京市西城区车公庄大街丙 3 号楼　　100044

印　　刷：北京盛通印刷股份有限公司
开　　本：910mm×1230mm　　1/32
印　　张：13.375
字　　数：301 千字
版　　次：2021 年 7 月第一版　　2025 年 3 月第八次印刷
书　　号：ISBN 978-7-5133-4565-1
定　　价：58.00 元

版权专有，侵权必究；如有质量问题，请与印刷厂联系调换。